오늘, 아내가 사라졌다

김윤덕 줌마병법

나남
nanam

나남창작선 186

오늘, 아내가 사라졌다

김윤덕 줌마병법

2024년 9월 25일 초판 발행
2024년 9월 25일 초판 1쇄

지은이 김윤덕
발행자 趙相浩
발행처 ㈜나남
주소 10881 경기도 파주시 회동길 193
전화 (031) 955-4601 (代)
FAX (031) 955-4555
등록 제1-71호(1979.5.12)
홈페이지 http://www.nanam.net
전자우편 post@nanam.net

ISBN 978-89-300-0686-6
978-89-300-0572-2 (세트)

책값은 뒤표지에 있습니다.

오늘, 아내가 사라졌다

김윤덕 줌마병법

나남
nanam

순順이란 이름으로
질곡의 역사를 살아온 두 어머니에게,

작별 인사도 못 하고
황망히 떠나보낸 나의 아버지에게.

서문

펑퍼짐한 아줌마라, 나는 좋다

월간 〈샘터〉부터 〈조선일보〉까지 30년 넘게 글밥을 먹는 동안 가장 애착을 가진 글이 〈줌마병법〉이었다. 근엄하고도 칼날 같은 시사칼럼과 달리, 해질녘 툇마루에 앉아 넋두리 늘어놓듯 써내려간 정체불명의 글을 좋아해 주는 독자들이 많았다. 병법兵法 속 배짱 두둑한 아주머니들처럼 내 입담도 거침없는 줄 알고 팔자에도 없는 TV 시사토크쇼를 1년 반 진행한 적도 있다. 생애 가장 곤혹스럽고 진땀 나는 경험이었다.

대학 시절 기숙사 룸메이트가 자기 사주를 보러 갔다가 오지랖 넓게도 내 사주까지 받아 온 적이 있다. "네 팔자엔 글월 문文자만 세 개란다." 돈 번다, 출세한다는 사주는 없고 글월 문 자만 세 개라니! 육십 줄을 바라보면서도 여전히 머리 쥐어뜯으며 글줄과 씨름하고 있는 처지를 돌아보니, 거 참 신통한 점쟁이라는 생각이 든다. 하긴, 입 구口 아니고 글월 문文이 세 개라니 얼마나 다행인가.

〈줌마병법〉 첫 원고를 쓴 해가 2007년이었다. 그사이 초등학교 1학년이던 아들은 강원 최북단 DMZ에서 군 복무를 마친 청년이 되었고, 늦둥이 딸은 32년째 맞벌이를 면치 못한 늙은 엄마에게 한 마디도 지지 않고 달려드는 여고생이 됐다. 가부장의 전형이었으나 자식들에겐 단 한 번도 호통친 적 없는 아버지가 유언도 남기지 못하고 세상을 떠나신 것, 글감의 마르지 않는 원천이었던 양가 어머니가 백발노인 되신 것이 가장 슬프다. 연로한 친정엄마와의 마지막 여행이 될지도 모른다며 지난해 하와이로 갔을 때, 팔순의 여인이 열여섯 살 소녀처럼 수줍게 '동백아가씨'를 불러서 자식들을 울렸다. 외할아버지한테 들킬라 이불 뒤집어쓰고 불렀다는 이미자 노래였다.

책으로 엮기 위해 〈줌마병법〉을 다시 읽어 보니 대견하기도, 부끄럽기도 하다. '조선제일필筆'을 다투는 선배 기자가 "동인문학상감"이라 극찬했던 글이 있는가 하면, 감정의 과잉에 화려한 수사들이 뒤엉켜 얼굴이 절로 붉어지는 글도 여럿이다. 연재를 시작한 십수 년 전만 해도 호랑이 담배 피던 시절이라 요즘 젊은 이들은 '구리다'고 느낄 표현들, 거슬리는 주장도 적지 않다. 그러나 현대사의 한 챕터를 딸이자 엄마이고 언론인인 한 여성의 눈으로 관찰하고 딴지 걸며 풍자해 본 세평世評이기에, 졸고인 줄 알면서도 세상에 내놓는다.

바라건대, 〈줌마병법〉 한 편 한 편이 인생의 여러 고비에서 만난 '현자'들의 지혜와 통찰로 읽혔으면 좋겠다. 내게 있어 현자란 학식이 높은 지식인이나 명망가들이 아니었다. 시대의 밑바닥을 온몸으로 살아낸 무명의 어머니들과 아버지들이었다. 식민지, 해방, 전쟁, 분단으로 점철된 현대사의 풍파를 겪으며 그들이 온몸으로 터득한 지혜와 처세, 그 대범한 결단에 나는 언제나 탄복했다. 필부필부들의 찰진 입말, 활어처럼 펄떡이는 날것의 표현을 사랑해서 충청, 경상, 전라, 제주 사투리를 흉내 내보려 용을 쓰기도 했다.

책의 공동 저자는 물론 이 땅의 모든 줌마들이다. '아줌마'라는 모멸적 혹은 비하적 호칭으로 불리면서도 펑퍼짐한 넉살, 꺾이지 않는 맷집, 질풍노도와 같은 입심으로 풍파를 헤쳐 온 그들은 내게 어디에서도 배울 수 없는 생활의 병법兵法을 물려주었다. 그들의 늠름한 후예라서, 아줌마라서, 나는 좋다.

핏빛 단풍 물드는 마크 로스코의 계절을 기다리며

김윤덕

차 례

1장

나도 마누라가 있었으면 좋겠다

얼마 전 제주에서 두 해녀를 만났습니다. 올해 구십둘, 구십한 살인 김유생, 강두교 할머니는 한림읍 귀덕리가 낳은 제주 최고의 상군입니다. 첫 물질 때 입었던 물소중이 옷을 입고 걸어오시는데, 어찌나 날렵한지요. 건강 비결을 묻자, 평생 물질하며 산 것이라 하고, 장수 음식을 묻자 보리밥에 날된장 풀어 오이랑 자리돔 썰어 넣은 물회라고 합니다. 무사고 물질 비법은 더욱 감동입니다. 내려갈 때 본 전복은 따도, 올라올 때 본 전복은 잊을 것! 하나 더 따려고 욕심내 되돌아갔다간 숨이 모자라 죽을 수도 있다는 것이지요.

구십 평생에 가장 좋았던 때는 '바로 지금'이라고 해서 뭉클했습니다. 일제강점기, 4 · 3사태, 6 · 25 동란, 대흉년을 온몸으로 살아 냈으니 그럴 만하지요. '제주 해녀는 소보다도 못하다'는 말이 있을 만큼 평생이 고된 노동! 새벽보다 먼저 일어나 물 길어 오고, 우는 애기 등에 업고 아궁이에 불 때가며 밥 짓고 국 끓이고요. 비가 온다고 쉴 수도 없습니다. 터진 망사리 꿰매야지, 터진 양말 기워야지. 구덕에 아기 눕혀 발로 흔들어 재우면서 손으로는 바느질을 했다지요. 목숨 걸고 물질해 벌어 온 돈으로 술 먹는 게 직업인 남편들 외상값 갚으러 다니는 것도 주요 일과. "확 도망가시지, 왜 참고 사셨어요?" 했더니, "다 이렇게 사는 줄 알았지. 멍청해, 멍청해"라고 하셔서 웃음이 터졌습니다.

예나 지금이나 이 나라에서 여성으로 산다는 건 세 가지, 다섯 가지 일을 동시에 해내야 하는 극한 노동입니다. "나도 마누라가 있었으면 좋겠다"라고 한탄하다 지쳐 이젠 결혼도 출산도 거부하는 시대가 되었고요. 그래도 오천 년을 이어 온 어머니의 어머니, 그 어머니의 어머니들이 물려준 강인한 피와 유전자가 내 몸에 살아 흐르고 있다는 것이 든든하고 자랑스럽습니다.

바람이 분다, 살아야겠다

퇴근길. 143번 버스 정류장에 여자가 서 있다. 휴대폰을 두 손으로 감싸쥐고 통화를 한다. "어머나, 세상에!" "아유, 그러믄요."

한껏 과장된 목소리에 비굴함이 묻어 있다. 상대가 코앞에 있기라도 한 양 "고맙습니다~", "행복하세요~" 하며 허리를 꺾을 땐 영락없이 한 표票를 구걸하는 정치인이다. 허리를 굽힐 때마다 어깨에 멘 묵직한 가방이 그녀의 등을 타고 내려온다. '한 건件 했다'는 표정으로 머리를 힘차게 쓸어 올리는 여자는 오른쪽 눈썹꼬리가 지워지긴 했어도, 물빛 블라우스의 겨드랑이가 땀에 흥건히 젖어 있긴 해도 예쁜 편이다.

유명 백화점을 지나 남산 터널을 뚫고 한강 이남을 향해 달려가는 143번 버스는 언제나 만원이다. 10분 가까이 기다린 버스가 저만치 고개를 내밀자 사람들이 버스의 도착 지점을 향해 일제히 움직인다. 느긋하게 버스가 들어오길 기다리던 여자는 승객들이 북적이는 앞문 대신 뒷문을 선택한다. 하차하는 사람들을 뚫고 뒷문으로 재빨리 올라탄 여자는 마지막 남은 좌석에 엉덩이를 들이민 뒤 승리의 미소를 짓는다. 반백半白의 기사가 백미러에 대고 외친다.

"아줌마, 뒷문으로 타면 위험합니다아~!"

콩나물시루나 다름없는 버스는 터널 초입부터 거북이걸음이다. 갈 길이 멀다고 판단했는지, 여자는 자기 몸체만 한 가방에서 검은색 비닐봉지를 꺼낸다. 갈색으로 짓무른 바나나 한 개, 그리고 방금 전 버스 정류장 매점에서 산 듯한 꽈배기가 들려 나온다. 바나나와 꽈배기를 물도 없이 꾸역꾸역 입안으로 밀어 넣는다. 비닐봉지 부스럭대는 소리, 쩝쩝대며 빵 씹어 삼키는 소리에 앞좌석의 중년 남자가 짜증스러운 눈길로 돌아본다.

무릎에 떨어진 설탕까지 손가락으로 찍어 남김없이 먹어치운 여자가 휴대폰을 꺼내 버튼을 누른다. 버스 안에서의 통화는 다른 승객에 대한 실례라는 걸 여자는 모른다. 수신자 명이 '왕자님'이다.

"엄마야. 인터넷 전화로 네가 다시 걸어."

1분 후 싸이의 '강남스타일'이 버스 안에 요동친다. 졸던 승객, 손잡이에 기대 몸을 배배 꼬던 승객들도 일제히 요동친다. 여자의 말투는 왕자님이 아니라 피의자를 심문하는 형사다.

"학원 갔다 왔어? 구구단은 다 외웠고? 게임은 딱 30분만 한 거지? 네 눈빛만 봐도 다 아니까 거짓말하면 죽는다."

터널을 지났는데도 자동차들이 꼬리에 꼬리를 물었다. 여자가 다시 가방을 열어 서류뭉치를 꺼낸다. 고객 명단이 빼곡히 적힌 종잇장을 무릎에 얹고 빨간 색연필로 동그라미, 세모, 가위 표시를 그려 나간다. 서류뭉치를 뚫어져라 노려보는 여자의 모습이 사지死地에 몰린 전사戰士 같다. '딩동!' 하고 문자 수신 벨이 울린다.

'뭐해?'

'일해.'

'퇴근 안 해?'

'버스야.'

'쉬엄쉬엄 해라, 쓰러질라.'

'입에 단내 나도록 살아도 될 둥 말 둥이다. 너처럼 돈 잘 벌어오는 남편이 있으면 모를까.'

'양육비는 보낼 거 아냐.'

'양육비 제대로 보낼 위인이었으면 애초에 갈라서지도 않았다. 애는 둘씩이나 낳아 놓고. 나쁜 인간 ….'

버스가 한강 다리로 진입하자 여자가 주섬주섬 짐을 싼다. 늦여름 석양이 그녀의 뺨을 물들인다. 무엇을 보았는지 여자가 창밖으로 고개를 돌린다. 물새 한 마리가 포물선을 그리며 날아오른다. 멍하니, 탐욕이 사라진 그녀의 얼굴이 열 살은 더 늙어 보인다. 눈 밑에 박힌 기미만 빼도 훨씬 어려 보일 것을 …. 어딜 그렇게 돌아다니는지, 결코 고급이라고 할 수 없는 샌들 뒤축이 하얗게 닳았다. 여자가 자리에서 일어선다. 교통카드를 단말기에 찍으려는 순간 버스가 급정거를 하는 바람에 그녀의 가방이 기어이 뒤집어진다.

"운전 좀 똑바로 하세요!"

내동댕이쳐진 휴대폰을 집어 올려주자 여자가 어색하게 웃는다. 얼마나 자주 떨어뜨렸으면 액정에 실핏줄이 가득하다. 넝마 같은 저 휴대폰이 그녀의 생명줄일 것이다.

버스에서 내린 여자가 아파트를 향해 걷는다. 블라우스가 허리춤에서 빠져나와 너풀대는 줄도 모르고 바지런히 걷는다. 멀리서 한 아이가 달려온다. 양팔을 벌린 채 바로 그녀를 향해 달려온다. 가방을 바닥에 내려놓고 여자도 양팔을 벌린다. 네 살 혹은 다섯 살. 여자의 목을 있는 힘껏 끌어안은 아이에게 그녀는 세상에 하나밖에 없는 엄마다. 사랑이다.

바닥에 널브러진 가방을 대신 든 사람은 여자의 아버지다. 딸아이를 등에 업고서 여자는 신이 나서 걷는다. 재잘대는 딸과 손녀를 따라 늙은 아버지가 고개를 숙인 채 걷는다. 고분고분한 데라고는 없이 억척으로 살아가는 딸이 노인은 안쓰럽고 야속하다. 딸이 견뎌 내야 할 삶의 굴레와 편견이 가슴을 누른다.

바람이 분다. 김광석이 노래했던, 라흐마니노프가 사랑했던, 아, 가을이 온다.

나도 마누라가 있었으면 좋겠다

PM 7:00

"벌써 가?"

부장의 눈 화살을 등짝에 다발로 맞으며 사무실을 나선다. 찬 바람에 몸이 으슬으슬하다. 버스는 왜 이리 더디 오는지. 지금쯤 새싹 반 선생님 눈꼬리는 V 자가 되었을 것이다. 아이가 어린이집 신발장 앞에 쪼그리고 앉아 있다가 두 팔을 벌린다.

"엄마아~."

아이 손을 잡고 마트로 간다. 큰애가 학원서 돌아올 시간에 맞춰 저녁밥을 지어야 한다. 현관문을 따고 들어서기 무섭게 전화벨이 울린다.

"집에 왔냐? 저녁밥은 지었냐? 애비 반찬은 만들었냐?"

며느리는 회사에서 고스톱 치다 오는 줄 아시는 시어머니시다. 콩나물을 삶고, 계란을 부친다. 돼지 목살에 신 김치 숭숭 썰어 찌개를 끓인다. 신발을 벗기도 전에 배고파 죽겠다고 펄펄 뛰는 아이 앞에 밥상을 번개처럼 차려 낸다. 입 짧은 둘째의 꽁무니를 좇아다니며 밥을 떠먹인다.

아이들이 남긴 반찬을 긁어모아 밥 위에 얹는다. 입안이 모래를 씹은 듯 까끌까끌하다. 아, 내게도 '마누라'가 있었으면. 고슬고슬 지은 밥에 따끈한 된장국 끓여 주며 "오늘 고생했지? 많이 먹어" 하고 등 두드려 주는 마누라가 있었으면 정말 좋겠다.

PM 10:00

아이들 씻기고 이부자리 펼 때까지도, 대통령보다 바쁜 낭군님은 깜깜소식이다. 둘째를 재우고 큰아이 방으로 간다. 게임하다가 화들짝 놀란 녀석이 배시시 웃는다. 숙제 다 했어? 준비물은 챙겨 놨어? 애매모호한 표정을 짓는 녀석의 책가방을 점검한다. 안쪽 주머니에서 수상한 물건이 만져진다. 꼬깃꼬깃 접힌 종이 뭉치의 정체는 수학 단원평가 시험지다. 붉은 작대기가 하나, 둘, 셋, 넷, 다섯, 여섯 …. 학기 초 담임의 충고가 악몽처럼 되살아난다.

"초등학교 때 밀리면 영영 못 따라가는 거 아시죠?"

아이를 책상 앞에 앉힌다. 낼모레 중학생인 녀석의 곱셈·나눗셈이 불안하기 짝이 없다.

"설마 이것도 못 푼 거야?"

녀석이 입을 삐죽거린다.

"맞벌이 아들이 이 정도면 잘한 거야, 엄마."

등짝을 냅다 후려친다. 함께 문제를 푼다. 엄마는 쩔쩔매고 아이는 하품한다. 편도선이 부었는지 목이 따끔거린다. 아, 내게도 마누라가 있었으면. "애들 공부는 내게 맡기고 당신은 회사 일만 열심히 해" 하고 어깨 주물러 주는 신사임당 같은 마누라가 있었으면 좋겠다.

AM 2:00

띵동! 초인종 소리에 선잠을 깬다. 열쇠를 못 찾을 만큼 만취하고도 집 찾아오는 실력은 노벨상감이다. 이기지도 못할 술을 왜 그렇게 마셔? 일찍 들어와서 애 수학 좀 봐 주면 안 돼? 누군 마시고 싶어 마시냐. 남자가 술 빼고 출세를 어떻게 하냐. 회식도 근무의 연장인 거 몰라?

야근수당도 안 나오는 회식이 어째서 근무의 연장인지, 회식만 잡히면 그대 눈은 어찌 그리 반짝이는지, 술독에 빠져 사는 사람치고 출세한 사람 본 적이 없거늘. 정작 그대의 마누라는 부장 입에서 회식의 'ㅎ' 자라도 나올까봐 가슴을 졸이고, 회식 자리에서도 시계만 쳐다보다가 "그럴 거면 애나 키우지, 뭐 하러 회사엘 다녀?" 소릴 듣고 다닌다는 걸 이 남자는 알까.

꿀물을 탄다. 소파에 대大자로 뻗은 남편의 양말을 벗겨 낸다. 전골 국물 빨갛게 튄 와이셔츠 앞자락을 보며 옥시크린이 다 떨어졌음을 상기한다. 아, 내게도 마누라가 있었으면, 회식하고 돌아오는 날이면 집 앞에서 기다리다가, "모처럼 스트레스 좀 풀었어?" 하고 웃어 주며 술국 끓여 주는 마누라가 있었으면 좋겠다.

AM 6:00
알람이 쩌렁쩌렁 울린다. 오한에 천근만근 가라앉는 몸을 일으켜 부엌으로 나간다. 물에 불린 황태를 들기름에 달달 볶아 북엇국을 끓인다. 속앓이 한번 오지게 해 봐야 술을 입에도 안 댈 것을, 미우나 고우나 가장家長이니, 주여, 내 마음에 사랑이 강물처럼 흐르게 하소서. 깨작깨작 밥알을 굴리던 남편이 느닷없이 골프 타령이다.

"골프를 배워야겠어. 사장님 골프 시중들다 고속 승진한 사람이 수두룩하대."

"골프 톡talk은 가고 엘리베이터 톡이 대세라던데?"

"무식한 소리 좀 하지 마."

큰애 학교 보내고, 둘째는 어린이집에 들여보내고 나니 벌써 8시다. 달리는 버스 안에서 여기저기 전화를 돌린다.

"중고 골프채 있으면 좀 빌려줄 수 있어? 나도 우리 남편 출세 좀 시켜 보려고, 흐흐…."

민망함 때문인지, 몸살 때문인지 등짝에 식은땀이 흐른다.

아, 내게도 마누라가 있었으면. “애들은 내가 볼 테니 토요일 하루라도 혼자만의 시간을 가져” 하고 집에서 내쫓아 주는 마누라가 있다면 정말 좋겠다. 열 가지 일은 자기가 하고, 난 한 가지 일만 할 수 있게 팍팍 밀어주는 마누라가 있다면, 나는 골프 같은 거 안 치고도 진작에 상무님 되었을 것이다. 전무님 되었을 것이다.

피를 팔아도 좋아! 허삼순 매혈기

중국 생사공장 노동자 허삼관은 피를 팔아 번 돈 30원으로 가족의 생계를 이었다. 코딱지만 한 공장 월급으로는 세 아들 먹성을 당해 낼 도리가 없었다. 피를 더 많이 뽑기 위해 허삼관은 배가 빵빵하다 못해 아플 때까지, 이뿌리가 시큰거릴 때까지 물을 마시고 또 마셨다. 피를 뽑기 전에는 오줌도 누지 않았다. 피를 팔고 난 다음에는 혈액순환에 최고라는 볶은 돼지 간 한 접시와 따끈히 데운 황주 두 잔을 마셨다. 머리가 어찔, 다리가 휘청거렸지만, 그것이 가장의 도리라고 믿은 허삼관은 뿌듯하고 행복했다. 문화혁명기 시절을 그린 위화의 작품 〈허삼관 매혈기〉다.

*

대한민국 계약직 회사원 허삼순은 월 200만 원으로 가족의 생계를 이었다. 있는 집에서는 자식들 과외비 주고 나면 바닥날 월급으로 그녀는 중학생, 초등학생 남매를 건사하고, 석 달 전 호기롭게 사표를 던진 남편에게 담뱃값도 쥐여 줬다. 월급만으로는 먹성 좋은 식구들 한 달 식대도 당해 낼 수 없어 주말에는 동네 편의점에서 시급 알바를 했다. 치솟는 물가를 따라잡기 위해 세탁기 다섯 번 돌릴 거 한 번만 돌리고, 한 달에 한 번 외식하던 걸 일 년에 한 번으로 줄였다. '기분 좋다고 소고기 사 묵는' 사람들과는 말도 섞지 않았다.

죽었다 깨도 타협은 없다는 신조를 최대 장점으로 여기고 사는 남편 때문에 울화통 터질 때가 한두 번이 아니지만, 결코 바가지는 긁지 않았다. 남자는 그저 기를 살려 줘야 한다는 엄앵란 여사의 말에 세뇌된 탓이었다. 백수 주제에 초등 동창회에서 만난 첫사랑에게 콧노래 흥얼대며 문자를 날리던 남편을 살려 둔 건 오로지 자식들 때문이었다. 아홉 살에 부친을 여읜 허삼순에게 '아버지'란, 아랫목에서 평생 자리보전하고 누워 있을지언정 세상에서 가장 크고 거룩한 자리였다.

*

장남이 백수 거사가 되었어도 시어머니의 유세는 사그라들 줄 몰랐다. "이럴 때일수록 보약을 먹여야 한다"며 전화통에 불을 내시니, 중학생 아들 운동화 사 주려고 꼬불쳐 놓은 비자금을 노는 남편 몸보신 하는 데 바쳤다. 홍삼 먹고 힘이 뻗쳤는지, 남편은 잃어버린 자신의 꿈을 찾아오겠다며 무슨 무슨 조찬강연회에

피 같은 돈을 뿌리고 다녔다. 새벽부터 자정까지 입에 단내가 나도록 뛰는 사람은 허삼순뿐이었다. 과로와 수면 부족으로 헛바늘이 돋고 눈앞이 노래져도 허삼순을 걱정해 주는 사람은 한 명도 없었다.

회사에도 '시어머니'가 한 분 있었다. 아무리 비싼 명품을 걸쳐도 절대 명품 티가 나지 않는 여자 상사는 허삼순의 정시 퇴근을 매우 못마땅해했다. 사사건건 "애는 당신 혼자 키워?", "우리 남편은 알아서 밥도 잘 해 먹더구먼" 하며 통박을 놓았다.

"사람이 명품이어야 진짜 명품"이라 충고해 주고 싶었지만, 허삼순은 간이 작았다. "아이들 재워 놓고 자정부터 재택 심야 근무에 들어가도 야근수당 신청한 적 없지 않으냐" 대들고 싶었지만, 허삼순은 심장도 콩알만 했다. 다음 달 계약사원 50명 중 정규직 사원 5명을 선발하는 권한이 하필 그녀에게 있었다. 언제 잘릴지 모르는 인생이니, 출퇴근 지하철 안에서는 중국어를 독학했다. 여행 가이드로 인생 2막의 승부수를 날려 볼 참이었다.

*

갑상선에 혹이 하나 있다는 진단을 받은 건 3년 만에 실시한 건강검진에서였다. 의사는 '갑상선 오른쪽 날개에 생긴 혹이 양성인지 악성인지 알아보려면 바늘로 목을 찔러 조직검사를 해야 한다'고 겁을 줬다. 위도, 폐도 아니고 갑상선이라니 허삼순은 시큰둥했다. 대한민국에서 갑상선 멀쩡한 여자 별로 없고, 설령 암이라 해도 생명에 큰 지장이 없어서 평생 달고 사는 사람도 있다고 했다.

'암·보·험'이란 세 글자가 떠오른 건, 이순재가 지금도 결코 늦지 않았으니 보험에 당장 가입하라는 광고를 본 순간이었다. 갑상선암이란 말 자체가 없던 10년 전 '혹시나' 하는 생각에 들어 둔 암보험 말이다. 만일 암이라면 무려 2천만 원을 손에 쥐는 거였다. 2백도 아니고 2천이었다. 2천만 원으로 할 수 있는 항목을 세고 또 세어 보느라 허삼순은 밤잠을 설쳤다. 중학생 아들 수학 과외 선생 붙이기, 소고기 배 터지도록 구워 먹기, 백수 남편 힘내라고 양복 한 벌 맞춰 주기, 시어머니 벚꽃 관광 보내 드리기, 중국어 학원 등록하기 ….

이튿날 허삼순은 눈을 뜨기가 무섭게 병원으로 달려갔다. "빨리 바늘로 찔러 보시라"라며 의사에게 목을 들이댔다. 의사가 허삼순을 위로했다.

"너무 걱정하지 마세요. 대개는 양성일 확률이 높고, 악성은 20~30%에 불과하니까요."

그러자 허삼순이 경악을 금치 못했다.

"선생님, 어찌 그런 막말을 하십니까? 양성 아니고 악성이어야 한다니까요? 갑상선암이라야 내 팔자가 확 핀다니까요?"

의기양양 진료실을 나서는데, 김삼순, 최삼순, 박삼순, 오삼순이 두 눈을 빛내며 차례를 기다리고 있었다. 2013년, 대한민국에서 첫 여성 대통령이 탄생한 해의 일이다.

어느 뮤지컬 여배우의 장밋빛 인생

와우, 황홀한 밤이에요. 이렇게 꽁꽁 언 날, 한물간 뮤지컬 배우의 갈라쇼를 보러 와 주신 여러분에게 바친 첫 곡, 에디트 피아프의 '장밋빛 인생'이었습니다.

디자이너 노라 노 선생이 그러더군요. 열아홉에 이혼하고 칠십 평생 손가락 마디마디에 굳은살 박이도록 옷이랑 싸워 온 당신 삶을 누가 장밋빛 인생이라기에 비웃었다고. 한데 곰곰 생각해보니, 나 하고 싶은 일 원 없이 하며 살아온 인생이 장밋빛 아니면 무엇이겠느냐고요.

제 나이 마흔여덟. 죽음보다 외로움이 무서웠던 '작은 새' 피아프가 세상을 떠난 바로 그 나이랍니다. 내 생에 남은 반세기, 장밋빛이 될지 먹빛이 될지 모르지만 요즘 살짝 우울합니다. 젊고 예쁜 후배들에게 밀려나 서럽냐고요? 지들은 안 늙나요 뭐? 군살 늘어 서글프냐고요? 음~ 모르시는구나. 여자의 진정한 매력은 40대에 무르익고, 그 관능적 아름다움은 적당히 나와 준 아랫배, 가사노동으로 튼실해진 이 허벅지에서 비롯된다는 거! 어우, 동의하시면 박수 좀 쳐 주세요.

*

뱃살보다는 제 중학생 딸아이 때문에 나날이 잿빛입니다. 배우가 딸도 키우느냐고요? 화장발, 반짝이 의상발에 감춰진 저 또한 일과 가정의 양립을 위해 발버둥치는 대한민국 여인입니다. 공연 있는 날이면 심봉사 젖동냥 하듯 이 집 저 집 맡기느라 눈물 콧물로 키웠지요. 얼마나 착한 딸이었게요. 공연 끝난 다음 날이면 늦잠에서 부스스 깨어난 엄마 앞에 빗과 고무줄을 들고 나타났지요.

"머리 빗겨 줄게. 엄마를 백설공주로 만들어 줄게."

둘이서 탭댄스 추며 노래할 때 난 세상에서 가장 행복한 엄마였어요. 언제고 제 첫 공연을 보고 엄지손가락을 추켜올려 주던 아이였는데, 맙소사, 어느 날 갑자기 등을 돌린 겁니다. 방문은 늘 굳게 잠겨 있고, 학교에선 허구한 날 벌점 문자가 날아들고요. 행여 넘어질까 상처 날까 가슴 졸이는 엄마는 안중에도 없이, 그저 친구들만 쫓아다닙니다. 귀를 막고 내 말은 아예 듣질 않아요.

누구 말마따나 '고스톱' 먼저 가르칠 걸 그랬나 봅니다. 낙장불입, 순간의 실수가 인생을 얼마나 뒤흔드는지, 비풍초똥팔삼,

인생의 우선순위가 무엇인지, 광박, 인생에 '한 방'은 있어야 하지만, 피박, 사소한 것이라도 소홀히 여겨서는 안 된다는 진리를 진작에 가르쳤으면 저리 비뚤어지진 않았을까요. 그러자 친정엄마 혀를 차십니다.

"너도 저랬다. 열 배는 더했다."

세 살 적 동네 노인들 모아 놓고 장미화 흉내를 내고, 박수 안 치면 박수 좀 치시라고 으름장까지 놓던 별종이었다네요. 삐딱선은 중학 시절 타기 시작했지요. 연기학원 보내 달라 졸랐더니 구식인 울 아버지, 형편도 안 되지만 딸 하나 있는 거 딴따라로 키울 수 없다며 금족령禁足令을 내리셨죠. 사흘 낮 사흘 밤을 굶었어요. 빈속에 장이 꼬여 떼굴떼굴 구르면서도 물 한 방울 먹지 않자 아버지가 두 손 두 발 드셨답니다.

그러고 보니 엄마는 친구들 사이에서도 왕따 당할 만큼 성깔 별난 딸에게 단 한 번도 "넌 왜 그렇게 생겨먹었니?" 묻지 않았어요. 공부하란 말씀도 안 하셨죠. 보자기 뒤집어쓰고 꽥꽥거리면 "노래하고 춤추는 게 그리도 좋아?" 하고 웃기만 하셨어요. 배우가 되어 고꾸라질 때마다 엄만 그러셨죠. 남들이 뭐래도 넌 너를 믿어야 한다고. 그래야 다시 일어설 수 있다고. 엄마의 꿈이 가수였다는 걸, 전 아주 나중에야 알았습니다.

암튼 전 배우 안 했으면 정신병에 걸렸을 겁니다. 하루에도 몇 번씩 딸로 인해 솟구치는 변화무쌍한 오감五感 덕분에 리얼 연기 작렬하지요. 하느님은 내게 뛰어난 배우가 되라고 딸을 주신 모양입니다.

은퇴는 언제 하냐고요? 더 이상 춤을 출 수 없을 때! 막이 오르고 무대에 조명이 켜지면 나의 심장은 꿈틀대다 못해 터질 것 같답니다. 아직도 연기에 갓 입문한 그날처럼, 무대에 나가려는데 의상이 없는 꿈, 노래하려는데 목소리가 안 나오는 악몽을 꾸지요. '맘마미아', 그중에서도 '댄싱 퀸'을 부를 때면 얼마나 행복한지요.

"당신은 춤출 수 있어요. 자이브를 출 수 있잖아요. 탬버린에서 나오는 리듬을 느껴 봐요. 당신이 바로 댄싱 퀸이에요."

이 노랠 부르면, 내 안의 모든 두려움이 사라져요. 불가능은 없다고 믿었던 스무 살 그때처럼 무모하게 도전하다 독박 쓸지언정, 쓰러져도 다시 일어나 '고고go go' 할 것 같은 배짱이 솟구치지요. 여러분도 그렇지 않나요?

자, 몸을 움직여 보세요. 어깨부터 천천히, 허리도 부드럽게 돌려보시고요. 스텝도 한번 밟아 볼까요? 애물단지 자식은 잊어버려요. 몸은 백발의 간달프요, 정신연령은 피터 팬인 남편도 잊자고요. 수십 년간 헌신짝처럼 내팽개쳤던 그대의 몸만 바라보세요. 몸에게 '미안했다' 사과하세요. 그대가 행복해야 가족이 웃습니다.

우리 엄마가 가장 좋아했던 노래, 이 땅의 여인들을 열일곱 소녀 시절로 되돌려 놓는 노래, 이번 설에도 하루 종일 쪼그리고 앉아 전 부쳐야 할 그대에게 바치는 노래입니다. 정훈희의 '꽃밭에서'.

새 봄, 당신의 몸과 연애하세요

잘 지내니? 애들 아빠는? 민호가 벌써 중학교를 졸업했어? 선물 뭐 해 줄까. 최신식 스마트폰 아니면 콧방귀도 안 뀐다고? 아들 하나 통 크게 잘 낳아 놨다, 얘.

그나저나 신년모임엔 왜 안 왔니? 몸살에 야근? 일 좀 작작해라. 한번 앉았다 일어서려면 뼈들이 우두둑 우두둑 날 살려라 아우성 안 치디? 은주, 현희 다 왔지 그럼. 남편 자식 뒤치다꺼리하느라 오이지마냥 한껏 쪼그라들어서 왔더구나.

*

그날 재미난 여자가 왔었다. 요가 하는 여자래서 처음엔 시큰둥했지. 흐물흐물한 인도 음악 틀어 놓고 "우주의 기운을 배꼽 아래로 모으시오~" 할까 봐. 이 여잔 다르더라. 미국 최대 회계법인에서 일했던 유일한 한국 여자라는데 돌연 요가 강사가 된 거야.

사연이 별나. 어느 날 아침 눈을 떴는데 온몸이 마비돼 있더래. 눈알만 움직이고 손가락 하나 까딱할 수 없더라지 뭐야. 병원 의사는 더 요상한 말을 했대. 몸엔 아무 이상 없다, 무조건 쉬어야 당신이 산다.

순간 유색인종, 그리고 여성이란 편견을 깨려고 하루 스무 시간씩 일하며 질주했던 하루하루가 눈앞을 스치더래. 경주마처럼 앞만 보고 달리다 생애 처음 급정거를 한 거지. 건강을 잃고 얻은 건 이력서에 적힌 몇 줄의 경력과 통장에 찍힌 숫자뿐.

아, 잘못 살았구나 싶어 모든 걸 정리하고 하와이로 떠났는데 거기서 요가를 만났다는군. 손끝, 발끝의 미미한 전율까지 하나하나 일깨우는 요가 동작을 익히는 순간 눈물이 펑펑 쏟아지더래. 사십 평생 자기 몸을 얼마나 혹사하고 함부로 내박쳤는지 미안하고 미안해서.

근데 너, 우리가 아침에 눈떠 잠들 때까지 몇 가지 생각을 하는 줄 아니? 자그마치 6만에서 8만 개란다. 수많은 생각 뒤엉켜 있으니 '바쁘다 바빠' 소리가 절로 나오고, 일이 뜻대로 안 되니 부르르 화를 내고 …. 점심 먹으며 저녁에 할 일 앞당겨 고민하고, 가족은 물론 회사와 국가, 지구의 미래까지 참견해야 직성이 풀리니 뇌가 견디질 못하는 거지.

병이 찾아오는 징조가 별것 아니더라. 책장을 막 덮었는데 어떤 내용이었는지 기억 안 나는 거, 잡생각 하다 내려야 할 지하철역 놓치는 거, 부엌에 뭘 가지러 갔는지 죽었다 깨도 모르겠는 거. 더 위험한 신호는 누군가의 사랑, 결혼, 출산 소식을 듣고도 무덤덤한 거래. '저만 연애하고 결혼하나? 애 낳는 게 별건가?' 이러면 중증이란 거야.

그녀가 농구하는 청년들 영상을 보여 줬지. 패스를 몇 번 주고받는지 세어 보라면서. 열세 번! 정확히 맞혔는데, 그게 끝이 아니야. 청년들 사이로 뭔가 지나가는 걸 보지 못했느냐 묻더군. 그래서 다시 보니 오 마이 갓! 마이클 잭슨처럼 느릿느릿 뒷걸음질 치며 '문 워크moon walk' 하는 갈색 곰 한 마리가 지나가는 거야.

'하루 8만 개 걱정에 사로잡히면 정작 보아야 할 고귀한 것을 놓친다'는 말에 가슴이 쿵 내려앉더라. 내 아이 어여쁜 미소를 놓치고, 부모님 애틋한 사랑을 놓치고, 친구의 다정한 격려를 놓치고, 아름다운 저녁놀을 놓치고 …. 바쁘니까 그냥 패스, 패스 하면서 종착역을 향해 가는 거지.

*

놓친 걸 다시 잡을 수 있는 방법이 없는 건 아니었어. 내 몸과 연애를 하는 거야! 녹슬고 사위어 가는 몸 구석구석을 청소한 뒤 봄꽃 심어 가꾸듯 하라고, 여자는 말했지.

우선 먹는 게 중요해. 그 여잔 요가 한 뒤로 채소 반찬에 저염

식만 먹는대. 인스턴트, 과자는 몸을 쓰레기통으로 만드는 지름길. 거기에 호흡 명상을 하는 거야. 아주 쉬워. 자, 허리를 곧게 펴고 엉덩이를 살짝 뒤로 빼고 앉아봐. 배꼽에 힘을 준 뒤 천천히 숨을 들이마시고 시원하게 내쉬는 거야. 그러면서 미소를 지어 봐. 너 자신을 향해! 그리고 말해. "널 많이 사랑해. 오늘도 행복해야 해"라고. 입을 떼는 순간 눈물이 왈칵 쏟아졌지. 똑같은 방법으로 가까운 사람들을 떠올리며 인사해. "고마워, 사랑해." 백만 가지 일로 바빠도 하루 2~3분만 투자하면 갈색 곰을 놓치지 않는다고 했지.

근데 이게 약발이 있더라구. 나이 오십에도 철 안 드는 남편과 말 한 마디 안 지고 덤비는 고딩 딸애마저 이뻐 보이더라니까. 마음 건강 최고의 보약이 '감사'라더니, 아프지 않고 내 곁에 있어주는 것만으로 고맙더란 말이지.

그리고 이건 비밀인데, 그 여자 만나고 온 뒤 매일 밤 초간단 요가를 시작했다. 코브라 자세, 성모 마리아 자세라고 들어는 봤니? 비둘기 자세는 처진 엉덩이를 사과처럼 탱탱하게 해 준다더라. 그래선가, 낭군님 눈길이 예사롭지 않고 말이지, 호호!

근데 이게 무슨 냄새? 아이고, 내 정신 좀 봐. 빨래 탄다 얘. 잠시만, 다시 전화할게. 진짜 중요한 얘긴 이제부터야.

나는 대한민국의 외줄타기 청소부

새벽 6시. 알람 소리에 이불을 머리끝까지 뒤집어썼다가 일어난다. 영하 5도. 현관문 사이로 숭숭 스며드는 칼바람이 밉다. 계란말이, 김치, 콩나물국 …. 세 아들 먹을 밥상을 차려 놓고 아직 푸른 어둠 떠도는 골목으로 나선다. 춥다.

오늘은 15층 빌딩의 외벽을 청소하는 날. 햇수로 5년째인데도, 밧줄 하나에 목숨 걸고 하는 청소 작업은 만만치 않다. 엘리베이터가 문제다. 고장만 안 났으면 무조건 '운수 좋은 날'. 지난달 12층 건물의 엘리베이터가 고장이 나 옥상까지 밧줄과 청소 장비 짊어지고 올라갔다가 밤새 몸살을 앓았다. 키 150cm가 안 되는 체구였다. 바람 불면 날아가게 생겼다고, 청소 용역업체 사장은 그녀가 로프공을 자원했을 때 극구 말렸다.

온통 코발트빛 유리로 둘러싼 건물은 햇살에 빛나는 바다 같다. 바람이 분다. 체감온도는 영하 10도쯤 될까. 밧줄을 묶는다. 줄타기보다 어려운 일이 밧줄 묶기다. 초보 시절, 엉뚱한 곳에 매듭을 묶었다가 5m가량 줄과 함께 미끄러져 내린 적이 있다.

로프에 안전판을 건다. 거기 앉아 종일 작업을 할 것이다. 바람에 몸이 좌우로 흔들린다. 내복 두 겹 입기를 잘했지. 얼음장 같은 공기가 양 볼을 때린다. 겨울은 추워야 제맛이랬다. 쨍하니, 정신 번쩍 들 때도 있어야지. 발밑은 보지 않는다. 그놈의 어지럼증. 대신 묵은 트로트를 흥얼댄다.

*

절박해서 시작한 일이었다. 일당 15만 원이란 말에 가슴이 뛰었다. 기초생활수급자에다 이혼녀인 그녀에게 아이 셋 먹이고 입히려면 돈, 돈이 필요했다. 남자들 줄 타는 모습 보니 못할 이유 없었다. 다들 제정신이냐며 혀를 찼다. 여자라서, 작아서, 나이가 많아서 안 된단다.

담력만큼은 자신 있다고 우겼다. 죽어도 좋아! 남편과 헤어지고 식당 일, 가사 도우미, 대리운전까지 안 해 본 일이 없었다. 줄을 타려면 팔 힘이 세야 한대서 소매를 걷어붙였다. 사랑에 눈멀어 스무 살에 시집간 뒤 온갖 잡일로 굵어진 팔뚝이다.

"독해!"

울며 겨자 먹기로 사장은 허락했다. 처음엔 밧줄도 겨우 들어 올렸다. 이제 밧줄 묶고 안전판 걸어 내려가는 데까지 몇 분이면 뚝딱이다. 줄에서 한 번 미끄러진 뒤로 실수란 없다. 한 치의 오

차란 죽음이다. 로프는 그녀의 밥줄이자 생명줄이었다.

유리창 너머에는 완전히 딴 세상이 펼쳐져 있다. 순백의 와이셔츠를 입고 사무실을 바지런히 오가는 신사들. 숏커트에 투피스 멋지게 차려입은 커리어우먼들. 내 아이들도 에어컨, 스팀 빵빵하게 나오는 사무실에서 폼 나게 일할 수 있을까.

보온병에 담아 온 뜨거운 보리차 한 모금에 냉기가 가신다. 달콤한 휴식. 이상하게도 공중에 매달려 있을 때만큼은 지나간 어둠이 생각나지 않는다. 버려졌다는 사실에 암담하고 암담했으나, 샛별처럼 빛나는 아이들 눈동자를 보고 선택한 삶이었다.

세 아들은 가장 든든한 우군이다. 단칸방에 살 때도 피로에 전 엄마가 잠자고 있으면 어두워도 불을 켜지 않았던 아이들이다. 친구들이 놀러 오면 우리 엄마 쉬어야 한다며 추운 날에도 밖에 나가 놀았다. 엄마가 고공 청소를 한다는 걸 알고 아이들이 울었다. 멀리서 엄마의 밧줄 청소를 지켜본 큰아들이 "정 하고 싶으면 이걸 끼고 하세요" 하며 털 달린 귀마개를 내밀었다. 세상 어떤 난로보다 따뜻했다.

*

기적은 길모퉁이에서 예고도 없이 나타나는 신의 선물이라고 했던가. 여자가 밧줄에 매달려 청소한다고 나라에서 '자활명장' 칭호를 내렸다. 기자들이 전화통에 불을 냈다. 겁나지 않느냐 물었다. 남편과는 왜 헤어졌느냐 물었다. 어떤 여기자는 휴대폰 벨소리를 트집 잡았다. 비발디의 '사계' 중 왜 하필 '봄'이냐고? '한겨울이지만 봄을 기다리는 마음으로 산다'고 주워섬겼다.

고공 청소 언제까지 할 거냐고도 묻는다. 오십이고, 육십이고 체력 될 때까지 할 거다. 돈 아쉬워 시작한 일이지만 이젠 흥이 나서 한다. 앨범 속 그녀가 웃는 사진은 예외 없이 공중에 매달려 작업할 때 찍은 것이다. 직업에 귀천이 어디 있나. 신바람 나서 하면 그게 귀한 직업이지.

누가 '우빈앓이'를 한대서 신종 전염병이냐 물었다가 망신을 당했다. TV를 마지막으로 본 적이 언제였을까. 억척곰탱이로 산 8년 만에 기초생활수급자 꼬리표를 떼던 날, 허공에서 만세를 불렀다.

사위에 어둠이 내린다. 멀리 교회 종탑에 아기 예수의 탄생을 축복하는 별이 빛난다. 귤이랑 막대 사탕 얻어먹으러 주일학교 갔던 때가 아홉 살 때였나, 열 살 때였나. 성탄절 소원을 빌라기에 여군이 되고 싶다고 했지. 교회도 부자 우대라는 걸 알고 발길 끊은 지 오래이나, 크리스마스는 그냥 좋았다. 케이크라 치고 붕어빵이라도 사 들고 가야 섭섭하지 않았다.

지상이 가까워져 온다. 산타가 선물보따리 메고 굴뚝에 내려앉을 때도 이런 기분이었을까. 산타가 오지 않는대도 희망의 꽃은 계속 피울지니. 삶이 시린 그대여, 메리 크리스마스!

언니야, 여기 칼국수 한 그릇

"워매, 눈 온다 언니야. 새색시 분가루처럼 곱게도 온다 언니야."

오전 11시. 한여름 같으면 벌써 들이닥쳤을 손님들이 오늘은 코빼기도 안 보인다. 영하로 뚝 떨어진 날씨에 눈까지 날리니 서울 남대문 명물이라는 칼국수 골목도 행인이 절반으로 줄었다. 단군 이래 최대 불황이라던가. 그나마 뜨끈한 국물로 추위를 녹이려 들어선 사람들은 골목 어귀 식당에서 잡아챈다. 골목 끄트머리에 옹색하게 붙은 순례 씨 식당이 손님을 차지하기란 하늘의 별 따기. 인터넷을 하느님처럼 믿는 뜨내기들은 TV에 비친 집이 젤로 맛있는 줄 알고 찾아든다.

*

"잘생긴 오빠야, 여기 앉으래이. 미스코리아 언니는 어데 가노? 보리밥, 찰밥 시키면 칼국수, 냉면까지 준다 아이가."

눈 구경에 신났던 통영댁이 안 되겠는지 팔을 걷어붙인다.

10년 가까이 순례 씨 일을 거드는 아낙이다. 저만치 사람 머리 통만 보이면 다짜고짜 고함을 질러대는 통에 귀청이 떨어진다.

"이리 앉으라니까네. 맛없으면 5천 원 물러준다니깐 그라네."

그악스러운 기세에 어리바리 골목을 구경하던 젊은이들이 걸음을 멈춘다.

"뭐 주까? 찰밥? 보리밥?"

못 알아듣는 눈치다.

"중국서 왔나배. 그럼 판(밥) 주까? 아니 미옌(면)? 후루룩 이거?"

손짓발짓해 주문을 받던 통영댁이 돌아서 구시렁거린다.

"뭐여. 여섯이서 게우 칼국수 두 개에 찰밥 하나여? 이거 설거지 값이 더 나오게 생겼네."

남대문에 중국인 관광객들이 북적이면서 칼국수 집들도 조선족을 고용하기 시작했다. 순례 씨네 '서울식당'만 빼고 다 있다. 그래도 모른 척하는 주인이 고마워 통영댁이 짬짬이 익힌 중국말이다.

"어려울 거 뭐 있노. 이리 오라 커고, 앉으라 커고, 얼마라 커고 그라믄 되지. 경쟁력? 우리 집은 맛으로 승부한다 아인교."

그 말이 틀리지 않다. 손님이 더러더러 오니 멸치 육수 진하게 우려 낼 시간 충분하고, 공들여 지은 찰밥이라 윤기가 자르르 흐른다. 순례 씨 집에 10년, 20년 단골이 많은 까닭이다.

"20년째 오는 신사는 무조건 칼제비만 먹는다우. 칼국수랑 수제비 섞은 거. 훤칠허니 어디 끗발 있는 회사 간부 같은데 여름이고 겨울이고 꼭 우리 집만 와요. 엄마가 해 준 것 같대."

*

스물아홉에 시작한 일이었다. 충청도서 고깃배 사업하던 남편이 빈털터리 되면서 순례 씨가 시장으로 나왔다.

"어떡해. 애들이랑 먹고살아야지."

그때 초등학교 1학년이던 아들이 마흔두 살 됐으니 30년도 더 지난 얘기다. 골목에 맨 처음 생긴 식당에서 일당 4천 원 받고 종업원으로 일했다. 국수 한 그릇에 250원 하던 시절이었다. 칼국수 집이 하나둘 늘면서 순례 씨도 가게를 차렸다.

"남대문이 한창 번성할 때라 국수도 잘 팔렸지. 지붕이 없을 땐 사람들이 우산을 받쳐 들고 먹었다우."

식당이 스무 곳 가까이 늘어나니 경쟁이 생겼다. 처음엔 냉면만 서비스로 줬는데, 누군가 보리밥을 시작하면서 서비스가 셋으로 늘어났다.

눈 붙일 새 없이 국수 말고 보리밥 지어 자식들 대학 보내고 시집 장가 보냈다. 밥때 놓치기 일쑤라 탈이 났는지 6년 전 위암 수술도 받았다. 한번 무너진 남편은 일어설 줄 몰랐다.

"웬수가 따로 없지. 국수 말아 힘들게 번 돈 경마로 다 날렸으니. 그래도 먼저 가고 없으니 섭섭해요. 구박이나 하지 말 걸. 요강이 팽팽 돌아간다는 가을 꽃게 한번 제대로 먹여 보지도 못했는걸."

택배기사로 보이는 50대 중반 남자가 급히 들어와 앉는다.

"찰밥 하나요."

두 여인이 바빠진다. 김이 모락모락 나는 찰밥을 소복이 담아 주자 남자가 한술 푹 떠서는 김가루에 굴려 맛나게 먹는다. 통영댁이 우거지 국물을 그릇이 넘치도록 부어 준다.

"미생인가 매생인가 인기라 카데. 남자들 불쌍하지. 언제 칼바람 불지 모르니까네. 어느 회사원이 부장한테 깨지면 지갑 속 마누라 사진을 딜여다봄시롱, 내가 이 여자와도 20년을 살았는디 겁날 거이 뭣이냐 한대서 배꼽을 잡아 쨌지. 돈 쩍게 벌어 온다 윽박지르지 마소. 살갑게 대해 주소."

*

점심 손님을 벼락처럼 치른 뒤 두 여인은 한숨을 돌린다. 커피가 꿀맛이다.

"언니야, 임대료에 밀가루 값, 채소 값 빼고 나면 남는 것도 없는디 고마 살살 여행이나 다니지 여태 고생입니꺼."

"고생은 무슨 고생. 우리 엄니들 비하면 새 발의 피지. 놀면 뭐해. 칠십까지는 국수 말게 해 달라고 매일 밤 기도하는 걸."

"아이고 무시라. 이래서 공부깨나 했다는 남정네들이 조선 여인들 발뒤꿈치도 못 쫓아온다고 하나 배. 허구한 날 쌈박질이나 해서 나라꼴만 망쳐 놓는가 배."

따르릉 전화가 울린다.

"보리밥 하나, 칼 하나, 냉 하나! 계란은 넣지 말라꼬예? 워메 50원 벌었네이."

머리에 한 상 얹은 통영댁이 콧노래를 흥얼대며 배달을 나선다. '내 나이가 어때서, 사랑에 나이가 있나요, 그대만이 정말 내 사랑인데 ….' 활짝 열어젖힌 비닐문 너머로 흰 눈이 내린다. 탐욕과 분노로 얼룩진 한 해를 말갛게 씻기려고 함박눈이 소복소복 내린다.

무교동 횟집의 비밀병기를 아십니까?

워매, 나는 해 줄 말이 없당께 뭔 인터뷰를 하자고 사람을 들볶고 그라요. 또 취재를 헐라믄 전무가 아니라 사장을 찾아야제. 번지수도 잘못 찾음시롱 무신 기자를 한다고 뛰댕기요. 물론 내가 인기가 쪼께 있기는 허제잉. "전라도 말 징허게 쓰는 김 전무 있는 식당이지요?" 함시롱 확인하고 예약하는 사람덜이 허벌나게 많응께. 요놈의 식을 줄 모르는 인기를 으쩌까잉.

긍께 바람만 불어도 폭삭 무너질 듯한 우리 집이 지독한 불황에도 손님이 꽉꽉 들어차는 비결이 알고 싶다고라? 고건 거시기 영업 비밀인디. 내 맘대로 나불댔다가 사장님헌티 잘리면 그쪽이 책임질라요? 인생 2막으로 식당 차려 보겠다는 분들헌티 보시布施하는 셈 치라고라? 아따, 야그를 해 줄 수도 없고, 안 해 줄 수도 없고 나 참 미치고 팔짝 뛰겄네잉.

뭐니 뭐니 해도 '머니'라고, 돈 버는 묘수는 우리 사장님 머리에서 나오지 않겄소? 40년을 한자리서 고꾸라지지 않고 버텨 온 으뜸 비결은 그 양반 리다십이다 이거요. 우리 사장 별명이 뭔지 아요? 성姓은 문文인디, 쩌그 살던 김일성이처럼 독재한다고 '문일성'이라. 고약하다는 뜻이 아니고, 그만큼 주방 장악력이 어마무시하다는 거제잉. 지금도 새벽 두 시에 어시장 나가는 일로 하루를 연다 안 허요. 그날 최고로 좋은 생선 선점할라고 강서로 남대문으로 열라 뛰어댕긴다 안 허요. 몇 월 며칠 몇 시에 손님 상 나간 매운탕이 덜 익었다는 것꺼정 기억한대니께요 글씨. 오죽하면 '요식업계의 전설', '일식계의 칼잽이'로 불리겄소.

그 히스토리는 눈물 없인 못 듣지라. 어려서 조실부모허고 열아홉에 서울 올라와 닥치는 대로 막노동을 했는디 우연히 종로 어느 일식집에 종업원으로 취직한 것이 운명을 바꿔 놓았지라. 잠자던 요리 본능이 솟구쳤다고나 할까. 청소면 청소, 서빙이면 서빙, 회 뜨는 일까지 야물딱지게 해내니 행운의 여신이 이 총각 어깨 위에 올라앉응 기라. 무교동 이 집으로 옮겨 왔는디 을매나 붙임성 있게 일을 잘했으면 주인이 경영권을 다 물려줬겠능교. 전설은 그날로부터 시작됐지라.

처음부터 대박 날 리 있겄소? 상권이 없으니 손님이 없고, 고층빌딩 들어서 좋아지나 했더니 콜레라가 쓸어 불고, 하루도 두 발 뻗고 장사한 날 없어라. 그 모든 위기를 뚝심 하나로 밀어붙였다 안 허요. 애기 손바닥 두께만 한 우리 집 회 보셨소? 고걸 갈치

젓으로 담근 김치에 싸서 먹어 보지 않고는 말을 허덜 말랑께요.

탐시런 두께 말고도 우리 사장님이 개발한 특유의 숙성법에 맛의 뽀인트가 있는디 요걸 알려 줘야 쓰까잉. 오후 4시에 귀공자처럼 잘생긴 생선들이 들이닥치면 목만 탁 쳐서는 30분간 얼음물에 파묻어라. 얼음이 차갑고 아픙께 생선이 막 몸을 퍼덕거리겄지. 그때 피를 쏟아 냄시롱 살이 딴딴해지는 기라. 이걸 잽싸게 건져 광목에 말아 냉장고에 두어 시간 넣어 두면 탱탱하고 쫄깃한 생선회가 탄생한다 이 말이오. 막 잡아 회친 것이 맛나고 신선하다고라? 워메, 충청북도서 오셨소잉? 민어 알로 맹근 우리 집 어란은 맛보셨능가? 싱싱한 참알을 소금에 절궜다가 응달에서 참기름 발라 감시롱 한 달을 꾸덕꾸덕 말린 우리집 최고 별미 아니요. 이리도 징글징글허게 공을 들이니 단골이 안 생기고 배기겄소?

서비스는 기본이제잉. '시골 부모님 찾아오신 양 반갑게 손님을 맞이하라'가 사장님 철칙鐵則이오. 손님이 부르기 전에 모자란 반찬 살폈다가 재빨리 채워 드려야 꾸중을 안 듣는당께요. 호랭이같이 무서워도 직원들은 또 을매나 위하는지. 가슴에 명찰 달린 거 봤어라? 손님덜이 '야, 야' 부르지 말라고 이름을 내걸었지요.

프랜차이즈라고라? 그런 말에 솔깃했다가 한 방에 가는 기 장사라. "두 마리 토끼 못 잡는다"가 우리 식당 사훈社訓이랑께. 강남 500평짜리 일식집들이 절반이나 문을 닫았다 안 허요. 비가 오나 눈이 오나 내가 잘 아는 일을 파고들어야제, 남들 한다고 따라붙었다간 백이면 백 망해 분다는 게 인생 2막의 기본잉께로 싸게싸게 받아 적으쇼잉.

*

근디 나는 어쩌다 이 집과 인연을 맺었냐고요? 고건 알아서 뭣 허게. 입에 풀칠할라고 왔제, 나라를 구할라고 왔쓰까잉. 허긴, 대한민국 굴리는 정·재계 거물들도 겁나게 드나들었지라. 국회의원치고 우리 집 안 거쳐 간 사람 없당게로. 그란디 참 씁쓸합디다. 누가 현직 실세實勢로 잘나갈 때는 사람덜이 벌떼같이 끓다가도 별 볼 일 없어지면 썰물처럼 빠져나가니, 오매 서글픈 거.

정치인뿐이겄소? 자식도 매한가지라. 아버지 돈 잘 벌어 오실 땐 당신 숟가락 들기 전엔 밥상에 손도 안 얹다가 아버지 은퇴하시니 예의고 뭣이고 읎어. 오호통재嗚呼痛哉 할 일 아니오? 근디 어쩌다 말이 이짝으로 새어 부렀쓰까잉. 암튼 뚝배기보다 장맛이라고, 그저 맛나고 편안허게 손님 모시는 것이 우리 집 비밀병기라. 손님과 세설世說하고 가끔씩 술 한잔 얻어먹는 것이 28년 지나도록 즐겁기만 하니, 여그가 나한테는 '신神의 직장' 아니고 뭐이겄소. 인자 됐소?

부장님, 이러시면 안 됩니다

올해 스물여덟, 직장 1년 차 새내기입니다. 대기업은 아니어도, 이 엄혹한 시기에 작지만 튼실한 강소기업에 입사해 만인의 축복을 받았습니다. 비록 말단이지만 다산茶山의 가르침을 따라 '생각은 맑게, 말은 과묵하게, 행동은 중후하게'를 다짐하며 복사 한 장, 커피 심부름 하나에도 성심을 다하는 중입니다.

한데 고민이 생겼습니다. 한 달 전 옮겨 간 새 부서 부장님 때문입니다. 우리 부장님은 안팎으로 존경받는 여성 리더입니다. 후덕한 인상에 화통한 웃음, 장부丈夫의 기개마저 지닌 '어머니 리더십'의 전형이랄까요. 그런데 참 이상하지요. 저는 부장님의 하해河海와 같은 오지랖, 시도 때도 없이 폭발하는 인정미가 공포스럽기만 하니 어찌하면 좋을까요.

"오야~."

혹시 이런 탄성 들어 본 적 있습니까. 제가 일을 하나 처리해 낼 때마다 우리 부장님 입에서 어김없이 흘러나오는 감탄사입니다. 출근 시간보다 30분 일찍 나왔다고 해서 "오야~", 커피 물을 알맞은 온도로 끓였다고 "오야~", 보고서를 군더더기 없이 만들었다고 또 "오야~" 하십니다. 어디서 들어 본 소리라 했더니, 어릴 적 할머니 댁에 가면 맨발로 뛰어나와 외치시던 "오야~ 내 강아지들 왔고나"의 그 "오야~"였습니다.

함께 식사할 때는 더욱 고역입니다. 전생에 여자 공수부대원이었는지, 5분 만에 식판을 게 눈 감추듯 비우는 부장님은 밥 먹는 속도가 유난히 느린 저를 지켜보시며 "깨작깨작 젓가락으로 밥알을 세고 앉았구나", "골고루 먹어야 장딴지에 살이 붙지", "사발째 들이켜다 못해 씹어 먹을 기세라야 사내" 같은 말들을 혼자 중얼거립니다.

한번은 옥상에서 담배를 한 대 피우고 내려오다 부장님과 마주쳤는데, 코를 킁킁대다 "설마 담배?" 하며 눈을 부릅뜨십니다. 제2사단 육군 병장으로 제대한 대한 건아의 흡연이 뭔 죄인가 싶어 몹시 당혹스러운데, 부장님 낙담한 표정으로 묻습니다.

"자네 어머님도 알고 계신가?"

*

진짜 공포는 따로 있습니다. 웃음이 넘치는 부서를 만들자며 예고 없이 날리는 농담, 그 속에 박힌 쇠붙이 탓입니다. 우리 팀 패셔니스타인 차 대리님은 "머리랑 옷은 신상인데 얼굴과 뇌腦

는 빈티지"란 지적을 받고 열흘간 상심했습니다. 영업2팀 에이스 강 과장님은 "제 아무리 명마名馬도 살이 찌면 노새보다 못한 법. 그 배로 엘리베이터 타면 참 미안할 거야"라고 저격당한 뒤 한 달째 계단으로 출퇴근하십니다.

신문에 여성 혐오 사건이 보도된 날이면 유머는 폭탄으로 발화합니다. "저런 종자들은 대륙간탄도미사일에 매달아 태평양 바다에 처박아야 해, 그렇지?" 하며 주먹을 불끈 쥐실 땐 어찌나 오금이 저리던지요. 한 선배가 충고했습니다. 우리 부서에서 출세하려면 영업력보다 젠더 감수성이 높아야 하고, 가부장家父長은 금기어이며, 여자 선배들 주재하는 밥 자리에 절대 빠져선 안 된다고. 바로 그 밥 자리에서 이런 말을 들었던 것도 같습니다.

"남편? 망치로 뒤통수를 톡 때리고 싶지. 누가 안 보면 만 구천 구백 원에 내다 팔고 싶지."

그날 처음 '결혼은 미친 짓'이란 말을 실감했습니다.

*

젠더 감수성을 기르기 위해 영화 〈더 페이버릿〉을 보았습니다. 남녀의 권력 관계를 거꾸로 뒤집은 영화입니다. 권력은 여왕을 비롯한 세 여인에게 있고, 남자 귀족들은 뽀글머리 가발에 하이힐, 프릴 잔뜩 달린 옷을 입고 '오리 달리기' 시합에만 열을 올립니다. 사랑을 구걸하다 "내가 중요한 걸 생각할 땐 좀 잠자코 있어!"라는 핀잔을 듣는 젊은 백작은 어찌나 한심한지요.

역사의 모든 시기에 멸시받고 살아 온 여성들을 생각하면 영화의 극단적 풍자가, 오늘의 남성 괄세가, 부장님 옹골찬 독설이 당연하다 싶으면서도, 이를 위한 해법이 반드시 응징이어야 할까 의문을 품게 됩니다.

영화에서처럼 여성이 권력을 쥐어도 광기와 부패의 온상이 되는 걸 보면 젠더 감수성만큼 중요한 건 개개인의 인격이 아닐까요. 용서와 양보 없이 증오와 악다구니만 무성하다면 페미니즘이 마초이즘과 다를 게 무엇일까요. 제가 아는 페미니즘은 남녀가 더불어 행복해지는 것이지 모멸감을 주자는 것이 아닌데, 우리는 왜 부장님한테 "그 나무젓가락 같은 다리로 공을 어떻게 차니?"라는 끌탕을 들어야 할까요.

*

지엄하신 부장님께 감히 항변하지는 못했습니다. 다만 이런 통보를 들었을 뿐입니다.

"아마추어 작가인 내가 곧 콩트를 발표하리니, 거기 귀하로 의심되는 등장인물이 나와도 놀라지 말라. 괘념치 말라."

어느 봄날, 인수봉 아래 밥집에서

오 선생과 잡담을 나눈 건 벚꽃 날리던 인수봉 아래 밥집에서다. 돌솥에 담겨 나온 곤드레밥에 그는 청국장, 나는 담북장을 얹어 비벼 먹었다. 앵두색 스웨터를 입은 안주인은 밥에 딸려 나온 산채를 가리키며 요건 상춧대, 요건 취나물, 요건 목이버섯이라 일러 줬다. 아마씨를 밥 위에 솔솔 뿌려 주면서는 천혜의 보약이라 호들갑을 떨었다.

오 선생 모친 이야기가 나온 건 돌솥에 불린 숭늉을 들이마실 때였다.

"갓 지은 밥 먹으니 어머니 생각 간절하네요."

그러고 보니 오 선생이 지극한 효자였다는 얘길 들은 적 있다. 한데 그리운 사연이 엉뚱했다.

"신여성이었죠. 동경 유학까지 다녀온. 바쁜 세상에 밥은 무슨 밥이냐며 매일 아침 빵을 주셨어요. 눈뜨면 어머니는 이미 나가고 안 계시고, 사 남매는 식빵을 우걱우걱 씹으며 등교했지요."

좋은 건 죄다 어머니 차지였다고도 했다.

"당시 귀했던 오렌지가 선물로 들어오면 숨겨 놓고 몰래 드셨어요. 참외를 깎을 때도 단맛 나는 위쪽은 당신이 먼저 잘라 드시고 나머지를 깎아 자식들 주시고요. 그러곤 말씀하셨죠. 너흰 살 날이 깃털처럼 많지 않니? 난 언제 죽을지 모르고. 앞길 창창한 너희는 나중에 실컷 먹을 수 있으니 이건 내가 먹으마."

6개월 집을 비우고 유럽 여행도 다녀왔다고 해서 입안의 숭늉이 튀어나올 뻔했다. 맏이가 고3, 막내가 중학 시험을 앞둔 때였다.

"요즘 엄마들 상식으로도 이해 불가죠. 대한민국 어느 어머니가 애 넷을 남편한테 떠맡기고 여행을 가겠어요."

어머니는 언제고 바깥일로 바빴다. 고지식한 남편의 동네 병원 수입으로는 학교를 세워 보겠다는 당신의 원대한 야망을 이룰 수 없으니 직접 생활 전선에 나섰다.

"복덕방도 하고, 주식도 하셨어요. 황해도 개성 여인 아니랄까 봐 짬 나면 화투라도 쳐서 돈을 따야 직성이 풀릴 만큼 셈 밝고 욕심 많고 바지런한 여걸이었습니다."

어머니는 조선에서 여인으로 태어난 걸 가장 한스러워했다고도 했다.

"'난 이름 가진 날이 싫다. 설날도 싫고, 추석도 싫고, 남편 자식 생일도 다 싫다' 푸념하셨지요. 내가 망나니짓하고 다니니

'야 이눔아, 아들로 태어나기가 얼마나 힘든 일인데 왜 그리 허투루 사느냐' 호통치시던 기억이 선합니다."

유별난 어머니가 원망스럽지 않으냐 물으니 그가 고개를 저었다.

"'부지런한 사람은 절대 못 당한다'가 어머니 신념이었어요. 사랑과 희생만이 부모의 덕목일까요. 영욕의 삶, 격동의 시대를 치열하게 헤쳐 나간 그녀의 투지가 철없는 아들을 사람 되게 하셨지요."

*

오 선생 모친은 한국 자수계 거목 박을복이다. 국립현대미술관 덕수궁전시관에서 몇 년 전 선보인 '신여성 도착하다'전展에서 관람객들이 "피카소 같다"라며 환호한 자수 작품이 그의 것이다. 이화여전에 다니다 동경여자미술대학에서 유학했으나, 박을복은 삶과 예술 모두 전통과 인습에서 벗어나고 싶어 했다.

자식들 떼어 놓고 6개월간 돌아본 '구라파'는 그의 예술세계를 180도 변화시켰다. 동양 자수에 서양화풍을 접목했고, 김기창, 박래현, 장우성 같은 회화 작가들과 협업하며 독창적인 자수 미학을 개척했다. 황창배의 화투 그림에 수를 놓아 제작한 열두 폭 화투 병풍, 이경성의 인물 드로잉에 머리카락을 심어 수놓은 〈보고 싶은 얼굴〉엔 위트와 해학이 넘친다. 말년에 완성한 〈집으로 가는 길〉은 박을복 자수의 결정판이다.

"비바람 몰아치는 산길을 굽이굽이 돌아 초가삼간 찾아가는 여정이 애틋하지요. 길 끝 저 작은 집이 남편과 자식들 기다리는 집인지, 당신이 닿으려 했던 꿈의 집인지 모르지만, 이 작품을 볼 때면 가부장 통념과 악착같이 싸우고 타협하면서 승리를 거머쥐려 했던 한 여인의 분투가 느껴져 매번 눈물이 납니다."

여든이 넘도록 바늘과 씨름했던 박을복은 중풍으로 쓰러져 100세에 눈을 감았다.

"마흔 넘어 장가가겠다고 하니 뭐 하는 사람이냐 물어요. 미국서 박사학위 받고 온 수재라고 했더니 '너도 참 여자 복이 없다' 하시데요. 미안하셨던 거예요. 살뜰히 돌봐 주지 못한 자식들에게, 그래서 결국 당신 곁을 떠난 아버지에게."

박을복은 서울 우이동 산자락에 작은 박물관을 남겼다. 김기창이 "바늘 끝에 아로새겨진 오색의 아름다움이여"라고 예찬한 걸작들이 거기 있다. 아낙네들 고된 노동이던 바느질을 예술로 승화하고 떠난 그는 단 한 줄로 자신의 소망을 적었다.

'새벽이슬에 젖은 버선발의 짧은 행보가 있었다고 어여삐 여겨 주시기 바란다.'

그녀는 예뻤다

J를 만난 건, '셀럽파이브'가 유튜브 바다를 휘젓고 있을 때다. 한물간 개그우먼들이 빨갛고 노란 투피스를 입고 나와 디스코 리듬에 맞춰 춤추는 영상이 100만 뷰를 돌파했대서 온 나라가 시끌시끌했다. 막춤이라 깔보고 따라 했다간 발목 꺾이기 십상. 다만 그 뻔뻔하고 우악스러운 표정이 거울 속 누군가와 판박이라 시큰 연민이 솟았다.

J는 달랐다. 대학 시절부터 일찌감치 '줌마계'로 분류된 우리완 타고난 원판이 달랐다. 미세먼지 자욱한 봄날 광화문 대로변에서 J를 한눈에 알아본 것도 그 우월한 외모 덕이다. J에 대해 풍문으로 들은 건 두 가지였다. 유창한 영어 실력으로 졸업하자마자 외국계 기업에 입사한 것, 떠르르한 혼처 마다하고 농활에서 만난 고학생과 열애 끝 결혼했다는 것. 어디서부터 물어야 할지 몰라 머쓱한 내게 J는 유방암 수술한 사연, 고3·중3 아들과 사는 얘기를 봇물로 토해 냈다.

*

정확히는 암이 아니고 암이 될 뻔한 혹 덩이를 제거한 수술이었지. 수술실 앞에서 등 터진 환자복을 입고 대기 중인데 큰 녀석한테 전화가 걸려 오더군. 장남이라 다르구나 싶어 목울대가 뜨거운데, 이 자식 하는 말.

"엄마 카드로 친구들이랑 영화 보러 가도 돼?"

마취에서 깨 사방이 어질한데 전화가 또 걸려 와.

"엄마, 라면 어디 있어?"

집과 회사를 널뛰며 살아도 식구들 생일은 목숨 걸고 챙긴다가 내 철칙인데, 정이 가기만 하지 돌아오진 않더라고. 회사 동료들이 내 생일이라고 케이크를 사 왔길래 먹고 남은 걸 집으로 들고 왔더니 남편이 반색하며 물어.

"오늘 누구 생일이야?"

반쪽짜리 빵 위에 촛불 켜고 생일 축하 노랠 부르는데 두 아들 놈은 연신 하품만. 돌연 남편이 베란다로 내달리더니 박스를 한 개 들고 오네. 한 상자에 5만원 하는 짭짤이(대저)토마토. 남편이 통 크게 말했지.

"생일이니 너 혼자 다 먹어!"

결혼기념일에 미나리 다발 받아 본 적 있니? 퇴근길 남편이 하얀 잔꽃 우수수 핀 다발을 한 아름 안고 들어섰지. 안개꽃인가 싶어 얼른 받아 드는데, 남편이 외쳤어.

"애들아, 오늘 저녁은 미나리 데쳐서 와사비 간장에 실컷 찍어 먹자꾸나!"

고3? 남자애들은 판판 놀다가도 때 되면 무섭게 파고든대서 기다린 세월이 17년. 정말로 첫 모의고사가 닥치니 새벽까지 불이 훤해. 너무도 황송하여 몰래 들여다보니 유럽 프리미어리그 축구 경기를 시청하고 계시더군. 자고 일어나면 바뀌는 게 대한민국 입시. 교육부총리도 몰라서 헤매는 입시를 일개 맞벌이 엄마가 무슨 재주로. 마음이나 일찍 비웠으면 가슴에 혹 덩이는 안 달았을걸.

그래서 완전히 내려놨지. 자고로 창생의 고통 어린 삶을 맛본 자가 왕업王業을 이루는 법. 훗날 우레처럼 떨쳐 울릴 사람은 구름으로 먼저 떠돈다 하였으니, 철부지 내 아들도 세상 쓴맛 신맛 다 겪으면 득도하는 날 오지 않을까. 시험이 내일인데 동이 트도록 축구 중계 보는 배짱도 아무나 못 갖는 비범함이지. 로봇과학자에서 축구선수로, 요리사에서 파일럿으로 해가 바뀌면 꿈도 바뀌는 천하태평 내 아들을 보면, 포커 플레이들 판치는 엄혹한 세상에서 저 대책 없는 낙관과 무딤 또한 삶의 강력한 무기가 되지 않을까 헛된 희망을 품곤 하지.

아, 결혼식에 널 초대 못 해서 미안. 목동 파리공원에서 열린

'세기의 결혼식'이었지. 날은 춥고 바람은 왜 그리 불던지. 고시에 거푸 낙방하다 변두리에 작은 카페를 연 사위가 야속해 친정 부모님은 연신 눈물만 찍어 내는데, 고향서 관광버스 대절해 올라온 남편 친구들은 만세 부르며 축포를 터뜨리다 내 웨딩드레스에까지 빵꾸를 냈지. 울다 웃느라 눈두덩이 빨개도 사랑은 이처럼 뜨거워야 한다고 믿었던 시절. 빤쓰 바람에 만고강산 코 골며 자는 반백의 남편을 보면, 우리가 정말 사랑했던 걸까 회의가 몰아치다가도, 살가운 맛이라곤 없이 노상 도끼눈 뜨고 으르렁대는 여자와 곁눈질 않고 살아 준 20년 세월이 뭉클해 이불을 덮어 주게 되더라고.

*

커피를 리필한 J가 동영상을 하나 보여 줬다. 지난해 열성고객 감사 파티에서 마케팅팀 후배와 듀엣으로 선보였다는 '아임 쏘 섹시'. 까만 정장에 선글라스를 끼고 펑키 리듬에 맞춰 춤추는 화면 속 J는 스무 살 때와 다름없이 늘씬하고 요염했다.

"운동권도 아니었던 내가 이렇듯 가열차게 사는 걸 우리 집 세 남자는 알까?"

올해 연습하는 춤은 '셀럽파이브'란다.

"숨이 깔딱 넘어갈지도. 그래도 꿋꿋이 살아서 다시 만나자."

파도 같은 군중 사이로 손 흔들며 사라진 그녀는, 정말 예뻤다.

2장

살아 보니 인생, 무승부더라

70, 80대 여인들의 뚝심과 유머를 좋아합니다. 학식은 짧지만, 인생에 대한 그들의 성찰을 켜켜이 쌓아올리면 어느 석학도 일구지 못한 지혜의 숲이 될 거라 확신합니다. '살아 보니 인생, 무승부더라'고 말씀해 주신 분도 무명의 여인이었습니다. 아주 오래돼 누렇게 바랜 편지 20여 통이 노끈으로 질끈 묶인 소포 하나로 인연을 맺었지요. 발신자는 자신을 '1939년생 독거 할머니'라고 소개했더군요.

편지 뭉치는 그가 문학 지망생이던 20대에 이호철 · 김정한 · 송병수 · 최정희 작가와 필담으로 나눈 일종의 문학 노트였습니다. 바스라질 듯 오래된 편지를 펼쳐 보니 '글쓰기의 정석'을 논한 당대 작가들의 충언이 재미있고 유익합니다.

이호철 선생은 "자그마한 소재를 붙들고 하루의 생활을 자세하게 그려 본다든지 주위의 인물을 그려 보면서 찬찬히 대들어 보라"라고 충고합니다. 또 "여러 작품을 내갈기는 것보다 한 작품을 두고 석 달, 여섯 달 주무르는 것이 훨씬 낫다"라고 강권하지요. '쑈리 킴'으로 유명한 단편 작가 송병수의 조언도 요긴합니다. "언문일치의 정확한 문장을 먼저 익히십시오. 소설은 어디까지나 '읽는 것'입니다."

결국 등단의 꿈을 이루지 못한 채 아이들 키우며 복닥복닥 살아온 그녀는 반세기 만에 장롱 깊숙한 곳에서 이 꾸러미를 발견합니다. 홀로 인생의 마지막 장을 정리하며 불필요한 살림세간부터 옷가지, 잡동사니들을 하나씩 버리기로 했는데, 이 문학 서간만큼은 버리지 못하고 전전긍긍하다 제게 보낸 것입니다.

감사 전화를 드렸다가 두 시간 가까이 들은 그의 인생역정 또한 소설 못지않아서 '병법'으로 옮겼습니다. 잘나게 살았든, 못나게 살았든 모든 사람의 인생은 결국 무승부라는 박영수 할머니의 소신이 큰 위로를 안깁니다.

홍대앞에서 온 편지

전화로 생떼 써 등록한 할머니예요. '글 선생'이 소탈하고 푸근해 맘에 들어요. 저는 글을 쓴다고 써 왔지만 띄어쓰기도 제대로 몰라요. 살도 붙일 줄 모르고요. 그냥 짤막하게, 아이들 결혼하면 주려고 썼던 글들을 작은 책으로 낸 적 있지요. 애들 외지 나가 공부할 땐 신문이랑 책, 전시 도록에서 오린 글과 사진들 모아 편지로 부치는 게 낙이었어요. 집안일 끝내고 한가로이 우체국 가는 길이 어찌나 좋던지. 요즘도 빨간 우체통 앞에 앉아 어디론가 사랑 담아 보내는 이들의 표정을 보노라면 참 행복해요.

늦둥이 딸이 여섯 살이랬지요? 우리 손자도 여섯 살인데. 종종 편지 띄울게요. 바쁠 테니 답장은 하지 말아요.

서교동 달동네

동네에 '북 페스티벌'이 한창이에요. 남편이 매일 책을 한 보따리씩 사 들고 오네요. 오늘은 사진 공부하는 아들 준다고 〈사랑의 방, 베르나르 포콩 사진집〉과 〈고흐의 다락방〉을 사 왔어요. 저는 두꺼운 공책 한 권 사서 일기를 쓰기 시작했지요. 극동방송에서 10분 걸으면 저희 집이에요. 올해로 40년 살았어요. 열 평 남짓 마당에 배추와 무 심겨 있던 낡은 집이었죠. 돈이 조금 모이면 이곳저곳 고쳤어요. 마당엔 동네 아이들 타라고 그네도 매달고요. 대문 열면 당인리 발전소로 석탄 싣고 가는 기찻길이 보였는데. 철길 양쪽엔 상추, 깻잎 심은 텃밭이 졸졸이 있고요. 돌이 갓 지난 딸아이 끼고 낮잠을 자노라면 기차가 덜컹덜컹 지나갔지요. 낮은 담 너머 우리 아이들 주라고 이것저것 넘겨주던 옆집 영훈이 엄마는 이곳을 '서교동 달동네'라고 불렀답니다.

그곳이 지금은 서울서 가장 번화한 동네가 되었으니 신기하지요? 젊은이들 찾아와 좋기는 한데 밤늦도록 노래하며 담배를 피워 대는 통에 요새 잠을 못 자요. 이사할 때가 된 걸까요?

남편의 손

그사이 소식 뜸했지요. 남편이 아팠어요. 간단한 수술이라더니 두 시간 넘도록 소식이 없어 일 났구나 했지요. 병실로 돌아와 다시 짜증내는 걸 보니 마음이 놓여요. 이젠 거의 회복되어 손주랑 그림도 그리고 아이스크림도 사러 나가요. 은퇴 후 마음앓이를 했나 싶어 짠했답니다.

1973년 5월 15일, 마거리트 꽃 한 다발 안고 1만 5천 원 월급

타는 조교와 결혼했지요. 며칠 전 내가 "우리 참 많이도 싸웠지? 살 만하니까 아프다 그치?" 했더니 남편이 빙그레 웃어요. 누군가 "남편 손이 멋진 줄 나이 들어 처음 알았다"고 하길래 저도 남편 손을 훔쳐 본 적 있어요. 콧등이 시큰했지요. 생각보다 작고, 생각보다 거칠어서. 평생 돈 좇은 적 없고, 누구를 넘어뜨리고 일어선 적 없고, 언성을 높인 적 없던 사람. 그래서 늘 빠듯했지만 남편 덕에 두 아이 반듯하게 자랐다는 고마움이 커요. 하긴 모르죠. 나 몰래 딴짓했을 수도, 호호!

남편 손이 닿으면 우리 집은 구석구석이 밝아져요. 은퇴하더니 집수리에 더욱 열심이네요. "천년만년 살 것도 아닌데" 부아를 내면 남의 집처럼 얘기한다며 서운해해요. 요즘은 저를 위해서 한다는 말이 "밥하지 마"예요. 밥 달라 소리보다 더 무서워요.

중2 아들

드디어 중딩 아들에게 소리 지르기 시작했군요. 저는 때리기도 했어요. 새 옷 사 주면 친구들한테 벗어 주고 오고, 집에 안 와 학원에 찾아갔더니 등록한 사실이 없다고 해서 기함한 적 여러 번이죠. 당시 유행한 통바지 자락이 너덜너덜해지도록 온 동네를 쓸고 다니길래 세탁소 가져가 밑단이랑 통 좀 줄여 달라 했더니 주인이 물어요.

"아드님한테 허락받았어요?"

녀석이 하도 느긋해서 "넌 대체 인생의 목표가 뭐니?" 물었더니 "재미있게 사는 거"라고 해서 두 손 들었잖아요. 아들은 그러려니 하세요. 중학교 때 조용하면 대학 가서 사고 쳐요. 그저 엄마 보면 웃게만 해주세요.

사진 공부한 아들은 장가갈 생각도 않고 돌아다녀요. 요즘은 아는 형 잡지 일 도와주고 돈을 버는지 엄마 머리 하얘진 것도 모르고 화려한 색깔 옷을 사다 줍니다. "야무지게 모아야지"란 말이 목까지 올라오지만 결혼하면 그리하겠나 싶어 고맙게 받지요. 아들이 행복해 보이니 저도 행복해요. 자식은 그런 거예요.

시아버지

곧 추석이에요. 장충동 산꼭대기에 신혼방 얻었더니 시아버님이 시간만 나면 찾아와 이것저것 손을 봐 주셨지요. 철없는 며느리에게 언제나 "고생한다, 조금만 기다려 봐라" 하시며 사랑을 주셔서 동네 분들은 친정아버지인 줄 알았대요. 아들이 교수 되니 "에미야, 네가 복이 많다, 네 덕에 애비가 잘된다" 하셔서 어찌나 송구하던지요.

당신 돌아갈 날 아셨는지 저희 집 오셔서는 아들과 둘이 목욕하고 며칠 후 세상 떠나셨어요. 기일이면 남편은 꽃을 한 아름 사와 아버님 사진 옆에 올려놓고 촛불을 켜요. 그리고 밤새 책을 읽지요. 꽃이 질 때까지. 그것이 우리 집 추도 예배랍니다.

작달비 멎으니 바람이 선선하네요. 이번 명절엔 쪼그려 앉아 전 부치지 마시길. 나처럼 빨리 늙어요.

살아 보니 인생, 무승부더라

저는 1939년생 독거 할머니입니다. 선대로부터 조선일보 독자였고, 팔십 줄 접어든 지금도 신문은 저의 가장 좋은 친구요 가족입니다.

보잘것없는 소포로 번거롭게 해 드렸습니다. 살날이 얼마 남지 않아 이것저것 정리하던 중 장롱 속에서 이 꾸러미를 발견했습니다. 문학소녀 시절 당대의 작가들께 습작을 보내고 받은 편지인데, 버리자니 아까워 애독하는 조선일보에 무턱대고 보낸 것입니다.

*

저 살아온 얘기는 뭣 하시게요. 그저 초라한 여인의 일생이지요. 경남 밀양, 요즘 젊은 사람들이 제일 싫어한다는 부르주아 집안에서 태어났어요. 떵떵거리고 살았냐고요. 웬걸요. 해방 후 토지 개혁으로 땅은 죄다 빼앗기고요, 소작농들이 은행원 아버지를 북으로 끌고 가려 해서 집안이 풍비박산 났지요.

한차례 회오리 지난 뒤 아버지는 읍내에 작은 정미소를 차렸어요. 병으로 세상 떠난 엄마 대신 대가족 건사할 새어머니 맞은 것도 그 무렵이지요. 새어머니는 열세 식구 아침밥을 다 해 먹이고 설거지까지 해야만 막내인 저를 학교에 보냈어요. 문학에 빠져든 게 그때부터예요. 책 읽고 글 쓸 땐 외롭지 않았으니. 시골에 살지만 이 생에 작은 발자국 하나 남겨야겠다, 다짐도 했지요.

마침 이복동생들이 학업 위해 부산으로 나가면서 저도 새어머니 굴레를 벗어났어요. 동생들 밥해 주는 틈틈이 이태준의 〈문장강화〉가 너덜너덜해지도록 공부했지요. 이호철, 송병수 등 서울 작가들께 습작 한번 봐 달라며 편지를 썼으니 참 당돌하지요? 그걸 휴지통에 안 버리고 일일이 답을 주셨으니 얼마나 큰 은덕인지요.

김정한 작가는 "이 실력으론 안 된다. 결혼해 착한 어머니 되는 게 상책이다" 면박을 주시면서도 "진주에서 박경리가 나왔으면 밀양에선 아무개가 나와야지" 하며 격려해 주셨지요. 그 가르침을 지상 명령으로 여기고 열심을 다했던 시절입니다.

*

그러나 필력은 나아지지 않고 한 해, 한 해 나이만 먹었어요. 안 되겠다 싶어 서울로 올라와 한남동 직업학교에서 자수기술자

격 2급을 땄지요. 작은 수예점도 내고 어찌어찌 앞가림하며 살아가는데 동네 들락이던 '미제 장사 아줌마'가 중매를 섭니다. 아내와 사별한 남자가 있는데 알부자이니 고생은 안 할 거라며.

막상 시집을 가 보니 알부자 아니고 빚 부자입니다. 아이들은 넷이나 되고요. 게다가 남편은 결혼하자마자 퇴직해서 제가 생활전선에 나서야 했지요. 눈앞이 캄캄했지만, 살아 봐야지 어쩌겠어요. 구멍가게 차리면 본전은 안 까먹는대서 있는 돈 없는 돈 끌어모아 개포동에 열었는데, 글재주보단 돈 버는 재주가 있었는지 이십 년을 억척으로 꾸려서 네 아이 모두 대학에 보냈어요.

고생이야 말도 못 하죠. 허리가 다 망가졌는걸요. 장사 잘되니 가게를 빼라는 건물주와도 맹렬히 싸웠어요. 우리 식구 밥숟갈이 다 여기 붙었다, 송장 되기 전엔 못 나간다 버텼지요.

친엄마 잃은 설움 누구보다 잘 아니 아이들에겐 말 한마디, 표정 한 번 함부로 짓지 않았어요. 어디서도 주눅들지 않게 따뜻이 입히고 먹이고요. 지금은 저마다 일가를 이뤄 명절 되면 감귤 한 상자씩 들고 찾아와요. 전화 목소리 시원찮으면 반백이 다 된 아들이 놀라서 "엄마~" 부르며 달려오고요. 참, 고맙지요.

*

남편 떠난 뒤 작은 셋집으로 이사했어요. 소파며 침대는 구청에 보내고, 밥솥이랑 옷가방만 들고 나왔어요. 가끔 지팡이 짚고 동네 공원을 산책하는데, 앙상한 나무들 보고 있자니 옛일이 떠올라 혼자 웃어요. 시골 처녀가 겁도 없이 기차를 타고 광화문 신문사로 습작을 내러도 갔고요. 언양 산다는 오영수 선생 댁도 물어물어 찾아가고요. 무례하다 안 하시고 “아내가 장에 가 점심도 못 차려 줬다”며 단편집 〈고개〉에 사인해 건네시던 모습이 잊히질 않아요. 그 책도 동봉합니다.

이호철 선생은 “이 탁한 서울을 동경하지 마십시오. 문학은 외로워야 하고, 행복보다는 불행의 산물입니다”라고 편지에 쓰셨지요. 행복은 무엇이고 불행은 무엇일까요?

살아 보니 인생은 무승부. 부자나 가난한 이나 향할 곳은 오직 한 군데이고, 이래도 한세상 저래도 한세상이더군요. 비록 꿈은 이루지 못했지만, 죽기 전 남편이 “당신이 내 구세주였소” 한 말로 큰 상賞 받았다 치려고요. 저 하늘에 가면 울 엄마도 ‘잘했다’ 쓰다듬어 주실까요.

늙은이 넋두리가 길었습니다. 환란을 많이 겪은 세대라 말이 많아요, 호호! 경제가 잘돼야 하는데 위정자들 세상 보는 안목이 못 배운 우리 할머니들보다 짧아서 큰일이지요. 걸핏하면 친일, 친일. 그런 논리면 왜정시대 수돗물 먹고 전기 쓰고 기차 탄 사람은 다 친일이게요. 또 딴소리 …. 모쪼록 이 편지가 새 주인 만나 귀히 쓰이길 바랍니다. 고맙습니다.

허허실실 최 여사의 마음수행법

최목자 여사가 일을 썩 잘하는 가사도우미는 아니었다. 울 100% 머플러를 뜨거운 물에 빨아 수세미로도 못 쓰게 오그라뜨리질 않나, 프라이팬에 식용유 대신 물엿을 들이부어 주인집 여자의 간을 뒤집었다. 남도南道 여인네라고 선뜻 최 여사를 낙점했던 집주인들은 짜기만 하고 맵기만 한 그녀의 음식 솜씨에 입을 딱 벌렸다. 설거지하는 손아귀 힘만 천하장사여서 주인집 찬장에 성한 그릇이 없었다.

그런 최 여사가 20년 가까이 가사도우미로 장수하는 비결은 사내 못지않은 팔뚝과 철갑을 두른 웃음보 덕이었다. 까탈스러운 주인집 여자들이 시시콜콜 잔소리하고 구박해도 헤벌쭉 웃어넘기는 게 그녀의 으뜸가는 능력이었다. 립스틱이 없어졌네, 금반지가 사라졌네, 누명을 뒤집어써도 “야들이 발이 달렸나, 눈이 달렸나. 이 목자 아짐씨 꽃눈에 피눈물 나게 허지 말고 싸게싸게 나와 부러라잉” 하며 또 배시시 웃었다.

최 여사의 억척 이력에 위기가 닥친 건 '꼭대기 할머니'를 집주인으로 만났을 때였다. 사소한 일에도 머리 꼭대기까지 열불을 내는 꼭대기 할머니는 청결 강박증까지 타고난 70세 노인. 매일 아침 각 방 이불은 물론 매트리스까지 걷어 먼지를 털어야 하고, 양말 한 짝도 애벌빨래 후 겉으로 한 번, 뒤집어 또 한 번 돌리는 세탁 과정을 매일같이 반복했다. 그래도 걸레질보단 수월했다. 하루 두 번 서른댓 평 아파트를 무릎 꿇은 채 물걸레질하고 마른걸레질까지 할라치면 온몸이 으스러지는 듯하여 "천하의 목자도 저승길 갈 때가 됐나 보네잉" 소리가 절로 나왔다.

그렇다고 일주일도 안 돼 이 집을 뛰쳐나간 수많은 도우미들처럼 제 발로 걸어나갈 최 여사는 아니었다. "내 이름이 목자여. 웬만한 비바람에 흔들리지 말라고 우리 아부지가 지어주신 이름인디, 여서 포기하면 나가 전국의 나무님덜 욕보이는 꼴이 되고 말고, 암만."

그 대책 없는 뚝심에 손을 든 쪽은 꼭대기 할머니였다. "아이구, 내가 저 미련곰퉁이 여편네를 내일 당장 쫓아내고 말지" 하는 소리를 입에 달고 살면서도 매일 아침 최목자 여사가 현관문을 밀고 들어서면 노인의 양 볼에 생기가 돌았다. 감기 몸살로 자리보전할 때 매끼 흰 쌀죽을 끓여서 간병한 뒤로는 최목자 여사와 겸상을 하기 시작했고, 찬밥에 마늘장아찌 얹어 먹으면서도 도란도란 이야기꽃이 피어났다.

"나이 육십 중늙은이가 왜 이러구 살어."

"노는 입에 염불한다고, 집에서 놀면 뭐한다요?"

"서방은 뭘 하길래 늙은 마누라를 이리도 혹사시키누."

"젊어서 내내 밖으로 나돌다가 병들어 조강지처 찾아온 지 몇 날 안 됐어라."

"그걸 가만둬? 다리몽댕이를 분질러 놓지."

"그래도 사내라고 아랫목 차지하고 앉아 있으니 든든합디여. 이빨 빠진 호랭이 구박하는 재미가 짭짤합디여."

뼈대 있는 집안임을 자랑하는 꼭대기 할머니였지만 최 여사에게만큼은 속엣고민을 털어놨다. 홀어머니 안 모시겠다고 다툴 때는 언제고, 지난해 코딱지만 한 땅이 벼락같이 나타나자 서로 모셔 가려 눈에 불을 켜고 달려드는 자식들 탓에 화병이 났노라 했다.

"어느 날은 밤에 자다가도 벌떡 일어나. 가슴이 콱 막히는 게 속불이 나서."

"그래도 누구 집 자식처럼 육십 넘은 에미 골병들게 하진 않잖어요."

"자네는 부처님 도라도 깨쳤는가."

"열불 내봤자 애꿎은 내 가슴만 홀라당 타지요. 나는 애시당초 나무토막이다, 죽은 사람이다 하고 두 귀를 콱 틀어막지라. 저 웬수가 나를 성불시킨 은인이로고 함시롱."

"그런다고 화가 가라앉으면야."

"마음에 불길이 오르면 곧장 뿜지 말고 몸 안에 가둬 보시요잉. 항문을 조이고 근육에 힘을 빡 주고라. 더 이상 참을 수 없는 상태에서 항문을 열고 숨을 후우욱 하고 내쉬면 이글거리던 불길이 썰물처럼 빠져나간다 안 허요."

"방귀밖에 더 나오겠는가?"

그날 꼭대기 할머니는 최목자 여사와 새끼손가락을 걸었다. 최 여사가 비행기 값을 모으는 대로 둘이 함께 성산포에 가기로. 또 있다. 무릎걸레질은 이틀에 한 번만, 이불 털기도 사흘에 한 번만! 마음공부에 대한 수업료였다.

49년생 김지영과의 인터뷰

별명이 '햇살 할매'였다. 한 손엔 빗자루, 한 손엔 걸레를 들고 도자기 인형처럼 오뚝오뚝 걸어 다니는 여인을 젊은 직원들은 줄여 '햇할'로 불렀다. '해탈'로도 들리는 애칭은 그에게 썩 잘 어울렸다. 관세음보살의 미소가 언제고 만면에 흘렀다. 근엄한 표정의 임원들에게도 "안녕하세요?", 햇병아리 수습사원들에게도 먼저 "안녕하세요?" 여인의 손길이 닿은 계단과 화장실은 반짝반짝 윤이 났다. 바닥에 물 한 방울, 휴지 한 장 떨어져 있는 법이 없었다.

"시원할 때 얼른 드슈." 밀린 업무로 점심을 걸렀다는 말에 그가 간식으로 챙겨 둔 두유를 내밀었다. 10년 전 박아 넣은 인공관절로 책상다리를 할 수 없는 여인이 휴게실 장판 마루에 두 다리를 뻗었다.

*

새벽 세 시면 일어나야쥬. 네 시에 첫차를 타야 다섯 시쯤 도착해 청소를 시작헝께. 등허리에 땀 흥건하도록 두세 시간 바짝 쓸고 닦아야 직원들 출근하기 전에 끝내지유. 우렁각시가 따로 없다니께, 호호!

농땡이가 다 뭐여. 내 사전에 '대충'이란 없슈. 게으름 피워 봤자 다음 날 고스란히 내 몫. 닦을 건 닦고, 털 건 털고, 밀 건 미는 게 청소의 정석이지. 책이랑 신문 더미 옮기고 버릴 땐 허리랑 무릎이 아우성치지만 어쩌겄슈. 대충은 안 되는걸.

나이는 왜 물어유? 49년생 소띠, 만으로 칠십인디 그리 안 보이쥬? 남들은 미화원을 어찌 보는지 몰러두, 이게 나름 전문직이유. 고생은 무신 고생. 새벽에 버스 타면 죄다 배낭 메고 운동화 신고 일 나가는 내 또래 여자들. 자식한테 손 안 벌리고, 운동도 되구유. 누가 그럽디다. 노동이 운동이다, 호호!

엄마 뱃속부터 가난을 이고 나온 소띠라 일은 원 없이 했쥬. 술 좋아하던 낭군님 서른여섯에 저세상으로 떠나니 황망하데유. 자식들 굶길 수 없응게 닥치는 대로 시작한 일이 지금꺼정이유. 당장 잠잘 데 없어 금호동서 옷 장사 하는 남동생 집에 얹혀살며 온갖 식당을 전전했지유. 고생? 추억이지 추억, 호호호!

누구는 화장실 청소가 젤로 고달프지 않으냐고 묻는디, 먹고 싸고 숨 쉬는 게 도道 닦는 거라 안 합디여. 사람이 어떻게 꽃향기만 맡고 살간디? 눈살이 찌푸려질 때도 있지유. 대학까지 나온 최고의 지성인들이 남기고 간 뒷자리가 아름답지 않을 때. 호호호!

*

우리나라, 걱정되지유. 일자무식이라 정치는 몰러두, 우리 문통은 잘할 줄 알았슈. 눈매가 선하잖어유? 근디 요새 보니 독불장군이데. 처음처럼 소통도 안 허구유. 귀 꽉 막고 말 안 듣는 기 꼭 우리 서방님 같어유. 약주藥酒 아니고 독주毒酒라고 그리 애원해도, '이번 딱 한 번만' 하며 꼬드기는 건달들 좇아 허구한 날 술방을 드나들더니 한 방에 갔슈. 나 같은 서민들 잘살게 해 준다더니 집 몇 채씩 갖고 노는 사람들이랑 더 친한 거 보고 마음 접었쥬. 이런 말 하면 잡혀 갈랑가?

한 청년이 대통령 앞에서 우는데 딱해서 같이 울었슈. 그래도 코만 빠뜨리고 살 수 있나유. 몸만 성하면 못 할 일 뭐 있다고. 일에 귀천을 두지 않고 죽기 살기로 노력하면 기회가 벼락처럼 찾아오는 법. 공짜 돈 퍼 주지 말고 일자리를 만들어 줘야 쓴다고, 눈 가리고 아웅은 죄악이라고, 그래야 우리 애들 살릴 수 있다고 신문에다 크게 써 주슈.

*

벚꽃놀이유? 일하는 버릇 뼛속까지 맺혀 그런가, 난 새벽 버스 타고 출근하는 기 젤로 좋아유. 녹슨 고철로 스러질 나이에 돈 벌 수 있으니 축복. 구내식당 밥이 좀 맛있나유? 남이 차려 주는 따뜻한 밥이 얼마나 큰 행복인지 젊은이들은 모를 거유. 해외여행은 무슨. 친구들이 몇 만원씩 모아 제주에 가 본 적 있는디 테레비로 보는 것만 못합디다. 칠순 잔치유? 자식들이 여행 가라고 용돈 주길래 금반지, 금목걸이 맞췄지유. 여행 가면 수십만 원이 눈 깜짝할 시 달아나지만 금덩이는 나중 자식들헌티 물려줄 수 있응께.

다시 태어난다면? 글씨유. 장관은 무신 눔의 장관. 그저 우리 애들 엄마로 태어나고 싶어유. 목욕시킨 물도 아까워 못 버릴 만큼 귀했던 자식들을 대학 못 보내고 기술만 가르친 게 사무쳐서…. 다음 생엔 부자로 태어나 빽적지근하게 뒷바라지해 줄라구유. 우리 아들들도 여기 회사원들처럼 에어컨, 스팀 빵빵하게 나오는 데서 새하얀 와이셔츠 입고 폼 나게 일하는 모습 보고 싶어유. 그럼 소원이 없겄슈.

근디, 이런 씨잘데기 없는 질문들은 왜 자꾸 하능규? 이 눈부신 봄날!

꽃이 지네, 사랑도 지네

봄날 한번 요란하다. 덥다가 춥다가, 비 오다 바람 불다.

나는 잘 있다. 다리 아픈 게 어디 하루 이틀이냐. 기침도 잦아들었다. 석이랑 준이, 큰사위는 잘 있는지. 적적하기는. 밥 달라, 물 달라 귀찮게 구는 남자 없으니 세상이 편하다. 어버이날은 무슨. 아무것도 필요 없다. 자식들 아픈 데 없이 오순도순 서로 보듬고 살면 그것이 젤로 큰 선물이다.

*

느희 아버지한테 다녀왔다. 날씨가 어찌나 방정맞던지. 다 늙은 할망구 그리운 서방님 만나러 간다니 꽃들이 시샘을 하더구나. 눈은 어두운데 비까지 내리니 어디가 어딘지 분간이 돼야 말이지. 요양병원 가는 버스를 반대로 탄 바람에 온 시내를 빙빙 돌다 멀미 나 숨이 깔딱 넘어갈 뻔했다.

비바람에 옴팡 젖어 병실로 들어서는데 이 양반 눈을 질끈 감고 있더구나. 마누라 왔으니 눈 좀 떠 보소, 팔을 흔들어도 꼼짝 않더구나. 이 주 만에 왔다고 토라진 게지. 멀디 먼 병원에 당신 혼자 내박쳐 뒀다고 역정이 나신 게야. 나도 바빴지. 자식 손주들 일 년 내내 먹을 된장 담가야 하고, 무더위 닥치기 전 고구마도 심어야 하고. 요즘 열무가 좀 좋으냐. 해서 한 단지 담아 병원에도 좀 가져오느라 늦었다고 싹싹 빌었다.

그사이 할머니 제사도 있었구나. 하나밖에 없는 며느리 달달 볶아 먹던 시어머니인데도 다급하니 빌게 되더라. 목숨처럼 사랑했던 저 아들 벌떡 좀 일으켜 세워 주소, 이 화사한 봄날 꽃구경은 한번 하고 떠나게 해 주소, 빌고 또 빌었다.

간병인들이야 줄곧 데면데면이지. 내 몸처럼 보살펴 주는 사람 세상에 어디 있을라고. 산송장 같은 몸을 앉혔다 눕혔다 먹이고 씻기는 일이 좀 고달프더냐. 그래도 공으로 하는 일 아니니 식기 전에 밥 떠 드리고, 말 한마디라도 다정히 건네주면 좋으련만.

그래서 다 쓰러져 가는 판잣집이라도 자식새끼 종알거리는 집이 젤로 좋다는 거다. 세상 재미 암만 좋아도 조강지처 치마폭이 젤로 정겹고 따숩다는 거다. 내가 무르팍만 성해도 집으로 모셔올 터인데, 그 낯선 곳에 떼 놓고 와서는 죄스러워 밤에 잠이 안 온다.

괘씸하기야 이루 말할 수 없지. 자식은 셋이나 낳아 놓고 농사일은 나 몰라라, 정치 한번 해 보겠다며 허구한 날 서울로 부산으로 돌아쳤으니. 마누라는 또 얼마나 구박했누. 무식하다고, 밥상에 온통 군내 나는 촌 음식뿐이라고. 서울 음식엔 금가루라도 뿌린다더냐.

영어 한마디 못하기는 지나 내나 매한가지. 툭하면 농고를 수석으로 나왔다고 자랑하더니 달포 전 장터에서 만난 쌀집 김만중 씨가 "그런 일이 있었슈?" 하며 배시시 웃더라.

문자는 곧잘 썼지. 키는 땅딸막해도 반반한 이목구비에 청산유수라 여자들이 좀 끓었더냐. 당장에 달려가 요절을 내고 싶었지만 또 무식한 여편네 소리 들을까 참고 또 참았지.

유식한 서방님 지청구에 늘그막에 공부란 것도 하게 됐지. 고사성어 몇 개만 알면 오가는 말 알아듣겠다 싶어 나이 오십에 한자교실에 등록했지 뭐냐. 녹슨 머리로 당최 못 따라가겠더니 지성이면 감천이요 고진이면 감래라고, 수험생마냥 밤낮으로 외고 또 외웠더니 실력이 일취월장하여 아들 같은 선생님한테 칭찬도 받았다.

문리가 트이니 늦공부가 어찌나 재미지던지. 견리사의見利思義, 이익을 보면 의리에 맞는가를 먼저 생각하고, 과유불급過猶不及, 지나침은 미치지 못함과 같으며, 마부위침磨斧爲針, 도끼를 갈아 바늘 만들 듯 어떤 어려운 일도 끊임없이 노력하면 반드시 이룰 수 있다니 이보다 좋은 가르침이 있더냐.

우스개 고사성어도 몇 알려주랴? 인명人命은 재처在妻요, 순처자順妻者는 흥興하고 역처자逆妻者는 망亡하느니, 마누라한테 순종하면 복을 받고 거스르면 칼을 받는다는 뜻이란다. 너도 그리 생각하지?

*

초등학교 들어간 원이가 전화했더구나. 대뜸 "할머니, 개떡이 뭐예요?" 묻더라. "개떡은 뭣에 쓰려고?" 했더니 선생님이 "글씨를 개떡같이 쓰면 혼줄을 내 주겠다" 했단다. 어린애가 글씨 좀 개떡같이 쓰면 어때서.

개떡보다 못하고 봄날처럼 변덕스러운 게 우리네 인생인 것을. 병원엔 웬 사내들이 그리도 많은지. 이 악물고 살았든, 농땡이 치고 살았든 한 집안을 이끌었을 가장들이 넋 놓고 누워 있으니 가엾고 딱해서 보기가 힘들구나.

어제는 40대 젊은이가 뇌졸중으로 쓰러져 들어왔다. 스트레스가 얼마나 많았으면. 최 서방한테 잘해라. 남자들은 어리숙해서 작은 충격에도 속절없이 무너지느니. 큰 잘못 아니거든 알아도 모른 척 져 주며 살거라. 봄꽃이 처음부터 고왔겠누. 처음부터 달콤한 열매가 어디 있누. 비바람 맞고 나서 더욱 단단히 여무는 것을.

그래 그런가. 미우나 고우나 나는 저 양반 없으면 안 되니 어쩌면 좋으냐. 오늘 밤이라도 훌쩍 떠날까 자다가도 심장이 오그라드니 이를 어쩌냐. 무식한 여편네라 욕해도 좋으니 정신 한번 온전히 돌아와 주었으면. 라일락 향기는 이토록 황홀한데 나의 황혼은 왜 이리 서글픈지. 사랑이 저무니 봄마저 야속하다.

옆집 여자의 위험한 고백

그녀를 만난 건 폭우가 몰아치던 밤, 아파트 엘리베이터 앞이었다. 야근으로 파김치 돼 꼬부라져 있자니, 유령처럼 엘리베이터 문이 스르르 열렸다. 푸른 형광등 아래 한 여인이 서 있다. 새하얀 모시 저고리에 온통 백발, 아니 그 한 뭉텅이를 보랏빛으로 물들인 모습에 '헉!' 소리가 절로 났다. 한 팔엔 털북숭이 개 한 마리가 안겨 있다. 백지장으로 얼어붙은 '이웃'에게 여인이 목인사를 한다. 자정이 다 된 시각, 천둥번개 요란한 빗속을 뚫고 그녀, 음식물 쓰레기를 버리러 가는 중이었다.

*

어머니가 새로 이사 온 '옆집 여자'를 불평한 건 한 달 전부터다. 처음엔 그놈의 갈색 푸들 탓이었다. 성미가 어찌나 고약한지 귀에 선 발걸음 소리만 들리면 악을 쓰고 짖어댔다. '털 달린 것'이면 '질색팔색을' 하는 어머니는 그 집을 지날 때마다 욕을 한 바가지씩 퍼부었다.

"이사를 와도 우째 저리 암상시러운 물건이 들어왔노?"

한번은 경로당에서 듣고 온 이야기를 장황하게 늘어놓으셨다.

"저 집 할망구 하고 다니는 품새가 요상하더니, 남편 자식도 없이 저 빌어먹을 개랑 둘이 산다더라. 결혼을 안 한 건 아니고, 다 늙은 남편 돈 못 벌어 온다고 쫓아냈단다. 모질디 모진 어미가 미워서 자식들이 의절했다지. 하긴 행색 좀 봐라. 뾰족구두에 쫄바지 조여 입고 궁둥이를 흔들면서 걷는다. 노망이 들어도 단단히 들었다. 저 여편네가."

*

그녀를 다시 본 건 모처럼 햇살이 먹구름을 뚫고 나온 어느 주말, 동네 놀이터에서다. 당최 집에 갈 생각을 않고 놀이터를 휘젓고 다니는 딸아이를 지켜보다 깜빡 졸았는지, "아이, 예뻐라" 소리가 꿈결처럼 들려왔다.

그녀였다. 과연 어머니 말씀대로다. 꽃무늬 진에 물색 카디건을 걸치고, 통굽 샌들을 신었다. 보랏빛 브릿지는 그사이 초록빛으로 바뀌었다. 금줄 두른 양산을 접고 그녀가 앉았다.

"천사가 따로 없지. 눈에 넣어도 안 아프지."

여인에게서 진한 장미향이 풍겼다.

"마실 다녀오시나 봐요?"

"매주 토요일 아이들을 만나요."

"손주들요?"

"아니, 공부방 아이들. 날 '이야기 할머니'라 부르는 천사들."

어머니의 최신 첩보는 '그 할망구 사귀는 영감탱이가 있다더라'였다. '주말이면 동트기도 전에 호화찬란하게 차려입고 외출을 나선다더라'였다.

"옷을 참 곱게 입으시네요."

"고것들도 눈이라고 울긋불긋 차려입어야 좋아라 해요. 허여멀건하면 눈길도 안 줘요. 호호!"

중학교 교사로 정년 퇴임한 여인이었다. 규율 잡는 학생부장만 15년을 했단다. 태어나 신발 뒤축 구겨 신은 적 없고, 무릎 위로 치맛단 올라간 적 없단다.

"교직 40년에 분칠 한 번 해 본 적이 없다면 믿겠어요?"

그녀가 '변신'을 도모한 건, 나이 육십에 믿었던 서방님에게서 기똥찬 '선물'을 받고 나서였다.

"여자가 있더라고. 나 몰래 3년을 만나 온. 소처럼 우직하고 가족밖에 모르는 범생인 줄 알았더니, 그이도 사내더라고요."

남편을 내쫓은 건 사실이었다. "미안해"라는 말에 피가 거꾸로 솟았다고 했다.

"차라리 오리발을 내밀지. 사랑은 아니었다, 거짓말을 할 것이지."

남편이 짐을 싸서 고향 마을로 내려간 날, 그녀는 생애 처음 붉은 립스틱을 발랐다.

"너무 반듯하게 사는 거, 위선이더라고. 그야말로 백치 인생을 살았지 뭐야. 한 번쯤 일탈해도 세상이 무너지지 않던걸? 우산 없이 비 쫄딱 맞으며 걸어 보는 것도 사람 사는 맛이던걸?"

*

"아들애를 그야말로 잡더군요."

"공부를 워낙 안 해서요."

"출세시켜 봤자 처갓집 아들 되는 걸, 뭘 그리 아득바득 가르쳐요?"

"욕심이 없어서요. 세상은 험한데 바보처럼 착하기만 해서."

"따뜻한 마음 타고나는 것도 능력이에요. 어쩌면 이 냉혹한 세상 이겨낼 가장 강력한 무기!"

"……."

"아들 셋인데 의사인 맏이, 사업하는 둘째보다 연극에 미쳐 허구한 날 밥 굶고 여태 장가도 못 간 막내아들이 제일 행복해 보여요. 갇힌 구석, 집착하는 데라곤 없이 자유롭지요. 꼬박꼬박 전화 걸어 주는 것도 그 애뿐이고."

"……."

"아이의 따뜻한 심장을 얼어붙게 하려고 발버둥치지 말아요. 죄예요. 중죄고말고."

*

놀다 지친 아이가 그만 가자며 치맛자락을 잡아당겼다. 다음 주말 차 한잔하시겠느냐고 묻자, 그녀가 고개를 저었다.

"밥은 어떻게 지어 먹고 사는지 한 번은 들여다봐야 할 것 같아서. 화류계의 여인으로 거듭난 조강지처 보고 어떤 표정 지을지 궁금해서, 호호호!"

"그새 용서하신 거예요?"

"기다릴 수 없는 기다림을 기다려야 하고, 용서할 수 없는 용서를 용서해야 하고 …. 그 또한 인생일까요."

정호승의 시詩였다.

"복수는 할 거예요. 다음 생에 꼭 다시 만나 그이의 눈에서, 아니 심장 한복판에서 핏방울이 뚝뚝 떨어질 만큼 아프게 해 줄 거야."

봉 여사가 운전대를 잡은 까닭은?

봉 여사가 운전대를 잡겠다고 결심한 건 한반도의 평화를 위해서가 아니다. 결혼 30년이 되도록 혼자서는 대형마트 갈 엄두를 못 내거니와, 두물머리 그 유명하다는 핫도그 하나 먹으러 갈래도 남편이 운전대를 잡아 줘야 하니, 미우나 고우나 성심이 다치지 않도록 받들었던 것이다.

꾹꾹 눌러 온 수류탄의 안전핀을 뽑아 버린 건 지난 명절. 백신 맞아 욱신대는 팔뚝으로 차례상 거룩하게 차려 드렸으면 흩날리는 떡고물이 있어야 하거늘, 탈영병 잡다 오징어 잡는 드라마에 꽂힌 서방님, "양수리로 드라이브 가자"라는 마눌님 간청에 "코로나에 어딜!" 하며 도끼눈을 뜨셨으니, 봉 여사 그만 분노의 화염을 뿜고 만 것이다.

"그깟 운전이 뭐 대단한 벼슬이라고. 헌신을 배신으로 갚는 늙다리 예비역 잡아가는 '디피'는 없나? 누구처럼 화천대유서 돈벼락 맞아 구교환 닮은 기사를 하나 붙여 주든가. 쌀 한 톨, 십 원짜리 동전도 아껴 가면서 서른두 평 내 집 장만한 일등 공신이 누군데, 뭐어어~ 코로나?"

난동 후 내처 달려간 곳이 동네 서점. 한 번만 훑어도 필기시험 만점이라는 운전면허 문제집을 덥석 집어 든 봉 여사는, 처녀적부터 '운전이 너희를 자유롭게 하리니' 노래를 부르던 절친 김 여사에게 SOS를 쳤던 것이다.

*

하여, 방년 오십하고도 여덟에 운전대를 잡것다? 나가 배우랄 때 배왔으면 지금쯤 일론 머스크랑 스페이스X를 몰고 있을 것인디. 문제집은 뭐 더게, 쌈 싸 먹을라고? 책만 파는 범생이치고 운전 잘하고 정치 잘하는 경우 본 적이 읎거늘.

그저 맨 앞장에 붙은 안전표지, 도로표지판만 싸그리 외우시게. '너는 시방 400번 도로를 달리고 있다'를 '너는 시방 400킬로로 달려야 헌다'로 읽으면 그 길이 황천길 아니겠소?

젤로 중헌 것이 스킨십. 운전석에 앉는 순간 너의 시야가 을매나 좁은지, 운전대를 잡는 순간 니가 끌고 갈 차체의 무게가 을매나 무거운지, 도로로 진입하는 순간 너의 안전을 노리는 조폭카들이 을매나 득시글한지 절감하리니.

하여, 그 첫 계명은 안전벨트를 기억하여 거룩하게 장착하라. 운전도, 정치도, 비즈니스도 기본이 안 돼서 망하는 법. 주행 탈락 제일의 원인이 벨트를 안 매고, 깜박이를 안 켜서이니. 이토록 얄궂고 사소한 원칙이 운전의 당락은 물론 인생의 안전과 품격을 결정헌다 이 말이여.

제 2계명, 좌로나 우로나 치우치지 말고 가운데로만 달려라. 운전대가 당초 왼짝에 있으니 몸도 맴도 좌로 또 좌로 쏠리기 십상. 오른짝 다리 있는 곳이 차선 중앙이라 여기고 좌우 불나케 살펴 감시롱 달려야만, 운전도 인생도 편파 시비에 휘말리지 않는다네.

제 3계명, 우물쭈물하지 말라. 차선 바꾸고, 사랑을 고백하고, 대선 출마를 선언할 때조차 성패의 열쇠는 타이밍에 있나니. 삼일째 직진만 하다 부산꺼정 안 가려면, 일단 깜박이를 켠 뒤 머리부터 들이밀 것. '별의 순간'에 선을 넘는 강심장이 작동해야 한단 말이지. 갈까 말까 망설이다 골로 가는 법. 결정장애 남편 땜시 울화통 터진 걸 떠올리시게.

제 4계명, 정의에 목숨 걸지 말라. 대형 화물차는 시시비비 말고 무조건 피해 가고, 승객을 인질 삼아 4차선에서 1차선까지 논스톱 질주하는 버스에 삿대질하지 말 것이며, 나노미터급 틈만 보여도 끼어드는 택시에 저주를 퍼붓지 말리니. 운전은 끝없는 수행의 세계. 무사고 운전자 몸에서 원효대사와 맞먹는 사리가 나온다는 것이 이 바닥 정설이네.

제 5계명, 폭우에 타이어가 미끄러져도, 한 치 앞도 안 보이는 안개 속에서도 운전대를 사수하라. 흔들릴지언정 전복되진 않으리니. 살육과 모략과 배신의 아수라판에서도 중심을 잃지 않고 나라를 구한 우리 엄니들의 뚝심과 맷집이 운전의 정석이다 이 말이여.

*

겁나게 어렵다고잉? 걍 남편 차 읃어 탈란다고? 여편네가 차 끌고 나왔다고 욕만 허벌나게 먹으면 어쩌냐고? 교통사고는 남자가 여자의 5배, 추월 금지 위반은 8배, 과속은 25배. 처음부터 무결점 인생 있간디. 주차하다 넘의 집 담벼락도 박아 보고, 끼어들다 찰진 욕도 들어보고, '나가 가는 곳이 길이요, 나가 멈추는 곳이 주차장'인 진상들과 드잡이도 해 보고, 폭설에 고속도로 달리다 죽을 고비도 넘겨 봄시롱 베스트 드라이버 되는 기지. 누가 알어? 봉 여사 인생 2막이 모범택시 기사일지.

아, 중헌 걸 까먹었네. 운전은 돈 주고 넘한테 배울 것. 가족, 특히 남편한테 배워선 안 뒤야. 마누라 위해 목숨 거는 사내는 세상에 없응께. 언더스탠드? 두려움이 인생 최대의 적! 건투를 비네.

세밑, 두 여인의 논평

칠십은 족히 넘은 두 여인은 앙상한 다리를 일자로 뻗고 앉아 불땀을 흘렸다. 자식 서넛은 키웠을 젖가슴은 쪼그라붙고 팔등은 검버섯으로 덮였으나 기력 하나는 정정하여 한증막 모래시계가 두 번 엎어졌다 뒤집어지는데도 숨 한 번 깔딱 않고 문답을 나누었다. 오가는 그들의 화제는 건강부터 국제 정세에 이르기까지 버라이어티했다. 발뒤꿈치엔 고된 노동의 훈장이 켜켜이 박혔으나, 세상 읽는 안목과 입심은 여느 논객 못지않아서 귀 기울일 만하였다.

*

"뭘 먹어 다 늙은 할매가 겨울 생굴마냥 오동통허냐."
"숨만 쉬어도 살 된 지 백만 년이다."
"밤중에 먹어 그렇지."
"한밤에 먹어야 맛난 걸 어쩌냐. 여럿이 먹어야 꿀맛인 걸 어쩌냐."

"서방님은 무탈하시고?"

"각자도생하며 산 지 오래다."

"아침밥은 챙겨 줘야지."

"생사만 확인하면 된다."

"'밥이 하늘'이란다. 밥이 입으로 들어가면 하늘을 몸속에 모시는 거란다."

"오십 년 밥해 먹인 것만도 노벨평화상 감이다."

"벽을 지고라도 남편이 있어야 한다고, 먼 길 떠나보낸 뒤 후회막심했다. 따뜻한 밥 한술 더 먹여 보낼 걸 가슴이 미어졌다."

*

"자식들은?"

"무소식이 희소식이다."

"소문난 효자 효녀라 들었더니."

"지들 가르치려 허리가 하늘로 솟도록 일했는데도 그 공을 모른다."

"공 알아 달라고 키웠더냐."

"그 정성 백 분의 일이라도 나한테 쏟았으면 요 모양 요 꼴은 아닐 터인데. 세계 일주를 했어도 몇 바퀴 돌았을 터인데."

"꼭 가 봐야 맛이냐. 무르팍만 아프지."

"죽기 전 짤스부르그는 꼭 한번 가보고 싶었다."

"짤스부리가 어디고?"

"〈사운드 오브 뮤직〉. 잘생긴 대령이랑 마리아가 춤추는 구라파 작은 도시."

"오다가다 송장 될라. 요단강부터 건널라."

"죽어서 돈을 싸 들고 가는 것도 아니고."

"내 이름으로 통장 하나 있는 게 어디냐."

"그래서 여태 찬 새벽에 남의 건물 청소하러 다니냐?"

"놀면 뭐 하냐. 우울증만 돋지."

"일로 치면 너나 나나 하버드 갔다."

*

"중3 손자놈이 집을 나갔다."

"그 집 아들 내외처럼 학식 있고 덕망 있는 부모가 어디 있다고."

"덕망 두 번만 있다간 삼대가 망하겠다. 애완견 똥개는 물고 빨면서 지 배로 낳은 자식은 쥐 잡듯 한다."

"어려선 천재라고 자랑이 늘어지더니."

"다섯 살 코흘리개를 학원으로 돌려치더니 바보가 됐다."

"대학 가려면 별 수 있나. 입시가 국시인 나라에서."

"지네 부장한테 받은 스트레스, 이웃 여자들 탓에 생긴 울화를 죄 없는 내 손자한테 푼다. '널 사랑해서 혼낸 거 알지?' 요런다."

"우리도 부지깽이로 때리며 키웠다."

"멍든 자리에 안티푸라민 발라 주며 후회는 했어도 그런 위선은 안 떨었다. 자식에게 보약은 아비의 따뜻한 눈길, 어미의 다정한 말 한마디인 것을."

"부모도 사람인데 부처마냥 살 수 있나."

"몸집만 컸지 어른이 어른이 아니다."

*

"대통령이 밥을 혼자 먹고 왔다고 시끄럽더라."

"뙤놈들한테 당한 게 어제오늘 일이냐."

"시정잡배의 가랑이 사이를 기어도 자존심은 지키라는 말이 있다."

"그게 피도 눈물도 없는 국제사회의 질서."

"다윗은 거인 골리앗을 돌팔매질 한 방으로 거꾸러뜨렸거늘."

"어떻게든 전쟁은 막아야 하지 않겠나."

"털끝 한 올 건드리면 국물도 없다는 기개를 보여야 얕보지 않는다."

"못 배워 무식한 우리보다야 낫겠지. 민심 무서운 줄 알겠지."

"정치는 광대놀음 아니고 온 국민 목숨줄인 것을."

"풍전등화 아닌 적 없던 나라가 반만년을 이어 왔으니 살길은 또 열린다."

*

"늦둥이 손녀가 많이 컸겠다."

"별 따라 마구간에 온 양치기들이 아기 예수께 엎드려 경배했다고 하니 '할머니, 양치기가 뭐예요?' 묻더라. '양 치는 사람이지 뭐여' 했더니 고갤 갸우뚱하면서 '그럼 양아치는 뭐예요?' 하더라."

"새해 소원은 무엇이냐."

"아프지 않고 잠들 듯 떠나기, 자식들 병원비로 싸우지 않게 바람처럼 떠나기."

"궁상을 떤다."

"윤여정이는 스페인으로 식당 차리러 간다더라."

"다 쇼다. 내 집에서 지어 먹는 밥이 최고로 맛있다."

"이서진이 또 간다니 샘이 나 그런다."

"낭군님 아침밥이나 따숩게 지어드려라. 며느리 따라 할라."

"어이쿠, 땀 난다. 양동이로 들이붓는다."

"시원~하다. 해묵은 속병이 달아난다."

"극락이 따로 있나. 무릎 안 쑤시고 허리 안 아프면 거기가 천국이지."

엄마와 영화를 보러 갔습니다

아마도 벚꽃 때문이었을 겁니다. 순백純白의 꽃잎들이 앞다퉈 지상으로 낙하하던 날, 불현듯 '엄·마·가·보·고·싶·다'는 생각이 든 건…. 나 아홉 살 적, 아버지와 함께 우리 집에 온 여자. 폐병 앓던 우리 엄마를 간병하다 진짜 우리 엄마가 되어 버린 여자. 말끝마다 가시를 박아 쏘아붙여도 헤벌쭉 웃기만 하더니, 의붓딸 결혼식장에서 눈물만 훔치던 여자. 허구한 날 김치를 담가 보내는 통에 지청구를 바가지로 듣던 그녀가 제일로 좋아하던 꽃이, 봄날, 저 청승맞게 흩날리는 벚꽃이었습니다.

이맘때면 도발하는 우울증으로 하늘이 노랗던 날, 용기를 내어 그녀에게 전화를 걸었습니다.

"저랑 영화 보러 가실래요?"

*

"〈별들의 고향〉 보고 극장은 처음인갑다."

"……."

"근디 콧등에 점 있는 저 여자, 무당 월이 아니냐? 〈해품달〉 월이?"

"목소리 좀 낮추세요."

"양장을 입어도 참 곱다. 너 어릴 때도 저렇게 이뻤다. 코가 오뚝해서는. 저런 근사한 피아노 한 대를 못 사 줘서 마음이 짠했었다."

"돈이 어디 있다구!"

"약국집 딸이 하이얀 드레스 입고 서울 가서는 트로피 들고 온 걸 보고 니가 밤새 울었느니라."

"기억 안 나요."

"근디 화면에 나오는 저곳이 대학 강의실이냐? 니도 저런 데서 공부한 거냐?"

"팝콘 좀 드세요."

"니가 공부 하난 야무지게 잘했지. 판사 될 거라고 느희 아버지 동네방네 자랑하고 다녔었지."

"목소리 낮추래두요."

"고시 포기하고 회사에 취직해서는 첫 봉급으로 내복 사 왔던 날, 니 아버지가 빈속에 소주를 세 병이나 들이부었다."

"……."

"근디 저 총각은 입에 욕을 달고 사는구나."

"젊은 애들이 다 그렇지요."

"말이 그 사람 얼굴. 욕쟁이 총각들 뭇매 맞는 거 봐라. 지 부모 욕먹는 줄도 모르고."

"뉴스 열심히 보시나 봐요."

"배웠다는 사람들이 나 같은 무지렁이보다 못하니 한심해서 하는 소리다. 근디 시방 쩌그가 제주도 아니냐?"

"제주도 가고 싶으세요?"

"다시 태어나면 저런 바닷가에 이층집 짓고 살아 보고 싶구나."

*

"날 한 번 징허게 좋다."

"영화 재미있으셨어요?"

"재미있지 그럼. 남녀 주인공이 결혼하게 됐으니 얼마나 좋으냐."

"결혼 아니고 헤어진 건데 …. 남자는 떠나고 첫사랑 여자는 바닷가에서 늙은 아버지 모시고 살잖아요."

"애비 탓이구나. 늙으면 그저 …."

"그런 게 아니라 …."

"제짝 아니면 용을 써도 안 되는 게 남녀 인연이다. 첫사랑이고 막사랑이고 될 놈은 되고 안 될 놈은 안 되지."

"우리 아버지 … 좋아하셨어요?"

"성질머린 고약해도 의리는 있었다."

"저 때문에 속 많이 썩으셨죠?"

"그런 일 없다. 있었대두 다 까먹었다. 암만, 내 딸인디."

"……."

"근디 안색이 영 안 좋구나."

"봄이라서 그래요."

"남자라는 물건 별수 없지. 시어머니가 성인군자처럼 구는 것도 재미없더라. 애들은 부모 속 썩이라고 하늘이 내려보낸 애물단지 아니더냐."

"……."

"너무 빈틈없이 살려고 애쓰지 마라. 나도 속물이다아~ 하고 가끔은 괴물처럼 굴란 말이지. 나한테 심통 부렸던 것처럼만 퍼부으면 우울증이 왜 걸리누?"

"죄송해요."

"니가 어릴 적부터 속에 쟁여 두고 사는 게 많더니, 애를 둘이나 낳고도 그 모양이구나."

"……."

"사람에게서 얻은 병은 사람으로 치유해야 하느니. 바람난 처녀마냥 햇살 마중도 하고, 꽃그늘 아래 누워도 보고, 여자들이랑 몰려다니며 이바구도 떨고 그래라. 이도 저도 싫으면 소리라도 빽빽 지르든가."

"벚꽃을 왜 좋아하세요?"

"송이송이 눈꽃송이 같아 좋다. 다섯 살 적 돌아가신 울 엄마가 젤로 좋아하던 꽃이었다. 널 처음 만난 날도 춘사월 벚꽃잎 흩날리던 날이었다. 맹랑한 눈빛으로 날 노려보는데 어찌나 안쓰럽던지."

"……."

"너는 나처럼 살게 하고 싶지 않았다. 평생 너의 우산이 되어 비 한 방울 맞지 않게 하고 싶었다."

*

며칠 후 택배가 왔습니다. 햇고추를 갈아 담근 열무김치입니다. 보자기에서 쪽지 한 장이 떨어집니다.

아주 만나게 익엇따. 미더덕으로 된장국 끄릴 줄 알쟈? 갓 지은 밥에 된장국 넣고 비벼설랑 이놈 언저 먹으면 꿀맛이니라. 까무룩허니 우울할 땐 그저 잘 먹는 게 최고다. 엄마가.

RM은 보았다,
몸으로 쓴 여인들의 시를

종지와 대접도 분간 못 해 부엌에서 허둥대다 접시나 깨먹는 둘째 딸에게 충청도 엄마는 "투깔맞은 지지배"라며 혀를 찼다. 툭하면 넘어져 무르팍에 피딱지 마를 날 없는 '둔자바리' 딸이었다. 늦잠이라도 잔 날엔 엄마의 지청구가 문지방을 뚫었다. "이적지 자빠져 잔 겨? 머리는 오강쑤시미에, 으더박씨가 따로 없네."

그래도 소낙비 내리는 여름날, 엄마가 은색 양푼에 비벼 주는 열무비빔밥은 꿀맛이었다. 찬밥에 펄펄 끓는 담북장, 쉬어 터진 열무와 고추장을 넣고 푹푹 비비면 사남매 달려들어 게 눈 감추듯 먹어치웠다. 허리 펴고 하늘 한 번 올려다볼 틈 없었지만 엄마는 이따금 스무 살 처녀처럼 속삭였다. 가을날 부는 바람은 '차곰차곰'해서 좋고, 생굴에선 '시금달금'한 봉숭아꽃 냄새가 나지.

서울로 대학 가고 직장 생활하면서 딸은 엄마의 언어를 잊었다. 멀국, 저붐, 겅거니, 깨금발, 고쿠락 대신 쿨, 셰어, 미팅, 오케바리, 헐, 야마, 때땡큐를 입에 달았다. 대학까지 나오고도 콩나물국 하나 못 끓이는 딸이 나이 서른에 시집가던 날, 엄마는 '베름빡'을 보고 울었다.

*

생선은 길면 갈치, 짧으면 고등어라 부르는 충청도 며느리와 미역국도 도미를 넣어 끓이는 경상도 시어머니는 한 지붕 아래 살면서 데면데면했다. 머리카락 한 올도 '추집어' 못 견디는 시어머니는 청소도, 설거지도 건성건성인 며느리가 '뒤숭시러워' 혀를 찼다. 미국 사람 말은 곧잘 알아들으면서 '널찔라', '낑가라', '싱카라' 같은 한국말엔 왜 '싱티'처럼 눈만 빼끔이는지. 좋다 싫다가 없고, 매사 "괜찮어유"이니 속이 터졌다.

봄비 사납던 어느 날, 그 어색했던 벽이 한 겹 무너졌다.

"비 한번 허들시리 온다. 단디 다녀오니라."

만삭의 몸 뒤뚱이며 현관을 나서던 며느리 가슴에 '단디'라는 말이 꽃이 되어 날아들었다. 젓갈 삭은 김치, 쿰쿰한 해물 탕국에 맛을 들인 것도 그날부터다. 시어머니가 "무라 무라" 하면 며느리는 볼태기가 미어터져라 먹었다.

첫 손주를 가슴에 품고 "낸내 낸내 낸내야~" 얼르던 자장가는 파김치로 퇴근한 며느리에게도 안식을 줬다. 문제는 경상도 말문이 트인 며느리가 술 한잔하느라 무소식인 남편을 몰아칠 때였다. "어데고. 그걸 벤명이라꼬 하나? 확 마, 치아라!"

✳

어떤 어머니의 한숨은 시가 되었다. 시를 써 밥벌이하는 아들은 늙은 어머니가 밭일하고, 소죽 끓이고, 밥상을 차릴 때 "나는 똥밭에 구르는 쇠똥구리", "먹고 싸고 숨 쉬는 게 도 닦는 거지"라고 내뱉는 혼잣말들을 시로 받아 적었다.

"늙은 호박을 쪼개다 보면 속이 텅 비어 있지 않데? 지 몸 부풀려 씨앗한테 가르치느라고 그런 겨. 커다란 하늘과 맞닥뜨린 새싹이 기죽을까 봐, 큰 숨 들이마신 겨."

동구 밖 나선 적 없는 촌 아낙이지만 앉은 자리서 천 리를 보았다. "높은 데다 꾸역꾸역 몸 올려놓지 마라. 뭐든 잡아먹으려고 두리번거리는 놈하고 잡아먹히지 않으려고 흘깃거리는 것들이나 꼭대기 좋아하는 거여."

일이 어그러져 절망한 자식에겐 태산같이 큰 품이었다. "한숨도 힘 있을 때 푹푹 내뱉어라, 어떤 세상이 맨날 보름달만 있겄냐, 몸만 성하면 쓴다."

✳

어떤 할머니의 그림은 예술이 되었다. 팔순에 한글을 깨친 할머니는 "밤새 내린 눈이 다 쌀이라믄 좋것다"라고 쓴 뒤 "손도 없고 발도 없어 도망도 못 가는 눈사람, 지청구 듣고 시무룩 벌서는 눈사람"을 크레용으로 그렸다.

생일날 오지 않는 자식들을 기다리며 쓴 시엔 눈물이 방울방울 맺혔다. "돈이 없슨게 안 와, 경비가 든게로, 와야 줄 것도 없고, 차비도 없고, 그냥 작파해 붓어, 다들 힘들게 산디."

낼모레 저승사자가 온대도 농사만 잘되면 바랄 게 없었다. "이슬비가 뽀실뽀실 온다, 뽀시락뽀시락 비가 온다, 끄끕하니 개작지근하다, 온 들에 가 다 떨어진다, 곡식이 펄펄 살아난다."

할매들 삐뚤빼뚤한 시와 그림이 걸린 전시장을 찾은 '한 청년'은 한지에 붓글씨로 정성껏 썼다. "세종대왕님, 감사합니다."

*

나이 오십 되니 알겠다. "죽지 속에 새끼들 품고 몸땡이살 보타지게 일만 하고 살아온" 여인들의 탄식과 자조, 넉살이야말로 인생의 가장 슬픈 지혜이자 처세라는 걸. 가난과 차별, 야만의 시대를 온몸으로 살아 낸 그들이야말로 위정자들이 참회하며 큰절 올려야 할 이 땅의 스승이라는 걸. 허황된 이념도, 오만도, 편 가르기도 없는 어머니들의 언어야말로 하늘이고 바람이고 별이고 시라는 것을.

3장

불타는 금요일, 새벽 4시 58분에 귀가한 그대에게

〈줌마병법〉에는 사투리로 풀어 간 대화체 글이 많습니다. 부부를 소재로 삼을 경우 티격태격 공방을 벌일지언정 대화만큼 갈등을 푸는 좋은 방법이 없다는 게 제 생각이고, 넉살과 유머를 잔뜩 머금은 팔도 사투리가 웃음을 유발하며 더 쉽게 마음을 열도록 해 준다는 게 나름의 개똥철학이지요.

그래도 부부 관계를 지혜롭게 풀어 가기란 어렵습니다. 충청도 여자와 결혼해 30년 가까이 살아온 남자가 이제야 조금 아내와 의사소통이 되는 것 같다고 하는 걸 보면 말이죠. 경상도 남편은 뭔가 뚱해 보이는 충청도 아내가 "암것도 아녀" 도리질을 해도 삼세 번 물고 늘어져 그 이유를 알아내야 한다는 걸 오십 중반에 깨달은 것이죠. 별일 아니겠지 하고 지나쳤다가는 "이 퉁세 빠진 냥반이 오딜 와서 거벡이 털 뽑넌 소릴 히싼댜?"는 지청구를 들어야 하니까요.

부부 열전을 쓰다 웃지 못할 '필화筆禍 사건'도 겪었습니다. '오고가는 덕담 속에 꽃피는 봄이 오네' 편에 실린 표현 때문입니다. "찌다 만 찐빵처럼 생겼다"는 서방님 구박에 "달랑 두 쪽밖에 없는 애비보다 만 배는 훌륭한 나라의 일꾼으로 (자식들) 키운 내가 애국자 아니겠냐"라고 맞서는 마나님이 등장하는데, 이 대목을 읽은 회사 남자 선배가 "어떻게 '달랑 두 쪽'이란 표현을 쓸 수 있냐"라며 화를 내더군요. "명백한 남성모독"이라면서.

그러고 보니 넉살과 해학을 핑계로 '19금'에 도전한 적 여러 번입니다. 원조가 '크리스마스, 대화가 필요해'. 한때 전 국민의 사랑을 받았던 '개그콘서트'의 한 코너를 패러디한 병법인데, 의외로 많은 독자분들이 폭소를 터뜨려 주셔서 여러 버전을 달리해 가며 썼던 기억이 납니다. 부부지간도, 글쓰기도 '선을 넘는다'는 건 매우 위험하면서도 스릴 넘치는 유혹입니다.

불타는 금요일,
새벽 4시 58분에 귀가한 그대에게

"일부러 시계를 보려던 건 아니었어. 그놈의 가을 모기가 설치지 않았다면 뽀로로 알람이 천지를 뒤흔들 때까지 죽은 듯이 잤을 거야. 밤새 온 방을 유영하며 내 순결한 피를 섭취하는 흡혈귀를 응징하고자 이불을 박찼던 것인데, 요것이 하필 탁상시계 모서리에 날름 올라앉았겠지. 분노의 스매싱을 날리려던 순간, 현관문이 딸칵 하고 열린 거야. 도둑인 줄 알았지. 건실한 내 남편이 설마 새벽 2시도, 3시도 아니고 4시, 그것도 5시를 2분 남겨 둔 시각에 들어온다는 건 상상해 본 적이 없거든.

유령, 꼭 유령 같았어. 허리춤에서 삐져나온 와이셔츠, 허공을 향해 부릅뜬 두 눈, 행사장 풍선처럼 양팔을 휘적이며 들어오더니 누군가를 향해 분노의 멘트를 날리고는 소파에 엎어져 코를 골기 시작했지."

— 잘못했어. 잘못했으니까 이 전어회 좀 먹어봐. 이야, 달다. 살살 녹는다. 아~ 해 보라니깐.

"술, 안 마실 수 없겠지. 마시다 보면 자정을 넘길 수도 있겠지. 사장님 주재 아니고, 중학 시절 교회서 짝사랑한 여학생이 나온 동창회였으니 시곗바늘이 새벽 2시를 향해 달려가는 줄도 몰랐을 거야. 그게 바로 아인슈타인의 상대성 이론이니까. 바가지 긁는 거 아니야. 오히려 만취해서도 집을 찾아왔으니 대견해 눈물이 날 지경이야. 어느 집 남편은 술 취해 공중전화 박스에서 신발까지 벗고 자고 있더라 하고, 어느 집 남자는 동이 터 눈을 떠 보니 아파트 분리수거장에 버려진 소파에서 자고 있었다던데, 당신은 열쇠로 문까지 따고 들어왔으니 천재 아니냐고."

— 아, 글쎄 미안하대두. 그나저나 꽃게가 대풍이라더니 어시장에 사람들 좀 봐. 자기랑 소래포구 온 게 얼마 만이야. 대학 갓 졸업했을 땐가? 그땐 이영애보다 예뻤지.

"우리 공자 선생 왈, 세상엔 네 종류의 사람이 있대. 날 때부터 사람을 알아보는 사람, 배워서 사람을 아는 사람, 겪어 봐야 알아보는 사람, 겪어도 모르는 사람. 날 마누라로 고른 것 빼고는 당신, 도통 사람 볼 줄 모르는 사람이야. 박 과장만 해도 그렇지. 툭 불거진 이마, 얼음장 같은 눈빛에 삐딱한 입매가 딱 이리 관상이니 가까이하지 말랬지. 겉 보고 사람 판단하는 거 아니라며 펄쩍 뛰더니 어떻게 됐어? 당신이 발에 불땀 나도록 뛰어 쌓아올린 영업실적 가로채 먼저 부장 되지 않았느냐고. 정의의 화신처럼 굴던 강 대리는 어떻고. 입이 닳도록 충성을 맹세하더니 박 과장이 박 부장 되니 뒤도 안 돌아보고 신발을 거꾸로 신었겠다. 하회탈 하 상무 뒤에는 줄 서지 말랬지? 허허실실 웃기만 하는 사람 절대 출세 못 한다고 그랬어, 안 그랬어? 술자리에 가야만 고급 정보를 얻는다고? 세 살배기도 스마트폰 하는 시대에 술자리에서 정보를 찾는 건 신석기시대 돌칼 쓰던 사람들밖에 없을 거야."

— 그래, 신석기! 소래갯벌 나이가 자그마치 8천 살이래. 미세입자의 퇴적물이 쌓이고 쌓여 육지화되어 가는 '펄갯벌'이래. 어디 보자. 여기 날아오는 새들이 직박구리, 깝작도요, 붉은머리오목눈이 ….

"문제는 깝작도요가 아니라 여인네지. 남자들 처세하기 팍팍한 세상이란 뜻이야. 흘끔 눈길만 줘도 희롱죄로 잡혀가는 마당에 술까지 취하면 무슨 실수 못 하겠어. '술 취해 기억 안 나요' 하면 가중처벌되는 건 알지? 뱀장어가 눈은 작아도 저 먹을 건 다 본다고, 요즘 사람들이 얼마나 영특한데. 구운 게도 물지 모르니 다리를 떼고 먹어야 한다는 속담 몰라? 물론 실수가 아니라 연정을 느낀 거라면 얘기는 180도 달라지지만."

— 연정? 내 별명이 바보온달인 거 몰라?

"바보가 사랑에 빠지면 호랑이보다 무서운 법. 거리에 낙엽은 뒹굴겠다, 이문세 노래도 흐르겠다, 가만히 있어도 사랑이 달려드는 계절이니, 이무기 다 된 마누라 떠올리면 몸서리가 쳐지긴

할 거야. 그런데 어느 동물학자가 이런 명언을 남겼어. 수컷은 사랑의 노예로 태어나고, 그 노예근성을 어떻게 다스리느냐가 그의 품격과 흥망을 결정한다고. 천하의 고관대작들 공중도덕 안 지켜서 줄줄이 추풍낙엽 되는 거 봤지? 고로 낙이불음落而不淫 애이불상哀而不傷."

— 우와, 석양에 물결치는 억새 좀 봐라. 사진 한 장 찍어 줄까?

"모옌은 결혼이란 99퍼센트의 노력을 기울여 1퍼센트의 행복을 얻는 밑지는 장사라고 했지. 톨스토이는 인생에서 가장 소중한 건 지금 곁에 있는 사람을 행복하게 해 주는 거라고 했어. 오해는 마. 내 팔자에 행복은 무슨. 억지로 꼭지를 비틀어 딴 열매는 달지 않은 법. 사랑이 식으면 식은 대로, 미움이 쌓이면 쌓이는 대로 사는 거지. 무서운 건 악이 아니라 시간이라잖아? 다만 당신이 꼭 알아야 할 삶의 명제가 있어."

— 파도만 보지 말고 바람을 보아라?

"그건 관상쟁이 송강호 대사고."

— 자유는 거저 주어지는 게 아니다!

"빙고! 그러니 불어. 지난주 금요일 새벽 4시 58분 37초에 만취 상태로 귀가한 이유."

아내가 복싱을 배우기 시작했다

이 모든 사달의 원인은 빨간 장갑이었다. 깡마른 여자애가 빨간 권투 장갑을 끼고 저보다 덩치가 두 배나 큰 남자를 링 위에 메다꽂는 영상을 보고 중딩 딸아이 동공에 지진이 난 것이다. "아빠 봤지? 개멋있지?" 그날로 집 반경 5km에 위치한 체육관을 수색하던 아이는 황금복싱인지 골든복싱인지 하는 이름의 권투 교실을 찾아냈고, 수학 학원은 빼먹을지언정 복싱 교실은 단 하루도 빠지지 않고 달려가는 것이었다.

아내는, 이 흉흉한 세상 호신술이라도 배워 두면 좋지 않겠냐 맞장구친 남편을 잡아 잡수실 기세였다. 다른 애들은 고3 수학을 선행한다고 눈이 벌건데, 중3은커녕 중1 수학도 반타작하는 애한테 복싱이 웬 말이냐며 도끼눈을 이글거렸다. 답사차 복싱 학원에 다녀와서는 기함을 했다. 우락부락한 사내 녀석들이 한쪽에선 줄넘기, 한쪽에선 샌드백을 쳐 대느라 땀내가 진동하는데, 거기 딱 10초만 서 있어도 코로나에 감염되고 말 거라며 왈

왈댔다.

“당신 닮아 납작한 코가 더 내려앉으면 어쩔 거냐고, 턱이라도 돌아가면 어쩌냐고오~.”

*

아내의 태도가 달라진 건, 그로부터 일주일 뒤였다. ‘놈들’을 감시하겠다며 거의 매일 강력계 형사처럼 체육관을 드나들더니, 어느 날 콩나물을 다듬다 말고 “나도 복싱이나 배워 볼까?” 하는 것이다. ‘그 우람한 풍채로? 차라리 레슬링이 어때?’라는 말이 혀끝에 닿았으나 꿀꺽 삼켰다. “요가라면 모를까, 복싱이라니. 이영애 닮은 얼굴에 멍이라도 들면 어쩌려구. 뺄 살이 어디 있다고….”

그러자 허공을 향해 슉슉 잽을 날리던 아내가 중얼거렸다.

“남편 자식 건사하느라 내 몸 위해 돈 내고 시간 낸 적 없어. 빨래하고 청소하면 그게 운동이지 했는데 늘어지는 건 팔뚝 살이요, 올라가는 건 혈압뿐. 나이 드니 주위에 응징하고픈 인간들은 왜 이리 많은지. 이제라도 조물주가 선물한 내 몸, 원시미 넘치게 가꿔 볼까 해. 혹시 알아? 식스팩이라도 생길지.”

저도 모르게 배우자의 출렁이는 뱃살로 시선이 옮겨간 남편을 향해 아내가 엄중히 읊조렸다.

“무하마드 알리가 그랬지. 불가능, 그것은 사실이 아니라 하나의 의견일 뿐이라고. 나약한 자들의 핑계일 뿐이라고."

*

복싱이 내 운명이라던 딸애는 어퍼컷은 안 가르쳐 주고 만날 줄넘기만 시킨다며 한 달도 안 돼 체육관을 때려치웠다. 빨간 장갑을 차지한 아내는 체육관은 아직 위험하니 온라인 복싱 교실부터 섭렵하겠노라 큰소리를 쳤다. 늦게 배운 도둑질 날 새는 줄 모른다고, 저녁 밥상 치우기가 무섭게 그날 배운 기술을 선보인다며 TV를 가로막으니 그 또한 곤욕이었다.

"복싱은 두 팔이 아니라 두 발로 하는 거야. 펀치를 날리려면 두 발이 먼저 치고 빠지기를 자유자재로 하면서 기회를 노려야 하는 거거든. '드루와, 드루와'가 아무나 되는 게 아니라구. 잘 때리는 것만큼 잘 피하는 것도 중요하지. 주고, 빠지고, 돌고. 요렇게, 마이크 타이슨처럼! 복싱의 꽃이 왜 원투인지 알아? 번개처럼 빠르고 핵처럼 강력한 원투가 상대의 턱, 인중, 명치에 적중하면 그대로 KO 시킬 수 있기 때문이야."

복싱은 헝그리, 헝그리 하면 자장면이지 하며 탕수육을 시켜 먹던 아내는 이런 말도 했다.

"파나마의 카라스키야 선수 별명이 '지옥에서 온 악마'였대. 그의 강펀치에 맞아 네 번이나 쓰러지고도 홍수환은 다시 일어섰지. 이번이 마지막이란 각오로 원투 스트레이트를 날렸고, 휘청대는 상대를 쫓아가 레프트 훅, 레프트 어퍼컷으로 강타해 기어이 녹아웃 시킨 거야. 홍수환이 뭐라고 했는지 알아? 복싱이 재미있는 건, 질 것 같은 상대에게 이기고 이길 것 같은 상대에겐 처참히 무너져서라고. 인생이랑 참 비슷하지 뭐야."

*

갈수록 사나워지는 어부인에 맞서 격투기라도 배워야 하나 고민하는데, 아내가 며칠째 복싱 수업을 건너뛰고 있었다. 우크라이나에 포탄이 떨어진 날부터였다. 복면을 쓴 채 무장한 여전사들이 TV에 나왔을 땐 주먹을 또 한 번 움켜쥐었다. "권투가 아니라 사격을 배워야겠어. 한 방에 응징하려면 역시 총이 필요해."

참다못한 남편이 나비처럼 날아서 벌처럼 쏘아붙였다.

"왜, 푸틴 쏘러 가게? 복싱을 입으로 하냐? 총을 눈으로 쏴? 3층 계단도 근근이 오르는 그 저질 체력 땜에 북방한계선이 뻥뻥 뚫리는 거 아냐. 복싱장에서 왜 한 달 내내 줄넘기만 시키겠냐. 팔굽혀펴기를 왜 하겠냐구. 혹독한 연습, 연습이 근육 밑바닥부터 쌓이고 쌓여야 위기 때 훅이든, 어퍼컷이든 날릴 수 있는 거지. 식스팩? 지금 손에 들고 있는 그 도나쓰부터나 KO 시켜 봐, 이 아줌마야."

그 댁 남편도 가을바람 나셨나요?

핏빛 꽃단풍이 북한산 허리를 휘감고 도니 연신내 강 보살을 찾는 여인네들이 부쩍 늘었다. 면상을 있는 대로 구기고 나타난 여자들은 하나같이 '바람'을 탓했다. 황무지 같던 사나이 가슴에 한줄기 가을바람 비집고 들더니, 십수 년 살 부비며 산 낭군님 눈빛이 전혀 딴사람으로 변하더라는 거다. 숟가락 들 힘만 있으면 자식을 본다는 사내가 아니던가. 이날도 세 여인은 보살 집 문지방을 넘자마자 앞다퉈 하소연을 쏟아냈던 것이다.

*

생전 멋과는 담쌓고 살던 남자예요. 이발비가 5천 원에서 7천 원으로 올랐다고 바리캉을 사네 마네 궁상떨던 짠돌이였다니까요. 근데 느닷없이 머리에 꽂힌 겁니다. 눈만 뜨면 거울부터 찾고요, 이 주일이 멀다 하고 동네 미용실을 들락거려요. 하루는 커다랗고 뾰글뾰글한 물체가 현관으로 걸어 들어오더군요.

"부하 직원들이 내가 너무 차가워 보인대서. 훈내 물씬 풍기는 남자가 돼 볼까 하여. 흐흐흐."

훈내는 얼어 죽을! 남편은 두상이 크다 못해 정육면체라 파마를 하면 머리가 두 배로 커 보입니다. 스폰지밥이죠. 키는 짜리몽땅해도 남편의 그 찰랑머리를 제가 얼마나 좋아했게요. 그 앳된 소년은 오간 데 없고 나이트클럽에서 "싸모님" 하며 다리 흔들 것만 같은 아저씨가 서 있더란 말입니다.

머리를 볶고 온 날부터 모임도 부쩍 늘었어요. 무슨 밴드니 고무줄이니 하는 모임에 나가더니 요즘엔 같은 자동차 타는 사람들 모임에도 나가요. 어제는 "앞머릴 퍼플 톤으로 물들여 볼까?" 하길래 제가 뒷목을 잡았지요. 낼모레 오십입니다. 분명 누가 있어요. 이 순정남을 꼬드기고 부추기는 여편네가 있다니까요. 그렇지 않고서야 단돈 천 원에 벌벌 떨던 남자가 머리에 기십만 원씩 처들일 리 없지요. 그 여우 같은 미용실 원장부터 당장 요절을 낼까 하는데, 어찌하면 좋을까요, 보살님.

*

머리는 양반이유. 우리 집 남자는 글쎄, 염소처럼 수염을 길러요. 이게 다 그 여자 상사 때문이지요. 몇 날 며칠 야근하느라 면도를 못 하고 출근했더니, 이 여자 왈 "어머머, 조니 뎁인 줄 알았네" 하더랍니다. 이 순둥이 남자 두 눈이 뒤집혀서는 그날로부터 수염을 안 깎습니다. 관리라도 제대로 하면 또 몰라요. 패션의 '패' 자도 모르니, 임꺽정처럼 그저 무성하게만 기릅니다.

보다 못해 한소리했지요. 멋을 낼 거면 차승원 흉내라도 내라, 얼굴형은 물론 수염의 질과 양에 따라 어울리는 수염이 따로 있는 거다…. 아, 그랬더니 이 남자 인터넷을 뒤져 수염 전용 가위랑 빗이랑 에센스까지 마구 사들이는 겁니다. 그뿐인가요? 수염에는 야성미 넘치는 옷을 입어야 한다며 가죽점퍼를 사고, 청바지를 사고, 카우보이 부츠까지 사더니 이젠 꽁지머리를 할 기세랍니다. 하수상하여 떠보았지요.

"여자 생겼어?"

그러자 펄쩍 뛰더군요. 남자의 로망을 몰라도 너무 몰라준다면서. 젠장, 털을 기를 거면 가슴팍에나 기르든가요. 세상에서 제일 재미난 짓이 딴짓이고, 범생이였던 남자가 바람 타면 건잡을 수 없다던데, 저 바람 어찌하면 잡을까요.

*

수염은 명함도 내밀지 마슈. 우리 낭군은 아주 대놓고 몸을 만듭니다. 가장이 건강해야 두 딸 시집 밑천 마련한다며 한 달 전 동네 헬스장에 등록했지요. 근데 운동 시작한 다음 날부터 시도 때도 없이 카톡이 울립니다. 하도 시끄러워 남편 폰을 열었다가 까무러칠 뻔했지요. 헬스장 다니는 여자들과 단톡방을 만들었는데 오가는 대화가 가관입니다.

"미스터 정, 요즘 허벅지에 잔근육 많이 생겼더라?"

"탱탱한 게 박서준 저리 가란데?"

"불금에 '구름처럼' 한잔 어때?"

아줌마들 주책이야 그렇다 쳐요. 절 진정 열받게 한 건 남편의 답글이었죠. 마누라 문자엔 '응', 아니면 '몰라'로 초지일관하던 인간이 아줌마들 문자엔 "쌩유쌩유, 저도 신나용, 하트하트", "누님들과의 수다는 제 삶의 비타민입니당" 이러면서 닭살이 작렬합니다.

헬스 다니고부터는 저랑 눈도 잘 안 마주치고요, 팔짱이라도 낄라치면 기겁을 합니다. 누가 봐도 바람난 거 맞지요? 부지깽이 들고 달려가 헬스장을 한번 뒤집어엎어야 할까요?

*

내비둬어, 머리털 볶아 깨소금을 뿌려 먹든, 옥수수수염 길러 차로 마시든 내비두랑께. 끽해야 석 달!

"멋지다, 섹쉬허다!"

추임새 서너 번 넣어 주면 제 풀에 잦아들지. 약이 바짝 오른 모기도 찬바람 불면 입이 돌아가 맥을 못 추는 법. 잠시 바람 좀 타면 또 워뗘. 그거 막으면 진짜루 바람나.

시비 걸 시간 있으면 자네를 가꿔. 거리 뒹구는 낙엽처럼 시들어 바스라지기 전에 거울 좀 보라고. 중국의 평 여사가 명언을 남겼지. 남자 관리하지 말고 너 자신을 가꾸라고! 저 아래서 출렁이는 게 뭐여. 설마 배여? 머리 모양은 또 뭐여. 만재도 할매들도 그런 빠마는 안 하겄네. 책도 좀 읽어. 시집이 얇고 짧응께 강추! 지진희 같은 애인 있으면 소원이 없겄다 혔어? 내 말대로만 혀봐. 물 묻은 바가지에 깨 달라붙듯 사내들이 눈에 불을 켜고 달려들 텡게. 아니면 말구!

꽃비 오는 날, 아내의 봄바람을 막는 법

스님의 콘서트는 인기가 많았다. 삶과 죽음에 대한 중생들의 궁금증을 알기 쉽게 풀어 주었다. 이런 식이었다.

수년 전 세상을 떠난 어머니가 몹시 그리워 딸이 물었다.

"스님, 극락왕생은 정말 있습니까? 어머니가 거기서 우릴 기다리고 있는 게 맞습니까?"

"따라 하세요. 믿는 자에게, 복이 있나니, 천국이, 너의 것이니라."

중생의 눈이 화등잔만 해졌다.

"스님, 그건 목사님 말씀 아닌가요?"

"스님이 얘기하면 스님 말씀이지, 그게 왜 목사님 말씀입니까. 그리고 어머니가 극락에 갔다 생각하면 기분이 좋아요, 안 좋아요? 반대로 어머니가 지옥 갔다고 생각하면 마음이 편해요, 안 편해요?"

중생은 여전히 미심쩍다.

"꿈에 안 나타나시니 걱정이 되어 그럽니다."

"아 글쎄, 극락은 좋은 데예요, 나쁜 데예요? 그런 곳엔 빨리빨리 가시는 게 나아요, 안 가고 여기 남아 구천을 떠도는 게 나아요?"

"빨리빨리 가시는 게 낫습니다."

"근데 왜 자꾸 꿈엔 나오시라 그래에?"

*

목사님의 콘서트도 인기가 많았다. 부부 문제를 속 시원히 풀어 주었다. 이런 식이었다.

"목사님, 요즘 제 마누라가 이상합니다. 말수가 평소의 10분의 1로 줄고, 혼자 배시시 웃다가는 별안간 눈물을 글썽입니다. 애한테 공부해라 잔소리도 안 하고, 주말에 소파 위를 뒹굴어도 바가지를 긁지 않습니다."

"언제부터 그럽니까?"

"봄 감기 호되게 앓고 나서 그럽니다."

"감기 앓을 때 뭐 잘못한 일 없습니까?"

"기억이 나지 않습니다."

"안 나는 게 아니라, 기억하고 싶지 않은 거겠지요."

"술 마시고 새벽에 들어왔습니다."

"아내가 혹 전에 안 매던 스카프를 두르지 않습니까?"

"모르겠습니다."

"혹시 앞머리를 자르진 않았습니까?"

"그것도 잘 모르겠습니다."

"혹시 치석 제거를 하지 않았습니까?"

"그것도 잘…."

"그대가 아내에 대해 아는 것은 무엇입니까?"

*

"혹시 우울증일까 봐 걱정입니다."

"우울증 아니고 바람, 봄바람입니다."

"제 아내는 바람 날 사람이 아닙니다. 남편과 자식밖에 모릅니다. 낼모레 오십입니다."

"낼모레 구십이어도 봄바람 들었다 하면 밥상 걷어차고 떠나는 게 여인입니다."

"아내는 그럴 용기와 배짱이 없는 여자입니다."

"콜럼버스가 신대륙을 발견할 수 있었던 건, 에덴동산은 어딘가에 반드시 있다는 황당한 믿음 때문이었지요."

"어떤 눈먼 남자가 나의 아내처럼 늙고 볼품없는 여자에게 눈길을 줍니까?"

"당신이 예전에 그 눈먼 남자였지요."

*

"피아노를 치며 '오 솔레 미오'라도 불러야 할까요?"

"거짓 사랑은 혀끝에 있고, 참사랑은 손끝에 있나니."

"돈 버느라 허리가 휘는데, 이제 마누라 바람날까 눈치까지 보란 말입니까?"

"기억해 내세요. 그 옛날 꽃보다 아름다웠던 아내가 어떤 노래를 좋아했는지, 어떤 시집을 읽고, 어떤 영화를 보고 울었는지. 찬장에 숨겨 둔 아내의 일기장엔 뭐라고 적혀 있는지. 그런 다음 아내의 말에 귀 기울이세요. 그 이야기를 다른 남자가 들어주기 전에."

"그렇게만 하면 봄바람은 막을 수 있는 겁니까?"

"따라 하세요. 믿음은 도道의 으뜸이요, 공덕의 어머니라. 생사生死의 강을 건넘에 있어 믿음이 곧 계戒의 뗏목이 되리니."

"목사님, 그건 스님들 말씀 아닌가요?"

"목사님이 얘기하면 목사님 말씀! 봄바람을 막아야 하는데 지금 예수님, 부처님 가릴 처지입니까?"

오고 가는 덕담 속에 꽃 피는 봄이 오네

"임자 같은 여인과 사니 난 참 다복多福한 사내여."

"뭔 꿍꿍인지는 몰러두 기분은 블링블링허네유."

"김 서방 마누라 말여. 얼굴은 반반허니 애교는 낭창하게 떨면서도 툭하면 아퍼 드러눕는 통에 약값이 보통 들어가는 게 아니랴. 그러니 나는 얼마나 복이 많은 겨? 얼굴은 찌다 만 찐빵처럼 생겼어도 힘 하나는 장사여서 새벽부터 밤꺼정 일을 해도 지칠 줄 모르는 여인네와 사니 홍복 중에 홍복 아닌가 말여. 안 그려어?"

"……."

"왜, 화난 겨? 못났다고 해서 시방 삐진 겨?"

"아니유. 곰보빵 주제에 화는 무슨. 튼튼헌 게 최고지유. 미모는 삼 개월, 성격은 육십 년이라잖어유. 허구한 날 구들장 신세지면서 누워 있으면 제아무리 황진이래두 방바닥이 싫어라 해유. 아퍼 골골거리는 것보담 힘이 넘쳐서 애들 입에 밥 한술 더 넘어가게 하는 게 남는 장사지유. 달랑 두 쪽밖에 없는 애비보다 만 배는 훌륭한 나라의 일꾼 만드는 게 애국자지유, 안 그려유?"

"달랑 뭐? 그거 성희롱 아녀? 당장 사과혀!"

"표현의 자유도 몰러유?"

*

"여자들 팔자가 늘어졌지. 빨래는 세탁기가 해줘, 밥은 전기밥솥이 해줘. 점심 때 불란서 식당 차지하고 앉은 손님이 죄다 여자들이랴. 음식물 쓰레기는 왜 저리 많아. 내다 버리는 쓰레기만큼 돈을 모았으면 벌써 부자 됐을 겨."

"시방 나 들으란 소리유?"

"젊은 여자들 말여. 얌전히 살림이나 할 것이지. 뭔 경제를 살리겄다고, 자식놈 출세시키겄다고 하늘 같은 서방님은 내팽개치고 밖으로 나도느냐 이 말여."

"임자 가르마나 잘 타시구랴. 방구들만 지고 있느니 한 푼이라도 벌어오는 게 낫지유. 글고 콤퓨타다 핸드폰이다 생겨서 몸이 편해진 게 아니라 그만큼 처리해야 할 일이 열 배는 많아졌다고 큰아들놈 시부렁거립디다. 빨래할 시간 30분 줄어든 만큼 애들 쫓아댕겨야 할 시간이 30시간 늘어났다고 며늘님 투덜댑디다. 날더러 지금 엄마 노릇 하라면 혀를 깨물고 말겄슈."

"하긴. 요즘은 엄마가 무식해가지고는 애들 대학도 못 보낸

디야."

"……."

"왜, 화난 겨?"

"아니유. 일자무식 주제에 화는 무슨. 고등핵교 나왔어도 달걀 후라이 하나 못 부쳐 먹는 위인도 있을라구유. 일류 대학 나왔어도 국민핵교 댕기다 만 나보다 경우 없는 식자들이 어디 한둘이유? 도대체 찍어 주고 싶은 인물이 있어야지유. 그리고 말 나온 김에 나두 불란서 식당 한번 가 봅시다. 유식한 낭군 덕에 스테크 한번 썰어 봅시다."

*

"내 인생이 어쩌다 이리 시시해졌누. 우리 엄니 마흔에 날 낳아서 중학교 갈 때꺼정 무릎 위에 앉혀 놓고 밥을 먹이셨는디. 겨울이면 발가락 곱는다고 부뚜막에 운동화를 덥혀 신겨 주셨는디. 우리 집 머슴이 매일매일 지게에 태워 날 학교에 데려다 줬는디. 늦어서 뛰기라도 하면 지게 위에서 멀미하고 그랬는디."

"그래서 당신이 요 모양 요 꼴이 된 거 아닐까유?"

"시대를 잘못 만나 그렇지. 내 손재주가 얼마나 좋았는디. 동네 테레비란 테레비는 다 고쳐 주고 다녔는디. 미국서 태어났으믄 내가 스티브 잡수 뺨치는 사내가 되었을 건디."

"그럼 나는 잡수 부인이유?"

"잡수라면 임자 같은 여자랑 결혼하겄어?"

"잡수도 내 스타일 아녀유. 잡수, 철수, 꼼수 다 허당이고, 그저 일편단심 한 여인네만 바라보는 〈해품달〉 주상전하가 최고지유."

"갸들도 임자 같은 촌닭은 싫디야."

"……."

"왜, 화난 겨?"

"아니유. 촌닭 주제에 화는 무슨. 그깟 농에 성심을 다치면 내가 천추태후 38대손이 아니지유."

✳

"이바구로 임자를 어떻게 당할 건가. 심심헌디 재미난 얘기 하나 해 줄까?"

"재미없으면 오늘 저녁밥은 없슈."

"한 남자가 늘 지갑에다 마누라 사진을 넣고 다닌디야. 그리고 심각한 일이 생기면 항상 마누라 사진을 들여다본디야. 그럼 그 일이 모두 괜찮아진디야."

"조강지처만큼 힘이 되는 존재가 없지유."

"그게 아녀. '이 여자가 내 마누라다. 이것보다 더 끔찍한 일이 뭐가 있겄나' 싶은 게 어떤 고난도 견딜 수 있게 된디야."

"……."

"왜, 화난 겨?"

"아니유. 조강지처 주제에 화는 무슨. 봄이 얼마만큼 왔나 궁금해서 그려유. 내 인생에도 다시 봄이 올랑가, 헛말이라도 '너는 나의 꽃이여, 영원히 지지 않는 꽃이여' 하고 속삭여 주는 남정네랑 죽기 전에 연애 한번 할 수 있을랑가, 서글퍼서 그려유, 서글퍼서."

"근디 어쩌나. 나는 임자가 곁에 있어 좋은디. 토닥토닥 싸울 수 있어 재미지고 행복해 죽겄는디 …."

가을, 당신을 위한 주례사

동갑내기 아내와 결혼한 지 12년 된 어느 만화가가 허허실실 웃으며 말했어.

"결혼 생활? 기대 이상입니다!"

이게 웬 낮도깨비 홍두깨로 꽃송편 빚는 소리인가 하여 한가위 달덩이처럼 복스러운 얼굴을 가진 그의 얘길 가만히 들어봤지.

집이 일터인 그는 365일 하루 24시간을 아내와 함께 지내. 둘 다 집에 있는 걸 좋아하는 집돌이, 집순이라 아무 문제가 없대. 종일 민낯에 추리닝 바람으로 삼시 세끼 함께 먹으면서도 지루하지 않고 재미지고 행복하다니, 대단하지?

*

몇 가지 비책秘策이 있었어.

첫째, 한집에 있지만 각자의 영역을 분명히 한대. 남편은 만화를 그려 생계를 책임지고, 아내는 알뜰히 살림을 담당하지.

둘째, 사생활을 철저히 존중해. 밥 먹을 때 잠시 마주할 뿐 종일 아무 말 안 하고 지내는 날도 많대.

셋째, 충고 안 하기. 자기는 진심 어린 충고인데 듣는 쪽은 잔소리인 경우가 대부분이니까. 자기가 뭘 잘못했는지 너무 잘 아는데 상대가 꼭 집어 말하면 싸움만 되잖아? 모르는 척하는 게 고수. 입이 근질거려도 젓가락으로 허벅지를 찌르며 참는 거야.

넷째가 웃겨. 싸울 땐 반드시 존댓말 쓰기. 그러니까 "너, 미쳤어? 대체 왜 이래?" 하며 악을 쓸 대목이 "여보, 이성을 잃으면 안 되죠. 별안간 왜 이러는 거예요?"가 되는 거야. 개콘이 따로 없지? 만화가 왈, 존댓말로 싸우면 이성의 끈을 놓치지 않아서 좋대.

다섯째도 특이해. 맛난 음식엔 아낌없이 쓴다! 내 집 마련 위해 오늘 맛있게 먹을 양식을 포기하지 않겠다는 게 이 부부 철칙이야. 그렇다고 엄청 비싼 걸 먹는 것도 아니야. 집 근처에 작은 회사가 있는데 5천 원만 주면 마을 주민도 구내식당을 이용할 수 있나 봐. 산보 겸 아내와 손잡고 나가 '스뎅' 급식판에 소시지랑 계란말이 담아 먹는 재미가 그만이래. 맛집보다도 맛집 찾아가는 과정이 훨씬 즐겁다는군. 참, 예쁘지? 하루하루 소소한 행복이 모여 큰 행복이 된다고 믿는 이 남자, 배시시 웃으며 이러더라.

"결혼하니까 좋더라고요."

*

물론 이들처럼 결이 비슷한 부부는 세상에 많지 않아. 결혼이란 서로가 얼마나 다른 종류의 사람인지 확인해 가는 여정이니. 각자 지닌 '정답正答'의 격차를 좁혀 가는 여행이랄까. 자기와는 전혀 다른 생명체를 탐구해 가는 수업이기도 하지.

그거 알아? 나이 칠십에도 영화 〈대부代父〉를 보고 밤새 알 파치노 꿈을 꾸는 게 여자라는 걸. 말로는 "당신이 세상에서 제일 예뻐" 하지만 내 아내가 김태희보다 예쁘다고 생각하는 남편은 세상에 한 명도 없어. 부부는 일심동체一心同體라고? 그럴 리가! 이심이체二心異體, 각심각체各心各體여서 '여행'하는 동안 별별 일이 다 생기는 거야.

가끔은 불청객이 끼어들어 소란을 피우기도 할 거야. 그럼 서로 삿대질도 하고 밤새 등을 돌린 채 눈물콧물 찍어 내며 씩씩댈지도 모르지. 그렇다고 낙심할 건 없어. 순조롭고 평탄하기만 한 여행은 재미가 없는 법. 기왕이면 클라이맥스와 반전이 있어야 라스트신에서 기립박수를 받지.

사랑이 변할까 봐 두렵다고? '나인 나'와 '결혼한 나'의 비율을 50 대 50으로 유지하려고 노력해 봐. 또 하나! 패를 다 보여주지 말 것. 부부 사이에도 '밀당'이 필요하다고.

운이 좋으면 어느 길목을 도는 순간 작고 어여쁜 '현자賢者'도

만날 거야. 그 현자로 인해 웃음 떠날 날 없다가도 잠 못 이루며 근심하는 날 또한 많아질 테지만 덕분에 사랑이 무엇인지, 슬픔이 무엇이고, 인생이 무엇인지 깨닫게 되지. 검은 머리 파뿌리 될 때까지 살라고는 안 할게. 그건 좀 억울하잖아? 다만 너희를 찾아온 어린 현자가 혼자서 여행을 떠날 수 있을 때까진 함께 있어 줘야 해. 그것만 약속해.

*

어느 요리사가 그러더라. 행복한 결혼은 맛있는 요리와 꼭 닮았다고. 재료 본연의 맛을 살리려면 양념을 되도록 적게 넣어야 하는데 부부 사이도 마찬가지라는 거야. '뭘 잘해 줄까'보다는 '뭘 하지 말까' 고민할 것! 그래야 둘 사이가 소박해지고 사랑 또한 오래간다는 거지.

어느 도예가도 비슷한 얘길 했어. 흙을 빚는 손의 힘이 너무 세거나 약해도 그릇이 찌그러지듯 애정이 너무 과하거나 모자라도 부부 사이에 금이 간다고.

어느 천문학자는 아내와 남편이 자주 함께 하늘을 올려다보라고 했지. 하늘, 그 너머 광대한 우주를 떠올리면 우리는 잠시 이 지구별에 머물다 가는 존재이고, 사랑만 하고 살기에도 얼마나 짧은 인생인지 깨닫는다는 거야. 어때. 그럴듯하지?

*

인생에 정답이 없듯 결혼에도 정답은 없어. 너만의 특별한 이야기를 만들어 봐. 공부를 덜 했다고? 모르니까 사랑하고, 모르니까 뛰어든 거야. 함께 쥔 '사랑의 노'를 놓치지 않으려고만 애써 봐. 손해만 왕창 본 여행이란 생각이 든다면 그럭저럭 잘 가고 있다는 증거야. 참, 사랑에 침묵은 금물이라고 얘기했던가? 눈빛만 봐도 아는 사이란 세상에 없어. 맛있는 수다쟁이가 되라고. 자, 이제 떠나야 할 시간이야.

크리스마스, 대화가 필요해

"민이 아부지예 …."

"와?"

"안 잡니꺼?"

"잔다."

"내 새해부터는 성당 다닐라꼬예."

"성황당이 아이고 성당? 니 대대손손 불교 아이가?"

"크로스오바도 모릅니꺼? 융합과 통섭!"

"통섭이 뭔 말인 줄은 아나?"

"요한 바오로 교황님 오셨을 때 내 억수로 은혜 받았다 아입니꺼."

"번지수부터 똑바로 찾으래이. 지난번 오신 분은 프란치스코 교황이데이."

"검정 망토, 그 끝자락만 봐도 가슴이 콩닥 설레니 이를 우짜면 좋십니꺼."

"니 바른대로 말해라. 프란치스코 아니고 〈검은 사제들〉 봤제? 교황님 아이고 교복, 사제복, 죄수복을 입어도 섹시하다는 강동원이한테 뿅 간 거 맞제?"

"와, 안 됩니꺼? 오뚝 선 콧날, 서느리한 눈매, 믿음직한 입술까지. 워매, 그 비스무리하게라도 생긴 신부님 옷자락이라도 한번 잡아 보면 숯검뎅이 마음 병이 싹 나아뿔 건디."

"성스런 신부님께 침을 꼴깍거리고도 니가 온전하길 바라나. 성모 마리아가 니를 그냥 놔두겠나."

*

"성당에 안 갈 테니 부탁 하나 하입시더."

"일 없다."

"망년회다 크리스마스다 해서 술판이 벌어질 것인디, 정신 똑바로 차리라꼬예."

"차려입을 양복 한 벌도 없는데 뭔 정신을 차리라꼬."

"술은 1차만 마시고, 노래방 가자 부추겨도 퍼뜩 자리를 박차고 일어나란 말입니더."

"그기 맘대로 되나? 한잔 들어가면 분위기 뜨끈해지고, 서로 어깨동무 함시롱 한 해 고생한 거, 상처 준 거 화해하고 다독이라고 망년회 하는 거 아이가?"

"어깨 걸고 쓰다듬고 볼 부비다 신세 망친 사람 한둘이 아니지예."

"니, 내를 어찌 보고 그런 불경한 소릴 하노? 내 이래 봬도 별명이 '영국 신사'다."

"영국 문 앞에도 안 가 봤는데 우째 영국 신삽니꺼? 딴 여자랑 갔어예?"

"그만큼 점잖고 사리분별 정확하고 쿠울~한 남자란 칭찬이다 그기."

"얌전한 송아지 부뚜막에 먼저 올라간다꼬, 술에 취하고 흥에 취하고 노래에 취하면 천하의 제갈공명도 블루스를 추는 법. 일 저질러 놓고 애먼 술 탓하지 말고 초장에 고삐를 단단히 잡으라 이 말입니더."

"딸 같고 동생 같응게 등도 한 번씩 두들겨 주는 기지, 뭘 그리 까탈시럽게 구노?"

"지나가는 언니들한테 물어볼까예. 늙은 아재들이 등 두들겨 주면 없던 용기가 마악 샘솟는지."

"그럼 그 자리서 따져야제, 술 마시고 노래할 땐 조용하다 와 술 깨고 나서 딴소리고?"

"여자를 몰라도 너무 몰라예. 내 같은 아지매야 주먹이 먼저니 뺨도 때리고 다리몽뎅이도 부라뜨릴 수 있지만은, 젊은 아그들은 그리 못 합니더. 해 지고 바람 불 듯 사소하다 여긴 일이 누군가의 존엄을 파괴한다는 말도 못 들었십니꺼?"

"입 한번 야물다."

"억울하겠지예. 그래도 우짭니꺼. 세상이 더 이상 남정네들 편이 아닌디. 그랑게 입단속, 손 단속 철저히 하이소."

"손 단속은 니나 하래이. 낼모레 대학 갈 아들 궁뎅이 두드리는 여자는 한반도에 니밖에 읎데이."

*

"민이 아부지예."

"와?"

"이번 크리스마스엔 눈이 올까예?"

"와, 강동원 닮은 산타라도 오면 썰매 타고 도망갈라꼬?"

"머리핀이라도 좋으니 선물 하나 해 주이소."

"일 읎다."

"그럼 뽀뽀라도 해 주이소."

"미칫나?"

"아이~잉."

"좋은 말 할 때 다리 치아라."

"1년 동안 돈 버니라 수고했심더."

"……."

"식구들 먹여 살린다꼬, 싸나이 자존심 한강다리에 패대기치고 입에 단내 나도록 허리띠 졸라매고 달려 온 거 내 다 압니더."

"시끄룹다. 고마 자자."

"민이 아부지예."

"또 와?"

"메리 크리스마스라예."

바가지도 사랑이란 걸 그때는 몰랐네

자유와 해방. 이 단어를 떠올리지 않았다면 거짓말이지요.

D-데이가 다가올수록 '마누라'란 이름 석 자의 굴레와 억압, 히스테리에서 벗어난다 생각하니 가슴이 벅차오르더군요. 뭐, 공항에서 잠시 울컥하긴 했습니다. 그 독한 마누라가 눈자위 벌게져서는 "밥 잘 챙겨 먹어" 하며 손 흔드는데, 오! 이 낯선 당혹감이라니요.

그러나 슬픔도 잠시. 불알친구들과 코가 비뚤어지다 못해 뭉개지도록 술을 마셔도 악다구니할 여자 없다고 생각하니 차 지붕을 뚫고 날아오를 것 같더군요. 거실을 활보하며 알 파치노처럼 담배를 피우고, 호박돔 잡으러 갯바위 낚시도 가고요. 마누라와 두 자식 등쌀에 "혼자만의 시간을 갖고 싶다!" 뭉크처럼 절규하던 시간이 마침내 종을 친 것입니다.

*

그런데 말입니다. 1년도 못 돼 그 자유란 놈이 저의 뒤통수를 때렸습니다. 토요일 낮 열두 시까지 대자로 뻗어 자도, 퀴퀴한 양말과 담뱃재 뒤엉켜 마룻바닥을 뒹굴어도 벼락 치는 사람 없건만, 기분이 그닥 짜릿하지 않으니 어인 일인가요.

절간 같은 집에서 득도라도 할 참인데 기쁨은커녕 고독이 사무치니 알다가도 모를 일이지요. 가장 견디기 힘든 건 잔불 하나 없는 컴컴한 집으로 들어설 때입니다. 한번은 실수로 거실 등燈을 켜고 출근했더니, 퇴근길 창문으로 불빛이 환합니다. 어찌나 설레던지, 아무도 없는 줄 알면서도 초인종을 두 번이나 눌렀지 뭡니까. 돼지우리 같은 집에 들어서기 싫어 찜질방으로 도망친 적 있다면 믿으실까요? 자유가 무한대로 널린 유토피아가 공포가 될 줄 누가 알았을까요.

외로움 따위 문제없다 자신했습니다. 자취 10년 경력을 발판으로 족발도 찌고 수육도 삶고 치즈 그라탱도 만들고요. 하지만 딱 한 달 만에 때려치웠지요. 황제의 밥상도 둘이 먹고 셋이 나눠야 즐거운 법. 동네 맛집을 발굴하라고요? 그 또한 고역이더군요. 어느 비 오던 날, 고깃집에서 소주 한 병에 삼겹살 시켜서 구워 먹는데 사람들 동정 어린 시선이 사방에서 달려들었지요.

*

그러게 왜 보냈냐고요? 한국이 싫어서요. 1등만 하라 가르치는 교육에 넌덜머리 나서요. 내가 1등 하고 100점 맞으면 누군가는 꼴찌를 하고 50점을 맞아야 하지 않나요? 성적으로 줄 세우고, 남을 밟고 일어서게 하는 교육이 싫었습니다. 아이들 가 있는 그 나라는 '우리는 모두 다르다'는 것부터 가르친다더군요. 수학은 못하지만 달리기는 잘하는 아이, 과학은 못하지만 그림을 잘 그리는 아이.

성적표에도 무엇을 못한다 대신 이렇게 하면 훨씬 더 잘할 것이라고 적혀 있다지요. 학교에도 서열이 없습니다. 축구 잘하는 학교, 오케스트라 잘하는 학교는 있어도 아이비리그 잘 보내는 학교는 없답니다. 봄이면 마라톤으로 마을 전체를 돌며 뛰놀고, 여름이면 대자연으로 캠프를 떠나고요. 대학 안 가도 행복해질 수 있는 법을 가르치는 학교. 서울서 학원 뺑뺑이에 시달렸던 아이들 두 볼이 웃음으로 빨갛게 달아오른 모습이 저를 다시 소처럼 일하게 합니다.

문제는 우울증. 10년 차 기러기가 두 가지 처방을 일러 주더군요. 하나는 여자친구 만들기. 돈과 시간이 남아돌아야 한대서 바로 포기했습니다. 둘째는 청소입니다. 황당하지요? 뜻밖에 효험이 있더군요. 일주일에 한 번 물걸레질만 해도 집안 공기가 확 달라지는 겁니다. 구석구석 뽀송해지니 밥 짓고 조기 구워 소찬도 즐기고요. 크린토피아에 맡겼던 빨래도 내 손으로 합니다. 와이셔츠 칼같이 다려 차곡차곡 걸다 보면 실타래 같던 머릿속도 가지런해지니 일석이조一石二鳥. 거실 등 켜고 나오는 일도 없습니다. 전기료가 얼만데요.

*

빙속 황제 크라머르의 질주를 보면서 새 목표도 세웠습니다. 입만 열면 "사내는 역시 갑바야" 노래하는 여자 상사를 '미투'는 왜 안 잡아가나 했더니, 서른두 살 스케이터의 활화산처럼 폭발하는 근육에 남자인 저도 무너지더군요. 낼모레면 쉰. 더 나이 먹기 전에 내 생애 복근이란 걸 가져 보려고 마라톤을 시작했습니다. 여친이 생겼냐고요? 그럴 리가요.

여름휴가 때 마누라한테 보여 주려고요. 마누라는 다 늙어 뭠박질하다 다리라도 부러지면 병원비는 어쩔 거냐 타박하겠지만, 그 지청구 들으며 낮잠 한번 푸지게 자는 게 소원입니다. 상봉까지 D-150일. 잔소리가 사랑의 다른 이름이라는 걸 그땐 왜 몰랐을까요.

한여름 밤, '그대'에게 쓰는 연애편지

'왜앵~'

모기 한 마리가 날아오릅니다. 날개 겨우 두 장뿐이면서 온갖 오도방정을 떠는 이 곤충의 침입이 감지되면 지축을 흔들던 그대의 코골이가 뚝, 하고 멈춥니다. 그리고 일어납니다. 무림의 고수처럼 분연히 일어납니다. 긴긴 여름날, 파김치 되어 맞이한 꿀잠을 깨운 데 대해 응징하려고요.

서슬 퍼런 기세에 놀란 해충이 천장에 붙어 옴짝달싹 않습니다. 파리채로 잡아도 될 것을, 견문발검見蚊拔劍, '모기를 보고 칼을 뽑으랴'라는 표정으로 손바닥 꽃꽃이 펼쳐 모은 채 모기를 향해 전진합니다. 팟! 적중률 99.9%. 한밤 소동에 안방으로 건너온 아들이 입을 헤벌립니다.

"쩐다!"

"얘야, 모기를 잡을 땐 반 박자 빠르게 손을 움직여야 한단다. '하나, 둘, 셋'에 잡는 게 아니라 '하나, 둘'에 내려치는 거지. 적이 도망갈 틈을 주어선 안 돼."

때로 영악한 모기가 보란 듯 곡예하며 약을 올리면 그대의 눈에 살기가 돕니다. 몇 방 물린다고 해서 위태해지는 목숨도 아니건만, 끝장을 보겠다는 듯 이를 앙다뭅니다. 마침내 장롱문에 앙버티고 있는 적군을 발견합니다. 파밧! 손바닥에 흥건한 피를 사내들에게 보여 주며 흐뭇한 미소를 짓습니다.

*

그대의 사전에 '불가능'은 없습니다. 오직 궁상과 억척만 있을 뿐입니다. 연애 시절, 한 줄에 천 원짜리 김밥을 사면서 주인에게 참기름을 한 번 더 발라 달라고 으름장 놓을 때부터 알아봤습니다. "이것 팔아 몇 푼 남겠느냐"라는 주인장과 옥신각신할 땐 등에 식은땀이 흐르더군요.

자장면에 사리 주는 중국집 보셨습니까? 저는 봤습니다. 자장면을 게 눈 감추듯 먹어치운 그대는 아직 많이 남은 양념이 아까운지 잠깐 고민하더니 주인아저씨를 부릅니다.

"사리 하나 추가요!"

언젠가 주말 오후에 아이와 영화 보러 나간 그대가 아직 침대에 널브러져 있는 저에게 다급히 전화했습니다. 영화표를 집에 두고 안 가져갔답니다.

"그럼 그냥 돌아와" 했다가 날벼락이 떨어졌습니다.

"영화티켓을 폰카로 찍어서 전송해 봐. 아님 티켓 들고 뛰어오든가."

축구하다가 발목을 다쳐 깁스 한 아들 녀석을 그대는 삼 주 동안 등에 업고 학교에 다녔습니다. 학원은 물론, 담임도 말리는 소풍까지 기어이 따라가고야 말더군요. "못 타도 개근상"이 신조인 그대는 나폴레옹도 혀를 내두르는 대한민국 아줌마입니다.

*

그런 그대도 아플 수 있다는 것을 나는 알지 못했습니다. 콧물 한 방울만 나와도 약국으로 돌진하는 나와 달리, 그대는 어지간한 감기는 미련 떨며 깔아뭉개는 괴력怪力의 소유자입니다. 앓아누운 그대가 머리가 깨질 듯 아프다더니 밤새 오한에 시달리다가 새벽녘에 응급실로 실려갔습니다. 급성폐렴이랍니다. 신경성 위염도 있다고 합니다.

"이 지경이 될 때까지 보호자는 뭐 하셨습니까?"

천정부지로 치솟는 물가, 남편 봉급만 바라보다간 여름내 수박 한 통 맘 편히 못 사 먹겠다던 그대가 동네 제과점에서 나흘간 알바하고 온 다음 날 일입니다. 밤새 앓는 소리가 들렸지만 내가 당장 피곤하여 귀를 막았습니다.

그러고 보니 그대에게 홍삼 달인 물 한 봉지 건네 본 적이 없는 남편입니다. 홍삼 같은 거 안 먹어도 그대는 평생 아프지 않을 줄 알았습니다. 그대가 집을 비운 며칠 동안 나는 깨달았습니다. 살림이란, 자판기처럼 버튼만 누르면 뚝딱 해결되는 일이 아니라는 것을. 아이들이 콩나물처럼 저절로 자라는 게 아니라는 것을. 가계를 낭비 없이 운영하는 일이 M&A만큼 어렵다는 것을.

*

병상의 그대는 수퍼우먼도, 여장부도 아닙니다. 그저 불사조이고 싶은 한 여인일 뿐입니다. 퇴원하던 날, 그대는 몸무게가 2kg이나 빠졌다며 엉덩이를 흔듭니다. 나는 기쁘지 않았습니다. 드럼통일지언정 밥 잘 먹고 재잘재잘 수다 떠는 그대가 훨씬 예쁘니까요.

'애앵~' 오늘 밤에도 모기 한 마리가 침투합니다. 그대가 일어나려고 몸을 뒤척입니다.

"그냥 자. 내가 잡을게."

파리채를 세 번이나 헛스윙한 끝에 모기 한 마리를 가까스로 운명시킵니다. 그대가 퍽 아쉬워합니다.

"손바닥으로 내리쳐야 통쾌한데. 스트레스 확 풀리는데."

내가 울적하게 말합니다.

"퇴근길에 모기향 사 올게."

"돈 들잖아. 몸에도 안 좋고."

그 궁상에 부아가 치밉니다.

"이번 여름엔 모기가 떼로 몰려온다잖아. 구제역으로 죽은 가축 대신 사람들 물러 온다잖아. 그거 밤새 손으로 잡고 있을 거야?"

풀 죽은 그대, 곰곰 생각하다 다시 잔소리합니다.

"아무거나 사지 말고 성분 표시 꼭 확인하고 사와. 가격도 비교해 보고. 알았지?"

그대가 곁에 있어도 나는 그대가 그립습니다.

4장

남자가 시를 쓰기 시작했다

〈나의 아저씨〉라는 드라마를 최근에야 넷플릭스를 통해 정주행 했습니다. 건설회사 부장 이선균과 파견직 서무인 아이유가 주인공이지만, 저는 주연으로 등장하는 '루저 아재'들의 좌충우돌 유머와 넉살에 홀딱 반했지요.

뇌물 받은 게 들통나 회사에서 잘린 뒤 청소부가 된 가장을 비롯해, 동네 목욕탕에 수건을 배달하는 전직 은행 임원, 분식집 요리사가 된 전직 대기업 부장 등 별 볼 일 없게 된 중년 남자들이 하루의 노동이 끝나면 '정희네'로 몰려가 소주잔 기울이며 티격태격하는 모습에 참 많이 웃었지요. 아재들 의리와 우정은 또 어찌나 최강인지! 서로의 기쁨과 슬픔을 내 일처럼 여기며 어깨동무하고 걸어가는 남자들 뒷모습에 여러 번 울컥했습니다.

〈줌마병법〉의 소재가 아줌마에서 아저씨로 확장된 건 조선일보 주말섹션 'Why?' 기자로 글을 쓸 때부터입니다. 여기자는 저 혼자이고, 부장부터 막내까지 죄다 남자 기자였던 부서에서 마감 후 밥 자리에서 주워듣는 아저씨들의 시시콜콜한 고민들이 퍽 흥미롭더군요. 여자만 힘든 게 아니라는 걸, 남자들도 꽤나 울분을 참고 산다는 걸 그때 알았지요.

남성 독자들에게 항의성(?) 이메일을 받은 것도 병법의 소재가 되었습니다. 직장 상사에게 잘 보이기 위해 먹지도 못하는 술 마셔 가며 머리에 넥타이 두르고 춤을 춰야 하는 남자들 심정은 아느냐, 군대의 연장선인 직장에서 상사에게 조인트 까여 본 적 있느냐, 아내와 아이들을 캐나다로 보내고 불 꺼진 집으로 퇴근해 혼자 컵라면 먹는 비참한 기분을 아느냐 등등.

그들과 별반 다를 게 없는 남편이 육십을 바라보는 나이에 시인이 되겠다고 선언했을 땐 깊은 연민이 솟구쳤지요. 현자賢者는 도처에 있었습니다.

어느 은퇴남에게서 온 항의편지

안녕하시오. 나는 송 아무개, 조선일보 30년 애독자올시다. 얼마 전 귀하가 쓴 기사의 제목이 퍽 당돌하여 이렇게 펜을 들었소이다. "놀아줘, 밥 좀 줘, 은퇴 남편들 애걸하니 아내들 속이 터진다" 라고요. 그림은 또 왜 그리 처절합니까. 마누라 발차기에 늙은 남자가 집 밖으로 러닝만 입은 채 쫓겨납디다. 처음엔 노여웠다오. 뿔이 나더라고. '삼식三食이'라니요. 저희는 안 늙나? 섭섭하고 분하더이다. 끝까지 읽어 보니 무작정 열불 낼 일은 아니었소만, 펜을 든 김에 내 얘기 몇 자 적어볼까 하오.

*

집사람은 내가 월남전에서 다쳐 돌아왔을 때 극진히 돌봐 주던 간호사였소. 인물은 별로여도 말수 적고 손끝이 야무진 데다 냉면 마는 솜씨가 일품이었지. 봉급쟁이긴 하나 나 또한 성실함과 회사에 대한 충성도로는 타의 추종을 불허해 나이 오십에 임원으로 승진한 바, 삼 남매 밥 굶기지 않고 대학까지 보낸 가장이라오.

'위기'가 찾아온 건 은퇴한 직후였소. 몸은 아직 펄펄한데 나이 탓에 현업現業을 떠나야 하니, 충격과도 같은 허탈감이 찾아오더이다. 나 없이도 세상은 잘만 돌아가니, 입맛도 없고 우울해지더이다. 일없이 서성이다 선잠이 들어 깨어 보면 태양이 막 사라지고 난 뒤의 하늘빛은 어찌 그리 처연한지. "해는 져서 어두운데 찾아오는 사람 없다"라는 노랫말, 딱 내 처지더란 말이오.

그러다 문득 아내를 돌아다보았소. 상냥했던 웃음은 간데없고, 말끝마다 냉기가 흘러요. 밥상 차려 주는 표정은 왜 그리 퉁명해. 현역 시절 지은 죄罪가 많으면 홀대를 당한다더니만, 내가 뭐 대단한 죄를 지었다고. 무식하다고 몇 번 소리 지른 거, 주식하다 얼마 손해 본 거, 잠시 한눈판 거 …. 그게 다예요. 대한민국 사내라면 누구나 거치는 통과의례!

*

그 영화를 보게 된 건 집에서 가까운 영상자료원에 소일 삼아 다닌 지 두어 달 만이었다오. 기회 되면 꼭 가보고 싶었던 북유럽이 배경인 데다, 어쩐지 야릇한 로맨스가 있을 듯해 집어든 영화 〈오슬로의 이상한 밤〉. 젊어서 봤으면 초장부터 졸았을, 로맨스와는 하등 상관없는 영화인데, 주인공이 평생 열차 기관사로 일하다 은퇴식을 맞은, 그러니까 나와 처지가 비슷한 사내라 그의 말로末路가 어떨지 자못 궁금해지더이다.

늙은 몸을 보이기 싫어 불 꺼진 수영장에서 벌거벗은 채 혼자 헤엄치는 노인의 모습이 어찌나 애잔하던지. 이웃집 여자의 창틈으로는 케이크 굽는 냄새가 진동하는데, 남자의 냉장고엔 차가운 술병만 가득합디다. 낙樂이라고는 파이프 담배 태우는 것뿐. 나는 마누라도 없는 이 노르웨이 은퇴남이 고독을 견디다 못해 엉뚱한 짓을 할까 봐 가슴을 졸였다오. 천만다행히도 그는 죽음 대신 삶을 선택합니다. 쳇바퀴 돌듯 사느라, 한편으로는 겁이 나서, 일생에 단 한 번도 시도해 보지 못했던 스키점프에 도전하지요. 캄캄한 밤, 가파른 슬로프에서 그가 뛰어내릴 때 나 또한 두 눈을 질끈 감았다오.

내가 그 영화를 보고 깨달은 건 세 가지였소. 세계 최고의 복지 국가에서도 나이 든 남자들은 외롭고 쓸쓸하다는 것, 북유럽의 겨울이 그렇게 아름답지만은 않다는 것, 마지막으로 이게 가장 중요한데, 여자의 권력은 음식에서 나온다는 거였소.

*

영화를 본 다음 날 내가 요리학원에 등록했다면 믿으시겠소? 부엌을 점령해야만 내 인생이 구질구질해지지 않겠다는 확신이 들었지요. 근데 의외로 재미납디다. 멸치 국물로 만들 수 있는 음식이 스무 가지가 넘는다는 것을 기자 양반은 아시오? 무슨 화학 방정식처럼, 전혀 어울릴 것 같지 않은 재료들이 불에 들어가 융화되니 천국의 맛이 탄생합디다. 요리 솜씨보다도 혼자 밥상을 차려 먹어도 추눅 들지 않는 자신감이 생겼다오. 따끈한 밥에 얼음물 말아 고들빼기김치를 얹어 먹어도 왕후의 밥상이 부럽지 않단 말이지. 냉장고 속 남은 반찬으로 만들 수 있는 요리가 열 가지가 넘어요. 조리사 자격증 따면 분식집 하나 차리려고요. 목돈이 생기면 오슬로와 베르겐을 잇는 그 설원雪原의 철도를 나, 거침없이 달려 볼까 하오. 사내의 깊은 슬픔 몰라주는 야박한 마누라 보란 듯이 금발 미녀와 뜨거운 로맨스로 엮여 보리다. 그때 가서 내 바짓가랑이 잡기만 해 보라지.

사랑이 어떻게 왔는가. 첫눈처럼, 꽃보라처럼 왔는가. 나의 사랑, 나의 주군主君이라며 고백하던 여인은 어디로 갔는가. 천하를 호령하던 계백은 정녕 어디로 가고 없는가.

미안합니다. 꼰대의 주책이 늘어졌소이다. 다만 은퇴한 남자들에 대해 기사 쓸 일이 다시 있거든, 하루하루 천금千金같이 사시라, 부엌부터 장악하시라, 가족 먹여 살리느라 꾹꾹 눌러뒀던 꿈 보자기 찾아 펼치시라, 기차는 달리고 우리의 여행은 아직 끝나지 않았노라고, 꼭 써 주시오.

대장부들의 달콤쌉사래한 수다

남편 팝니다. 사정상 급매합니다.

○○○○년 ○월 △예식장에서 구입했습니다. 한때 아끼던 물건이었으나 유지비도 많이 들고 성격장애까지 와 급매합니다. 구입 당시 A급인 줄 알고 착각해서 구입했습니다. 마음이 바다 같은 줄 알았는데 잔소리가 심해서 사용 시 만족감이 떨어집니다. 음식물 소비는 동급의 두 배입니다. 다행히 외관은 아직 쓸 만합니다. AS 안 되고, 변심에 의한 반품 또한 절대 안 됩니다. 덤으로 시어머니도 드립니다.

"이것 좀 봐. 마누라란 여자가 '여보, 재밌지?' 하고 보내온 문자야. 이 우라질 유머가 여편네들 사이에서 대유행이라는 거야."

"남편을 팔다니, 하늘 같은 남편을 고장 난 라디오 취급하다니!"

"뭐, 재미있구먼. '삼식이'는 아냐? 삼시 세끼 집에서 먹는 자. 퇴출 1순위래. 으하하!"

"웃음이 나오냐? 덤으로 시어머니를 드린다니, 시어머니가 무슨 알사탕이야? 평소 울 엄마한테 전화 한 통 다정하게 했으면 내가 말을 안 한다."

"남편 판다는 여편네들, 인신매매 죄로 잡아가라고 해. 시어머니는 덤이라는 여자들은 아오지 탄광으로 보내라고 해."

"야야, 싸나이들 모인 자리에 술맛 떨어지게 웬 여편네들 타령이냐? 나라와 민족을 위해 밤새워 머릴 맞대도 모자랄 판에."

"그래, 내년 대선에선 누가 이길 거 같냐?"

"태종 같은 거물이 나와야지. 이 난세에 역사를 만들 영웅이 나와야지."

"태종은 너무 비정하지 않냐? 형제들도 죽이고, 장자도 내쫓고."

"그게 다 빛나는 다음 시대를 열기 위한 리더십 아니냐. 태종이 세종에게 왕위를 물려주면서 했다는 말 모르냐? 천하의 모든 악명은 이 아비가 짊어지고 갈 것이니, 주상은 만세에 성군의 이름을 남기라. 캬아, 마시자 마셔!"

"아들놈 공부는 잘하냐?"

"수학이 바닥이라 대학 갈 둥 말 둥이다. 툭하면 한국 수학 예찬하는 오바마가 미워 죽을 지경이다. 지네 딸들 한국 수학 시켜봐야 헛소리 안 할 거다."

*

"그나저나 나는 언제 4번 타자 돼 보냐, 핵심인재 돼 보냐."

"얀마, 조직이 잘 찔러 넣는 투수만 있다고 이기냐? 전체를 두루 살필 줄 아는 포수, 죽기 살기로 뛰어다니며 불 끄는 유격수도 필요한 거지."

"용주 말이 맞다. 자기가 잘하는 일에 최선을 다하면 되는 거야. 우직하게, 무소의 뿔처럼 가는 거지. 세상에 죽으란 법 없다."

"근데 현철이 얼굴 좋아졌네."

"마누라 등쌀에 담배 끊었다."

"담배 피우려고 태어난 게 싸나인데, 담배를 끊냐? 야성을 저버린 인간 같으니라구."

"그래서 니가 마초 소릴 듣는 거다."

"주말에 마눌님은 낮잠 주무시고 지아비는 빨래 개키는데 내가 마초냐? 설거지할 때 고무장갑 안 끼고 맨손으로 하는 내가 마초야?"

"천하의 김두식이 어쩌다 부엌데기 됐냐?"

"맞벌인데 누군 집에 와서도 일하고 누군 자빠져 잔다고 노랠 부르기에, 살림이 별거냐 하고 내가 본때를 보여 줬지. 근데 말이다, 아들놈한테도 저 먹을 건 만들어 먹을 수 있게 가르쳐야겠더라. 자기 성공 뒷바라지할 '전업남편' 구한다는 당돌한 여자애들 좀 봐라. '밥이 곧 사랑'이라고 믿고 앉아 있다간 우리 아들 거리에 나앉겠더라."

*

"난 조울증인가 봐. 하루는 기분이 좋다가 하루는 막 꺼져 들고. 얼마 전 우리 아파트 옆 동에서 30대 남자가 뛰어내렸다."

"주말에 나 따라 목공소 갈래? 우울증엔 그저 육체노동이 최고지."

"상도동에 무슨 산방 있다던데. 세파에 뜯긴 상처, 불경으로 말끔히 치료해 준다던데."

"성태는 한강 다리 밑에서 색소폰 부는 무슨 동호회 가입했다가 우울증 싹 고쳤다던걸?"

"혜화동 어느 한옥집에서는 부부 대상으로 기타 강습을 한다더라."

"얀마, 근데 왜 그렇게 자주 고기를 뒤집냐? 쇠고기는 한 번만 뒤집어서 피가 살짝 보일 때 먹는 거야. 한 판에 한 덩이씩만 올리라니깐?"

"누가 '여편네 팝니다'라는 제목으로 유머 좀 만들어 봐라. 음식물 소비는 동급의 다섯 배고 외관은 맛이 간 지 오래라고. 그럼 아무도 안 사려나? 에라, 팔지 말고 재활용 처리한다고 해. 가져가면 돈도 준다고 해."

"그럼 밥은 누구한테 얻어 먹냐. 애들은 누가 키우냐."

"오~ 이 누란累卵의 시대, 배신의 시대를 어찌할꼬. 아버지가 없는 시대, 왕이 없는 시대를 어찌 헤쳐 갈꼬."

"태종을 위하여 건배! 고독한 대한민국의 사나이들을 위하여 건배!"

갱년기엔 영웅이와 구 씨가 답이지

남자 1

오랜만이다. 나, 구 씨다. 어떻게 지내시나. 그동안 해방은 되셨나. 추앙해 주는 여인은 만났고?

폭염에 웬 멍 짖는 소리? 아, 미안. 내가 요즘 우리 집 여자가 보는 이상한 드라마 때문에 열폭해서 헛소리가 다 나온다.

사과하려고. 재작년인가, 니 와이프가 〈미스터 트롯〉, 아니 임영웅한테 빠져서 밥도 안 주고 서울서 부산까지 콘서트만 쫓아다닌다는 말에 헛웃음 터뜨렸던 거. 낙향한 선비마냥 오죽 꽉 막히게 살았으면 어부인이 스무 살 어린 총각에게 빠졌겠냐 훈계했던 게 민망해서, 소주 한잔 걸친 김에 용서를 구한다.

그러니까, 그게 남 일이 아니었다. 요즘 우리 집 여자가 딱 그 짝이다. 구 씨라고, 본명은 손석구. 그리 잘생긴 얼굴도 아니던데, 쌍꺼풀 없는 눈에 우수가 들어찼다나 뭐라나. 얼마 전엔 영화를 예매하라고 톡이 왔더라. 핏빛 범죄 영화라면 기겁을 하던 여자가 구 씨가 나오니 꼭 봐야겠단다. 영화 절반은 눈 가리고 보길래 돈이 아깝다 했더니 구 씨 목소리 들은 것만으로도 본전은 뽑은 거란다. 배우들 무대 인사 한다고 장롱에 처박아 둔 DSLR 카메라를 꺼내 기어이 극장으로 달려간 적도 있다. 근데 구 씨를 코앞에서 만난 순간 셔터가 작동을 안 하더란다. 충전이 안 돼 있었던 거지. 그날 밤 카메라를 패대기치며 쏟아낸 악담은 너의 상상에 맡긴다.

진짜 기가 찬 건 따로 있다. 한번은 아침에 토마토 즙을 갈아 주길래 입맛이 없다고 하자 바닥에 쏟아 버리더라. 하루는 나도 회식으로 늦고 딸도 친구들이랑 논다고 늦었는데 현관문을 잠그고 안 열어 줘서 찜질방에서 자고 온 적도 있다. 장대비 쏟아지던 밤은 정말 섬뜩했지. 천둥소리에 잠 깨 거실로 나갔더니 집사람이 어둠 속에 우두커니 앉아 있더라. 잠이 안 온다고, 잠은 안 오고 계속 눈물만 난다면서.

그냥 지쳤대. 모든 관계가 노동이고, 눈 뜨고 있는 모든 시간이 노동이래. 아무 일도 일어나지 않고, 아무도 자길 좋아하지 않는대. 오십 평생 사는 동안 자기는 한 번도 채워진 적이 없고, 누군가로부터 진심으로 추앙받은 적이 없대. 애들 다 키웠으니 이제 좀 다르게 살아 보고 싶은데 거울을 보니 아무것도 할 수 없는 등신이 돼 있더래. 그래서 구 씨가 좋대. 바람에 날아간 여자의 꽃모자를 주우러 죽을 힘 다해 도랑을 건너뛰는 구 씨 같은 사람이면 다시 살 수 있을 것 같대. 납치해 주면 기꺼이 따라가겠대, 낼모레 육십인 여자가. 이 정도면 중증 아니냐? 치솟는 물가에, 은행 이자에, 직장까지 뒤숭숭해서 나야말로 지구를 떠나고 싶은 사람인데 웬 구 씨, 웬 추앙, 웬 해방이냐고.

남자 2

얘기 다 끝났냐? 뭔 투정이 장강의 용틀임처럼 장대하냐. 손석구? 3년 전엔 공유 아니었어? 지진희였나? 아무튼 그게 누구라도 넌 진심 고마워해야 한다. 그들이 네 와이프 인생의 빨간약이자 홍삼물이니. 진짜 중증은 그 누구에게도, 그 어떤 것에도 관심을 갖지 않는다는 것이지. 북한군이 무서워한다는 중2도 갱년기 엄마한테는 무릎 꿇는다는 말 못 들어 봤냐.

우선 칡즙부터 주문. 이소플라본 성분이 있어 여성 호르몬인 에스트로겐 역할을 한다. 석류는 씨앗까지 씹어 먹게 해라. 밀가루와 백미는 금물. 콩, 현미, 기타 잡곡이 하루도 빠짐없이 식탁에 올라야 한다. 여름엔 증세가 심해지니 더 각별히 신경 쓸 것. 작년에 나는 대게 3kg 주문해서 쪄 주고 까 주고 빼 주면서 임영웅의 '이젠 나만 믿어요'를 불렀다.

자식들에겐 엄마라고 언제나 너희를 위해 쓸 에너지가 남아도는 건 아니라고 말해 줘라. 엄마도 사랑받아야 살 수 있는 여자임을 일깨워라. 그리고 환대해라. 너도 힘들다고? 나도 부장 승진에서 물먹은 시기였다. 근데 집사람이 웃으니 나도 웃게 되더라. 주가는 속절없이 떨어져도 다시 살고 싶어지더라. 내가 그녀를 의지하고 있더라.

쨍하면 햇빛 나듯 구겨진 것 하나 없는 삶이 어디 있냐. 비 오고 바람 불다 개기도 하는 게 인생이지. 시간 나면 그 드라마 같이 봐라. 날강도 같은 구 씨가 여심을 어떻게 흔드는지 알게 되리니.

"옆구리에 칼이 들어와도 꿈쩍 안 해. 근데 넌 날 쫄게 해."

"보고 싶었다 무진장. 주물러 터뜨려서 그냥 한입에 먹어 버리고 싶었다."

쫄지 말라구. 우리가 비록 늙은 톰 크루즈처럼 푸석해져 간다만 순정 하나는 대한민국 탑건 아니냐. 너 아직 매력 있다. 아무렴, 구 씨의 밋밋한 무쌍이 네 움푹한 쌍꺼풀에 비할쏘냐. 매미 가고 귀뚜라미 울면 진진에서 보자. 멘보샤에 고량주 한잔하자. 너는 내가 추앙하고 환대해 주마.

어느 이기적인 샐러리맨의 고백

삼복더위에 노고가 많으십니다. H주식회사 영업과장으로 일하는 강 아무개입니다. 일면식도 없는 분께 무례인 줄 알지만, 꼭 드려야 할 말씀이 있어 용기를 냈습니다. 마침 당직 중이고, 창밖엔 장대비가 쏟아집니다. 상반기 영업실적이 사상 최저라고 전 부원이 전무님 방에 불려가 초토화되고 개박살 난 일을 안주 삼아 저녁 자리에서 소주도 한잔 걸쳤습니다. 아, 실례가 안 된다면 '누님'으로 호칭해도 되겠습니까?

누님의 '병법'은 짬짬이 즐겨 읽습니다. 미주알고주알 여자들 사는 풍경을 정체불명의 사투리를 섞어 풀어 내는 솜씨가 제법이더군요. 처음엔 멋모르고 낄낄대며 읽었습니다. 스크랩해서 아내에게 선물도 합니다. 그런데 읽으면 읽을수록 기분이 나빠집니다. 뭔가에 속은 듯도 하고, 살짝 빈정도 상하고요. 대체 뭘까. 하루 날 잡아 행간을 따져 가며 읽고 나서야 그 이유를 알았습니다. 찌질한 남자들을 통 크게 건사하며 사는 대한민국 여자들 만만세! 이유 불문 만만세! 풍자와 해학을 가장한 누님의 글에는 이런 불온하고도 억지스러운 이데올로기가 시종일관 흐르고 있었던 겁니다.

찌질한 남자? 부인하지 않겠습니다. 그런데 오지랖 넓고 통큰 여자들은 자신의 반려가 '소심남'으로 살아갈 수밖에 없는 연유가 무엇일까, 생각해 본 적은 있는지요. 여성 차별이라 하셨는데, 남자라서 당하는 고충도 그에 못지않습니다. 특히 숫자 싸움을 전쟁처럼 치르며 살아야 하는 영업 파트는 군대나 다름없습니다. 꼴통 상사라도 만나면 "네 짬밥이었을 때 나는 야전침대 갖다 놓고 사무실에서 밤새워서 일했어. 빠~져 가지고"라는 소리를 귀가 닳도록 듣습니다.

회식은 해이해진 기강을 잡겠다는 애국 조회의 연장이고, '시정하겠습니다'를 연발하느라 소주 한잔 맛나게 넘길 틈이 없습니다. 워크숍은 해병대식 극기 훈련소에서 하면서 글로벌시대에 걸맞은 '스마트하고 크리에이티브한' 아이디어를 내라니 머리에 땀띠가 나다 못해 분화구가 생깁니다. 거기에 왕소금을 뿌리는 건 신세대라 자처하며 들어온 아랫것들입니다. 상석上席이 어딘지도 모르고, 젓가락질할 줄도 모르고, 시詩가 뭔지도 모르는 것들이 그저 스펙만 믿고 들어와 하늘 같은 선배를 구닥다리 장롱 취급합니다. 이런 인류를 본 적이 없는 상사들은 그 애들이 '창의적'이라며 침을 튀기니, 공중부양 유체이탈하고 싶은 심정입니다.

그렇다고 집에 돌아와 따뜻한 위로를 받는 것도 아닙니다. 주말만이라도 심신의 모든 전등을 꺼 버리고 싶은데 존경하는 마눌님이 그냥 놔두질 않습니다. 자식 성공이 아버지에게 달렸다는 말도 오바마가 한 건가요? 오바마 말씀이라면 무조건 할렐루야 하는 마누라는 이번엔 또 '스웨덴 대디'가 되라며 자녀교육서를 들이밉니다. 그러면 아이비리그 갈 수 있다니 천근만근 무거운 몸을 일으킵니다. 아이의 두뇌를 아인슈타인처럼 바꿔 주는 블록을 쌓아야 하고, 아이의 장딴지를 박태환처럼 여물게 하는 인라인을 가르쳐야 하며, 아이의 상상력을 피카소처럼 키워 주는 명작 읽기를 해야 합니다.

그렇다고 남편 대접이 후해지는 건 아닙니다. 라면 한 개라도 아들놈 먹이려고 끓이는 법은 있어도 남편 먹이려고 끓이는 법은 없으니까요. 그 마음이 섭섭합니다. 왕고 부장한테 받은 스트레스 하소연 좀 할라치면 면박부터 날아옵니다. '당당히 항의하지, 왜 푸념만 하고 살아?' 어깨만 한 번 안아 줘도 힘이 불끈 솟는다는 걸 그녀는 정녕 모를까요? 언제는 내가 자기 인생의 내비게이션이라더니, 환상의 짝꿍이라더니.

아버지가 그립습니다. 그 쩌렁쩌렁하던 목소리가 그립습니다. 맹장猛將, 덕장德將 다 필요 없고 '운짱'이 최고라며 호기를 부리던 사내였지요. 달리는 트럭에 부딪혀 휴지처럼 구겨진 자동차 안에서 뒤통수에 꽂힌 유리조각을 손으로 뽑으며 유유히 걸어 나오던 불사조였습니다. 첫째도 폼생폼사, 둘째도 폼생폼사였던 아버지가 이렇듯 비틀대는 아들을 보면 무슨 말씀을 하실까요?

아버지들이 옳았다는 게 아닙니다. 가끔은 그들의 대책 없는 허풍이 그립습니다. 목말을 높이 태워 주시며 대장부의 포부는 하늘처럼 높아야 한다, 진주를 캐려면 푸른 바다에 뛰어들어야 한다고 당부하셨는데 저는 고작 빌딩숲 콘크리트 사무실 안에서 상사 눈치, 후배 눈치 보며 인생을 궁싯대는 못난 사내가 되었습니다. 국물 내면 버려지는 '며루치'가 될까 봐 아내 눈치, 아이들 눈치 보며 사는 졸장부가 되었습니다. 요즘은 개콘을 봐도 웃음이 안 나옵니다. 빈 사막을 홀로 걷는 수도승도 이렇듯 외롭진 않을 겁니다.

누님, 이번 여름휴가 중 하루만은 나를 위해 쓰고 싶다고 말한다면 이기적인 남편일까요? 혼자서 영화 보고 낚시하고 꺼이꺼이 전인권 노래 부르면서 훌쩍 떠나고 싶다면 비정한 아빠일까요? 저는 진정 찌질한 남자일까요?

코리안 대디를 위하여 건배!

"으아, 자만심 상해 못살겠다. 나로호 꽁무니라도 붙잡고 지구를 떠나야겠다."

"정초부터 제수씨랑 한판 했냐? 머리털은 왜 홀라당 뜯겼냐?"

"도대체 가장의 영令이 서질 않는다. 진작에 히틀러 된 마누라는 그렇다 치고, 아들 하나 있는 게 내 말을 콧등으로도 안 듣는다."

"사춘기라 그렇지. 오죽하면 죽음의 레이스라고 하겠냐."

"내 딴엔 격려차 중1 아들 방에 들어갔더니, 이 자식이 '왜 노크도 안 하고 들어오느냐'며 대들더라."

"잘못했구먼."

"'공부는 잘되냐?' 묻자, '아빠가 언제부터 내 걱정을 했느냐'며 노려본다. 공부는 지지리도 못하는 게."

"5일 내내 한밤중에 들어가다 주말 아침 밥상머리에서 훈계하는 아빠가 제일 어리석단다."

"나 하나 좋자고 술 마시냐? 원형탈모가 괜히 생겨? 나도 저녁이 있는 삶을 원하는 남자다."

"자식 사랑은 양보다 질. 자기 전 매일 5분만 대화해도 애들이 아버지를 하늘처럼 따른단다. 북유럽 '스칸디 대디'들은 겨울이면 애들 썰매도 끌어 준다더라."

"퇴근 무렵이면 두 눈이 굴을 파고 들어가게 생겼는데 대화는 얼어 죽을."

"성공한 사람 뒤엔 자식 교육에 열성이었던 아버지가 있었다니까 하는 소리다."

"선생들은 뭐 하고 아버지가 애를 가르치냐? 썰매는 개가 끌어야지, 왜 아버지가 끌어?"

"넌 공교육 무너졌다는 소식 아직 못 들었냐?"

"공교육 무너진 게 내 탓이냐? 교육부 장관 탓이지."

"어느 유명 학원 원장이 학부모들더러 자녀의 성적을 탓하기 전에 아이에게 훌륭한 DNA를 물려주었는지 가슴에 손을 얹고 반성하라고 꾸짖더란다. 물려준 게 없으면 아낌없이 투자하란다."

"나라 교육이 미쳐 돌아가니 주변 사강四强이 우리를 체스판 다루듯 찜 쪄 먹으려는 거다."

"선행 학습이 문제다. 인수분해도 못하는 애한테 미적분을 가르치면 알아듣냐고. 집사람이 그러는데 요즘은 원서 영역, 운運 영역이 따로 있어서 똑같은 수능점수를 받아도 대학 붙을 확률이 다르단다. 운칠기삼運七技三이 아니라 운구기일運九技一이란다."

"그럼 운빨, 기도빨 높여 주는 학원에라도 가야 하나?"

"애들만 불쌍하지. 톰 소여처럼 떠나고, 돈키호테처럼 도전하고, 줄리엣처럼 사랑해야 할 나이에."

"불쌍하긴 뭐가 불쌍해? 밥을 굶나, 학교엘 못 다니나. 부모가 절절매니 버르장머리만 나빠지지. 사랑의 매를 들어야 한다고, 공부 안 하면 광에 가두고 굶겨야 한다고."

"너 알타미라 동굴에서 어제 막 나왔냐? 문제는 창의성이야. 때리고 윽박질러서 가르치는 시대가 아니라 공부를 놀이처럼 즐기게 해야 창의력이 솟고 스티브 잡스가 나온다."

"도깨비 생밤 까먹는 소리. 세상이 고꾸라져도 서울대, 하버드대 졸업장이 미래를 보장한다."

"큰일 날 소리. 서울대 졸업장은 빛나는 황금 도끼 같은 것. 이쑤시개 하나 못 자르는 물건을 어디에 쓸 건가. 개나 소나 가는 대학, 차라리 안 가는 게 쉬크하고 에지 있어 보이는 세상 곧 오리니."

"내 아들은 그런 기괴한 세상이 오기 전에 때려서라도 일류대 보낼란다. 한가한 너나 썰매 실컷 밀어 줘라."

"명문대 나와 봤자 월급쟁이밖에 더하냐? 사± 자 들어가는 전문직들 본전도 못 빼고 고꾸라지는 거 안 보여? 현명한 부모는 사교육에 허비할 돈으로 자식 창업 밑천을 마련한다더라."

"이 빠진 옥수수 잠꼬대하는 소리 그만하고, 아들 놈 휘어잡는

묘책이나 내놔 봐라."

"여행이 최고지. 둘이서 1박 2일로 기차 타고 도란도란 얘기하면서 여수 밤바다를 향해 떠나는 거야. 캬아, 그리고 여행 가면 반드시 목욕탕에 가라. 같은 사내로서 연민과 동지애가 새록새록 솟을 테니."

"내 아들도 내 등을 밀어 줄까? 내가 '아프니까 살살 밀어라' 그러면 마음이 짠해질까?"

"자식은 키우는 게 아니라 자라는 거란다. 무신불립無信不立. 믿음이 없으면 일어설 수 없지. 그나저나 파마 좀 해라. 탈모는 여자로 치면 폐경이야. 늙어 보이면 지는 거라고."

"나이 마흔에 뭔 세상살이가 이리도 고달프냐."

"한숨의 크기가 마음이지. 한숨도 힘이 있을 때 푹푹 내뱉으란다.* 이정록이란 시인이."

"시도 읽냐?"

"시심詩心 없이 이 고단한 시대를 어떻게 건너가리. 시를 위하여 건배! 무한경쟁시대에 갈 길 잃은 '코리안 대디'를 위하여 건배!"

* 이정록, '한숨의 크기', 《어머니 학교》, 2012, 열림원.

남자가 시를 쓰기 시작했다

허당 중에서도 으뜸이라 여긴 자들이 민주주의란 허명 아래 당선의 꽃길로 사뿐사뿐 내려앉자 남자는 화병 걸린 들소마냥 날얼음을 와작와작 씹었다.

"세상이 어찌 이럴 수가! 신이 있다면 어찌 이럴 수가!"

뉴스를 보다가도 구시렁대는 일 잦아졌다.

"대한민국에 사내가 없어. 백주 대낮에 사람이 두들겨 맞아도, 나라가 태풍 앞 촛불로 흔들려도 저 살 궁리만 하는 소인배들뿐이니. 잘못을 했으면 엎드려 빌어야지. 한 입으로 두말했으면 혀라도 깨물어야지. 영화 〈쓰리 빌보드〉에 나오는 경찰서장을 보라고. 실수를 깨끗이 인정하고 제 머리에 총을 겨누잖아? 그런 결기가 있어야 남자지. 안 그래?"

설거지하던 아내가 돌아보지도 않고 대꾸했다.

"다리 좀 그만 떨고 음식물 쓰레기나 버리고 오셔."

*

역사는 때로 쓰레기를 비우고 돌아오는 5분 안에 쓰이기도 한다. 대문을 박차고 들어선 남자가 흥분해서 외쳤다.

"나, 시를 한번 써 보려고! 쉰내 진동하는 쓰레기통 앞에 섰는데 돌연 JP가 남기고 간 '소이부답笑而不答', 이 네 글자가 가슴을 후벼 파는 거야. 밤하늘에 잔별 총총한데 인생 뭐 있나, 그냥 웃지요 싶은 게 시적 영감이 폭포수처럼 솟구치는 거야."

가족 단톡방에 시詩라는 이름의 거룩한 폭탄이 터지기 시작한 건 이튿날부터다. 출근길 콩나물 전동차 안에서 이리저리 떠밀리다 한 수, 퇴근길 성산대교 너머로 해 떨어지는 모습에 울컥해 한 수, 폐업 점포를 지나다 산처럼 쌓인 재고품이 마치 자신인 양하여 또 한 수.

한번은 와이셔츠 단추 꿰매는 아내를 바라보다 유레카를 외쳤다.

"실낱같은 단춧구멍에 어떻게든 걸려 있으려 안간힘 쓰는 저 단추를 보라고. 딱 우리네 삶 아닌가?"

*

아내의 인내가 임계점에 다다른 건 모기떼와 싸우다 겨우 잠든 한밤중, 만취해 귀가한 남자가 세차게 흔들어 깨웠을 때다.

"여보 여보, 난리가 났어. 내 시를 후배들한테 읊어 줬더니 더 늦기 전에 등단하라고 성화야 성화. 특히 〈흉터〉란 시! 유년기 돌부리에 걸려 넘어져 이마에 난 작은 흉터를 첫사랑에 비유한 그 절명시絶命詩에 다들 뒤집어졌다고. 리얼, 진짜라니까!"

아내의 눈에서 불꽃이 튄 건 5초 뒤. 불꽃은 삽시간에 대륙간 탄도미사일로 변해 무방비 상태의 남자를 향해 날아갔다.

"동틀 때까지 술을 마시든, 필름이 끊겨 첫사랑 등에 업혀 오든 상관 안 할 테니 어부인 단잠은 깨우지 말랬지. 시가 그렇게 쉽게 쓰이는 거면 윤동주가 왜 머릴 쥐어뜯으며 괴로워했겠어. 별 한 번 바라봤다고 시가 툭 떨어지면 전국 236개 대학 국문과는 오늘로 문 닫아야겠네. 결빙의 순간까지 온몸으로 진흙을 토해 내는 추어탕 집 미꾸라지처럼 써야 하는 게 시란 말 몰라? 고독을 순금처럼 지니고 살아도 될 둥 말 둥인데, 땅에 머리만 닿으면 코골이요, 눈만 뜨면 일장연설이라 고독할 겨를 없는 당신한테 시가 웬 말이야. 어디, 나도 한 수 읊어 볼까? 제목, 남편. 집에 두고 오면 근심덩어리, 같이 나오면 짐덩어리, 밖에 내보내면 걱정덩어리, 마주앉으면 웬수덩어리."

*

식겁한 건 장모였다.

"평생 전자부품만 만지던 사위가 시를? 남자가 자아를 찾기 시작하면 엇나가는 거 한순간이다 너. 도끼눈 뜨고 잘 살펴, 이것아."

갱년기의 시작이란 분석도 나왔다.

"차라리 시가 낫다 얘. 돈은 안 들잖니. 우리 형부는 은퇴하자마자 파마부터 하더니 청바지 입고 피아노 배우러 다닌다더라."

아내가 남자의 시작詩作을 적극 장려하기로 결심한 이유는 따로 있었다. 장대비 쏟아지던 날, 얼큰히 취해 퇴근한 남자가 기말고사가 코앞인 아들 방에 들어가 목 놓아 푸념했다.

"유비가 제갈량을 스카우트했을 때 그의 나이 스물일곱이었단다. 조선의 지성계를 뒤흔든 조광조가 한 시대를 호령하다 사약을 받아든 게 서른일곱. 이문열은 나이 서른에 〈사람의 아들〉을 발표하고, 음바페는 고작 열아홉에 '축구 영웅' 소릴 듣는데, 낼모레 육십인 나는 이룬 것이 하나 없네. 니체가 말했던가. 삶이란 심연 위에 걸쳐진 밧줄과 같아서, 건너가는 것도 힘들고, 돌아서는 것도 힘들고, 멈춰 서 있는 것도 힘들다고. 아빠가 딱 그렇다."

통곡 일보 직전인 남자를 끌고 나오며 아내가 말했다.

"알았어, 알았다고. 시심詩心은 너끈히 장착된 듯하니 이제 죽어라 쓰기만 하면 되겠어. 까짓것 대한민국 최초로 노벨문학상 한번 받아 주지 뭐. 비도 억수로 오는데 오늘은 뭐 떠오르는 시상詩想 없수?"

열대야에 부르는 사미인곡

아내는 늘 바빴다. 결혼식 전날까지 출근해 한밤중 퇴근하는 바람에 목욕탕에도 못 다녀오고 웨딩드레스를 입었다. 출산 전야에도 야근을 했다. 애 나오기 전 처리해야 한다며 서류 더미를 짊어지고 온 아내는 이튿날 새벽 양수가 터져 병원에 실려 갔다.

지난 현충일에도 아내는 바빴다. 새벽부터 밥 짓고 세탁기 돌리고 청소기 굴리며 부산을 떨더니, 식구들 가을·겨울옷을 정리해야 한다며 장롱을 뒤집었다. 공휴일 늦잠을 망친 남편이 짜증 섞인 목소리로 물었다.

"지구 밖으로 여행 가? 웬 수선이야."

아내가 무덤덤하게 말했다.

"오늘 입원하잖아. 내일 수술이야."

*

아내가 갑상선암 통보를 받은 건 3개월 전이다. "바빠 죽겠다"

와 맞먹는 횟수로 "피곤해 죽겠다"를 입에 달고 살더니, 건강검진센터에서 비보가 날아들었다. 갑상선 오른쪽 날개에 악성으로 의심되는 혹이 보이니 조직 검사를 받으랬다. 바늘로 뽑아 올린 조직에서 암세포가 발견된 날, 아내는 덩치가 산만 한 중학생 아들을 끌어안고 통곡했다.

암 선고를 받고 아내는 더욱 바빠졌다. 아들 녀석을 슈퍼에 데리고 다니며 유통기한 보는 법을 가르치고, 밥솥에 쌀 안치는 법, 세탁기 돌리는 법, 은행에서 돈 찾는 법을 가르쳤다. 만일에 대비해 SOS 칠 수 있는 구세주 명단을 A4 용지에 빼곡히 적어 아들 책상에 붙이고 나오면서 아내는 또 훌쩍거렸다.

"장가가는 건 보고 죽어야 하는데 …."

남편, 헛웃음을 터뜨렸다.

"갑상선암은 완치율 98%래. 웬만해선 전이도 안 된다는데 뭔 걱정이야."

순간 괴성이 벼락처럼 떨어졌다.

"이게 다 누구 때문인데에에~!"

*

6인실에 자리가 있어 다행이라며 웃던 아내가 다시 우울해진 건, 하도 삶아 줄무늬가 거의 사라진 환자복 때문이었다.

"살아 나와 내 옷을 입고 집으로 돌아갈 수 있을까?"

"……."

"만에 하나라는 게 있잖아. 마취에서 깨어나지 않으면 어떡하느냐고."

"99.99%는 깨어나니 걱정 좀 붙들어 매셔."

간이침대에 모로 누운 남편에게 아내가 카톡으로 받은 유머를 들려줬다.

"남친과 남편의 차이! 남친일 땐 내 편만 들더니, 남편 되니 남의 편만 드네. 남친일 땐 자기 앞에서만 울라더니, 남편 되니 제발 질질 짜지 말라네. 남친일 땐 펜을 꾹꾹 눌러 손 편지도 잘 써 주더니, 남편 되니 펜을 꾹꾹 눌러 카드 전표에 사인만 해 대네. 남친일 땐 나 하나밖에 모르더니, 남편 되니 소파·리모컨·TV 3종 세트와 사랑에 빠졌네. 완전 웃기지?"

"완전 유치해."

"당신도 연애할 땐 나밖에 몰랐어."

"……."

"이럴 줄 알았으면 나도 한혜진처럼 여덟 살 연하랑 연애나 해 보고 죽는 건데."

*

수술방에서 호출받은 아내는 짐짓 의연한 표정으로 간호사를 따라나섰다. 수술실로 들어서는 아내의 뒷모습에 남편은 돌연

숙연해졌다. 열린 문틈으로 푸른 수술복을 입고 분주히 움직이는 의료진이 보였다. 어린아이 악쓰는 울음소리에 가슴이 쿵 떨어졌다. 만에 하나, 젠장, 그놈의 만에 하나! 장비張飛보다 억세고 튼튼한 줄 알았던 나의 아내도 아플 수 있고, 죽을 수도 있는 것이었다.

두 시간이 되도록 수술은 끝나지 않았다. 다른 환자들은 '수술 종료'라는 초록 불빛으로 잘도 바뀌건만, 아내 이름엔 '수술중'이라는 빨간 불빛만이 명멸했다. 보호자 대기실에는 엎드려 기도하는 사람, 어깨 들썩이며 우는 사람, 멍하니 TV 보는 사람이 있다.

며칠 전 서점에서 집어든 책이 떠올랐다. 〈사랑〉. 난소암에 걸린 아내를 2,042일 동안 간병한 남편의 비망록. 복숙이란 여인은 독한 항암 치료를 견디지 못하고 끝내 숨을 거뒀다. 5년 6개월, 입원과 퇴원 100번, 항암 치료 50차례 …. 나도 이 남자처럼 할 수 있을까. 영화 〈아무르〉의 노인 조르주처럼 반신불수 된 아내를 헌신적으로 돌볼 수 있을까.

띵동! 문자가 날아왔다.

'수술 종료'.

*

퇴원하고 나서 아내는 허구한 날 웃는다. 아침 프로에 유방암을 극복한 여자가 나온 뒤부터다. 매일 두 시간씩 웃어야 암세포를 뿌리째 뽑는다며 "하! 하하! 으하하!"를 반복한다. 냉장고 벽에 웃음 스티커를 붙이면서 아내가 말했다.

"암에 걸린 이유 알아냈어. 공부 안 한다고 아들 녀석 윽박지르다 받은 죄야. 이제부턴 자애로운 엄마가 될 거야."

물론 작심삼일이다. 기력보다, 불붙은 화물차 성미를 먼저 회복한 아내는 기말고사가 코앞인 아들 방에서 다시 열불을 내기 시작했다.

"공부 않고 또 게임한 거야? 여기 좀 봐봐. 고왔던 엄마 목에 칼 주름 생긴 거 보여, 안 보여? 꾀꼬리도 부러워한 엄마 목소리가 돼지 멱따는 소리 된 거 들려, 안 들려어?"

그런데 이상하지. 마누라의 저 악다구니를 들으니 살 것 같다. 집이 살아 들썩인다. 평생 돼지 목소리로 바가지 긁어도 좋으니 다시 병원 갈 일 없게 해 달라고, 남편, 하늘 향해 중얼거린다.

위대한 삶도, 시시한 삶도 없다

저 얄미운 김 상무 면전에 언젠가 사직서를 던지고 물처럼 바람처럼 세상을 떠돌리라 다짐했던 최 과장에게 후지와라 신야는 죽기 전 꼭 만나보고 싶은 사람이었다. 대학을 중퇴한 뒤 카메라 한 대 메고 7년간 인도를 걸었던 남자. 〈인도방랑〉이란 책으로 1970년대 인도 여행 붐을 일으킨 그는 티베트, 네팔, 터키를 거쳐 아메리카 대륙을 섭렵한 사나이였다.

'여행은 지기 위해, 좌절을 맛보기 위해 한다'는 고수 중 고수에게 자신의 갈 길을 묻고 싶었던 최 과장은 마침내 그 소망을 이뤘다. 신야가 제주 올레에 온 것이다. 제 5회 월드 트레일즈 컨퍼런스에 특별 연사로 초청됐다. 검정 코트와 검정 중절모에 빨간 머플러, 앞코 뾰족한 가죽 구두를 신고 나타난 칠순의 방랑자는 "천천히 걸으면 멀리 갈 수 있다"라며 빙그레 웃었다.

*

— 칠십에 붉은 머플러라니요.

"'늙었다'고 말하는 순간 우리는 늙기 시작합니다."

— 지금도 여행을 하십니까?

"사람은 눈을 감기 직전까지 여행할 수 있습니다."

— 바람, 돌, 여자가 많다고 해서 제주를 삼다도三多島라 부릅니다.

"천국이 바로 여기 있었군요."

— 물처럼 바람처럼 살려면 어찌해야 합니까?

"아내와 아이들 사진을 지갑에 넣어 다니는 남자치고 진정한 방랑자를 본 적은 없습니다만."

— 음식과 여자를 좋아해야 여행을 오래 할 수 있다고 했던가요?

"그 남자의 배기량이 얼마인가에 따라 다르겠지요. 5000cc 버스라면 여러 사람을 태울 수 있지만, 500cc 자동차라면 글쎄요."

— 저의 배기량이 이렇듯 졸아든 건 우악스러운 제 아내 탓입니다.

"여자이기를 포기한 여자보다 세상에서 강한 것은 없습니다."

*

— '은퇴 쇼크'에 시달리는 남자가 많습니다.

"자기 인생이 아니라 회사의 인생을 살았기 때문이지요. 일벌레일수록 회사를 떠나는 순간 방향을 잃기 쉽습니다."

— 아직도 40년을 더 살아야 하는데 어찌해야 합니까?

"은퇴 후에도 매일 아침 도시락을 싸서 회사 근처를 어슬렁거리다 주변 공원에서 도시락을 먹고 퇴근 시간에 맞춰 집으로 돌아가는 사람이 있었습니다. 그에게 말했지요. 회사 앞을 배회하는 대신 당신이 살았던 고향의 지도를 그려 보라고요. 사람이 가장 자기답게 사는 기간은 기억이 생기는 서너 살 때부터 10대 후반까지 고작 십몇 년에 불과합니다. 지도를 들고 자기가 살던 집, 다니던 학교, 추억이 어린 장소들을 찾아가 보세요. '자기다움'을 회복하면 앞으로 살아가야 할 방향이 보입니다. 40년간 오로지 회사를 위해 살았다면 이제는 말 한마디, 손짓 하나, 걸음걸이 하나까지 모두 자기 자신을 위해서 해야 합니다. 머리만 가지고 살았던 인생을 온몸, 육체를 활용해 사는 삶으로 바꿔 보십시오. 바벨이나 골프채는 별 도움이 되지 않습니다. 두 팔과 다리로 밭을 일궈 열매를 거두는 것이 훨씬 좋은 방법이지요. 몸의 녹슨 부위가 사라지고 새 살이 솟아날 겁니다."

— 나이 듦이 서글프지 않습니까?

"머리숱이 많은 사람을 보면 부럽기는 합니다."

— 거울에 비친 제 모습에 놀랍니다. 시푸르던 나의 청춘은 어디로 갔나 싶어서.

"여인은 어릴 적 얼굴이 그대로 남아 있는 게 아름답지만 남자 얼굴엔 인생이 담겨야 합니다. 걸어가는 뒷모습이 아름다운 남자가 되도록 노력해 보십시오."

*

— 아버님이 병중에 계시니 죽음을 자주 생각합니다.

"나의 아버지는 99세에 웃으면서 돌아가셨습니다. 나의 형은 59세에 폐암으로 고통스럽게 죽었지요. 죽음의 모습은 여럿이지만 무無로 돌아가는 모든 죽음은 숭고합니다."

— 갠지스강 변의 개들이 시체를 물어뜯는 당신의 사진은 충격적이었습니다.

"인도의 바라나시는 임종이 가까워졌다고 느낀 사람들이 천국에 가기 위해 찾아오는 성지聖地입니다. 한 힌두교 승려가 강변에 누웠지요. 나는 그 승려가 언제 죽을지 대머리독수리처럼 앉아 지켜보고 있었습니다. 일주일쯤 지나자 몸을 하늘로 향한 채 입을 크게 벌리고 숨을 거두더군요. 이전에 나는 죽음의 신神이 사람을 찾아오는 것이라 여겼습니다. 그러나 그 승려의 임종을 보고 인간이 스스로 죽음의 신을 찾아갈 수 있다는 걸 깨달았지요. 죽음을 두려워하지 마십시오."

— 한없이 슬프고 절망스러울 땐 어찌해야 합니까?

"온몸이 말라 버릴 정도로 우십시오. 그 눈물이 땅에 떨어져 아름다운 꽃을 피울 겁니다."

— 저를 좀 응원해 주십시오.

"세상엔 위대한 삶도, 시시한 삶도 없습니다. 서두르지 말고 천천히 가세요. 생사봉도生死逢道! 삶과 죽음은 언제나 길 위에 함께 있습니다. 지금 이 순간을 사랑하십시오."

아내가 사라졌다

미술사가이자 신학자인 제인 딜렌버거는 아들을 잃고 슬픔에 빠졌다. 절망의 나락에서 벗어나려 마크 로스코의 그림을 보러 갔다. '현대판 종교화'라는 로스코의 그림은 치유의 힘이 있는 것으로 유명했다. 로스코의 최근작인 듯한 그림 앞에서 그녀는 털썩 주저앉았다. 화염이 몰아치듯 온통 시뻘겋게 그린 그림. 그건 죽음을 예고하고 있었다.

그로부터 얼마 후 뉴욕의 신문들은 20세기 위대한 화가의 자살을 톱기사로 알렸다. 1970년 2월 25일, 마크 로스코는 자기 작업실에서 스스로 생을 마감했다.

*

아내가 사라졌다.

해외 출장을 다녀온 사이 흔적도 없이 사라졌다. 열쇠로 문을 따고 들어간 집은 무덤처럼 서늘하고 괴기스러웠다. 마트에 갔으려니 했다. 잠깐 잠이 들었다 눈을 떠 보니 시계가 밤 열한 시를 넘어선다. 전화를 걸었다. 받지 않는다. 라면을 한 개 끓여 먹고 다시 건다. 이젠 아예 꺼져 있다. 그러고 보니 베란다에 빨래 한 장 널려 있지 않다. 대체 무슨 일이 생긴 걸까.

출장 가던 날 작은 말다툼이 있었다.

"나도 따라가면 안 돼?"

무슨 뚱딴지같은 소리인가 싶어 쳐다보니 말끝을 흐린다.

"외로워서. 혼자 있으면 무서워서."

묵혀 둔 짜증이 일었다.

"그러게 왜 애는 지방대로 보내 가지고. 어떻게든 '인in 서울' 시켰어야지."

아내의 목덜미가 붉어진다. 아차, 싶었지만 늦었다.

"됐어. 잘 갔다 와요."

버스 정류장까지 따라나왔지만 아내는 말이 없다. 손을 흔들었으나 그녀의 눈은 허공을 맴돌았다.

*

"아영 엄마 거기 안 갔어?"

날이 새기를 기다려 처제에게 전화를 건다. 아내에겐 친구가 없다. 한 번도 친구 만나러 가는 걸 본 적이 없다. 장모는 당신 큰

딸에게 집귀신이 붙었다며 혀를 찼다. 딸이 대학 간 뒤로는 베란다에서 허브 키우고 성경 필사하는 일로 하루를 보내는 듯했다.

"점심때 고급 식당에 가면 죄다 여자라잖아. 남자들 빼 빠지게 일해서 번 돈으로 맛있는 거나 먹으러 다니고. 난 당신이 그런 여자가 아니라서 좋아."

그때 아내가 기묘한 대답을 했었다.

"살고 싶은 의지가 있어야 남들이랑 밥도 먹고 수다도 떨 수 있는 거야."

"언니 안 왔는데요. 무슨 일 있어요?"

"아, 뭐 좀 물어보려는데 휴대폰을 안 받아서. 다시 해 볼게."

전화를 끊으려는데 처제가 불러 세운다.

"형부, '빈 둥지 증후군'이라고 들어 보셨죠? 암도, 우울증도 착한 여자들만 얕보고 찾아간다잖아요. 신경 좀 쓰세요."

말본새 하고는. 저러니 여태 시집을 못 가지. 딸에게 전화를 건다.

"아빠, 나 엠티. 나중에 전화할게."

아내는 어디로 간 걸까.

*

메모를 남겼나 싶어 집 안을 살폈다. 전람회 티켓이 발견된 건

화장대 서랍이었다.

'마크 로스코 — 스티브 잡스가 사랑한 화가.'

잡스가 그림도 좋아했어? 도로 집어넣으려는데 티켓 위에 휘갈겨 쓴 글씨가 보인다.

'레드, 피로 그린 그림.'

연애 시절에도 가본 적이 없는 미술관을 나이 오십에 갔다. 그것도 혼자서.

거대한 색 덩어리들, 달랑 〈무제〉라고 적힌 사각의 그림들 앞에서 뻘쭘해진다. 대체 뭘 느끼라는 건지. 떠밀리듯 사람들이 몰려 있는 곳으로 간다. 해넘이 바다를 그린 양 온통 붉다. 화가가 동맥을 끊기 전 마지막으로 그린 그림이란다. 자세히 보니 다 같은 빨강이 아니다. 크고 작은 색면色面이 서로를 밀쳐 내듯 둥둥 떠다닌다.

레드, 아내가 좋아했던 색깔. 온몸 던져 불사를 만한 무엇이 나타나면 죽어도 좋다며 농담처럼 말했었다.

그녀와 나 사이에 균열이 생긴 건 언제부터일까. 팔짱을 끼어오는 아내의 손길이 싫어진 건 언제부터일까. 내 청을 거절한 적 없는 여자였다. 사업하는 형 위해 적금을 털 때도, 형 대신 어머니를 모시자 했을 때도, 내가 잠시 한눈을 팔았을 때도 ….

"당신이 날 싫어할까 봐 두려워."

아내의 말은 진심이었을까.

*

아파트 담벼락에 기대어서 1년 전 끊은 담배를 피워 문다. 아내 없는 집에 들어가기 무서워 서성인다. 멀리서 누군가 걸어온다. 달달달. 짐 가방을 끌고 뒤뚱뒤뚱 다가온다.

"당신, 여기서 뭐해?"

어둠 속 휘둥그레진 두 눈이 묻는다. 아내다.

기가 차 말문이 막힌다.

"어, 어떻게 된 거야?"

텅 빈 아파트에 있기 싫어 강원도로 귀농한 친구 집에 다녀왔단다.

"문자 못 봤어?"

잠결, 로밍폰이 휘파람 소릴 낸 것도 같다. 전화는 왜 안 받았느냐고 묻자 전파가 안 터지는 첩첩산중이었다고 한다.

"은퇴하면 우리도 거기 가서 농사짓고 살자. 천국이 따로 없어."

코흘리개 아이처럼 아내를 졸졸 따라가며 묻는다.

"로스콘지 로코코는 뭔데?"

"아~ 그 사람? 옆집 여자가 표 한 장 남는다며 주길래 …. 무지 유명한 화가라는데 난 뭔 소린지 도통 모르겠더라고."

이 여자를 그냥! 긴장과 두려움, 불안감이 썰물처럼 빠져나간다.

"배고프지? 조금만 기다려. 강원도 된장으로 찌개 맛있게 끓여 줄게."

거실에 불이 켜지고, 가스레인지에 드르륵 불꽃이 인다. 집 안 모든 것이 살아 숨 쉬기 시작한다. 아내가 돌아왔다. 사랑하는 나의 그녀가 돌아왔다.

5장

메멘토 모리, 병실에서 만난 철학자

'맛있는 글쓰기' 강연을 할 때입니다. 매주 글감을 하나 던져 주고 에세이를 한 편씩 써 오라는 숙제를 내는데, '학생'들이 제일 어려워했던 주제가 '아버지'입니다. 40대 후반의 한 CEO는 '아버지와의 추억'을 글로 써 오라는 숙제와 씨름하다 저에게 이메일을 보냈더군요. 어머니와의 추억은 차고 넘치는데 아버지와의 추억은 아무리 생각해도 떠오르지 않는다고요.

그러나 포기하지 않고 파고들어 보니, 중학 시절 대도시에서 유학하다 방학을 맞아 집에 왔을 때 논에서 허리 굽혀 일하던 아버지가 환하게 웃으며 맞아 주던 기억이 떠올랐다고 하지요. 그때 보았던 흙손, 거칠고 단단한 나무껍질처럼 울퉁불퉁했던 아버지의 커다란 손이 불현듯 떠올라 눈물이 툭 터졌다고 하는군요.

그러고 보면 자식들이 추억하는 한국 아버지는 대체로 비슷합니다. 권위적이고, 무뚝뚝하고, 술 좋아하고요. 김현승의 시처럼 '어린 것들을 위하여 난로에 불을 피우고 그네에 작은 못을 박는' 자상한 아버지는 저희 세대만 해도 그리 많지 않았지요. 현실의 아버지들은 체면을 목숨보다 중히 여기고, 집보다는 집 밖을 좋아했으며, 내일 먹을 양식을 걱정하는 아내 앞에서 나라와 민족의 안위를 논하던 철없는 애국자들이었습니다. 말 그대로 K-꼰대!

되짚어 보니, 저 또한 아버지와 가장 많은 이야기를 나눈 때가 당신이 병상에 누워 계셨을 때입니다. 서서히 몸이 굳는 파킨슨병과 싸우던 아버지에게 책을 읽어 드리고, 음악을 들려 드리며 집과 회사에서 일어난 잡다한 일들을 혼자 중얼거리곤 했지요. 얼핏 웃는 것 같다가도 이내 잠이 들어 버린 아버지를 홀로 두고 병원을 걸어 내려올 때 참 많이 후회했습니다. 좀 더 일찍 상냥하고 애교 많은 딸이 되어 드릴걸. 아버지에 대한 그리움은 시간이 갈수록 깊어진다더니, 요즘 제가 그렇습니다.

김 부장의 글쓰기 숙제

안녕하세요?

행복한 글 한 편 읽는 것이 한 끼 밥보다 좋은, 글쓰기 수강생 김철민입니다. 수업 첫날 지각해 '벌'로 칠판에 적힌 시詩를 버벅대며 낭송했던 그 어리바리 꽃중년 기억나시지요? 회사가 여의도라 저녁밥도 굶고 달려간 건데, 숨도 돌리기 전 시를 읊으라 명하시니 어찌나 무색하던지요. 글쓰기 수업에 웬 시인가 의아했는데, 집으로 가는 길 버스 안에서 정호승의 시 '수선화에게'를 다시 꺼내 읽다 그만 울컥했습니다. '외로우니까 사람이다. 가끔은 하나님도 외로워서 눈물을 흘리신다'고 했던가요. 시심詩心을 지펴야 좋은 글 쓸 수 있다는 말씀, 명치끝에 새겼습니다.

*

한데 '숙제' 말입니다. '아버지'와의 추억담을 글로 써오라 하시니 눈앞이 캄캄합니다. 다섯 줄짜리 이메일도 절명시絶命詩 토해 내듯 머리털을 움켜쥐며 쓰는 마당에 원고지 여덟 장, 게다가 어머니도 아니고 아버지라니요.

동네 세탁소 주인으로 평생 빨랫감 다리미질감이랑 씨름하며 살아온 아버지는 오로지 처자식 먹여 살리는 게 인생의 목표였던 평범한 남자랍니다. 술도 여자도 모르고 주야장천 일만 하시니 별명이 '만리동 황소'였지요. 척추협착증으로 세탁소 막살하시고도, 구질구질하게 자식 덕 안 본다며 아파트 경비로 취업한 고집불통 노인네일 뿐입니다. 어머니는 "총각 땐 나훈아 빰치게 노래도 잘하두만 월남 파병 다녀온 뒤로 저이가 돌부처가 되었다"라고 하시니, 드라마가 있을 리 없지요. 그저 소주를 반주 삼아 저녁밥 드시면 다락방 올라가는 게 유일한 낙이었습니다. 개다리소반 위엔 낡은 성경책과 헤밍웨이 소설 몇 권, 자식들이 쓰다 만 공책들이 굴러다녔고요.

추억이 전혀 없는 건 아닙니다. 초등학교 3학년 땐가, 소풍날 반장이 싸왔던 통닭이 너무나 먹고 싶어 틈만 나면 통닭 타령을 하였는데 어느 날 아버지가 문간에 들어서는 제 손을 잡아끌고 "통닭 먹으러 가자" 하십니다. 동생들까지 사 먹일 돈이 없으시니 장남인 저만 몰래 데리고 나섰지요. 그날 만리시장에서 먹은 통닭처럼 맛있는 음식을 다시 먹어 본 적이 없습니다. 저물녘 시장 골목을 타박타박 돌아 나오는데, 아버지가 묻습니다.

"네 꿈은 무엇이냐?"

열 살 아들이 미처 대답하기 전에 당신 혼자 중얼거립니다.

"나는 마도로스가 되고 싶었다. 오대양 육대주를 누비는 바다 사나이가 되고 싶었다."

*

아버지는 아들이 증권회사에 취직한 걸 달가워하지 않았습니다. 수십억 원을 굴리는 펀드매니저가 당대의 유망 직종으로 각광받는데도 기뻐하지 않았습니다. 어느 명절엔가는 "가난을 죄로 몰아가는 세상을 만들지 마라"라고 하시니 무척 야속하더군요.

그러다 금융 위기가 왔습니다. 저에겐 죽음보다 잔인한 악몽으로 남아 있는 2008년, 빗발치는 고객들 항의와 밤낮없이 이어지는 대책 회의에 시달리다 그만 정신을 놓아 버렸습니다. 뇌경색이었지요.

여섯 시간에 걸친 수술 끝에 생명은 건졌으나 의식이 돌아오기까진 열흘이 더 걸렸습니다. 어쩌면 꿈이었는지도 모릅니다. 절벽 아래로 떨어지는 나의 몸을 누군가 붙잡고 있다고 느낀 것은…. 그 손은 거칠고 딱딱했지만 따뜻했습니다. 간간이 희미한 울음소리도 들려 왔습니다. 그건 내가 아는 어머니의 통곡 소리와는 달랐습니다.

수업 첫날, '왜 글쓰기를 배우러 왔느냐'고 물으셨지요? 글쓰기는 제가 건강을 되찾은 뒤 세운 첫 번째 계획입니다. 내 인생, 우담바라처럼 덧없이 사라지기 전에 기록으로 남기고 싶어서, 신자유주의의 탐욕에 내 영혼을 팔지 않으려면 저도 '생각'이란 걸 하고 살아야겠어서 감히 도전장을 던졌습니다.

*

글을 써야 하는 또 하나의 이유는 아버지입니다. 지난해 겨울 저희 아버지가 대장암 수술을 받았습니다. 수술 후 시든 화초처럼 인공호흡기에 매달려 중환자실로 실려 가는 아버지의 두 눈에 굵은 눈물방울이 맺혀 있었지요. "얼마나 무섭고 아팠으면 저 목석같은 양반이 눈물을 다 흘렸겠느냐"라며 흐느끼는 어머니 옆에서 저도 울었습니다. 그날 처음 알았습니다. 아버지의 볼이 그렇게 야윈 줄, 아버지의 어깨가 그렇게 작은 줄, 아버지의 두 다리가 그렇게 앙상한 줄 ….

아버지의 건강이 회복되면 함께 바다 여행을 떠날 겁니다. 갑판 너머 웅대한 바다에 붉은 노을이 내리면 작가 최인호가 '광대한 우주 같다'고 노래했던 아버지의 품에 저도 용기 내어 안겨 보렵니다. 밤마다 당신 살아온 이야기도 꼼꼼히 받아 적을 겁니다. 인생, 그 두 번째 항해를 위해 화려한 '타이타닉'에서 내려 '노아의 방주'로 옮겨 타려는 저에게 당신의 지혜와 영감은 무엇보다

정확한 나침반이 되어 줄 테니까요.

근데 참 신기하네요. 선생님 왈, 생각이란 게 우물과 같아서 퍼올리면 퍼올릴수록 새로운 물이 고인다더니, 백지로 제출하게 될까 걱정했던 내 아버지 이야기가 벌써 열두 장을 넘어가고 있습니다. 이걸 또 줄이려면 밤을 새워야겠지요. 글쓰기, 왜 이리 어려운가요? 왜 이리 행복한가요?

폼생폼사, 장인어른과의 반나절 데이트

김 과장이 월요일 아침부터 대학병원 안과 대기실에 앉아 있는 건 순전히 장인丈人 때문이다. 상반기 회계 결산하느라 주말까지 날밤을 새운 뒤 얻은 월차휴가였다. 할 수만 있다면 종일 도마뱀처럼 천장에라도 달라붙어 잠만 자면 좋으련만, 딱딱한 병원 의자에서 하품을 해 대고 있자니 살짝 울분이 솟았다.

*

일이 이렇게 된 건 고집불통, 성미 급한 장인의 백내장 수술 부작용 탓이었다. "눈알 살짝 째는 게 수술 축에나 들더냐"라고 큰소리칠 때부터 알아봤다며 아내는 울상을 지었다.

사색이 되어 수술실을 나서는 다른 노인들과는 딴판이었다고 했다. 해병대 출신으로 매사 폼에 죽고 폼에 사는 장인은, 수술한 눈에 간호사가 막 붙여 준 안대를 홱 떼어 던지고는 군대 동기들과 약주 한잔해야 한다며 그 길로 내뺐다고 했다. 머리는 물론,

최소 2주일간 세수도 하면 안 된다고 아내가 통사정을 했지만, 장인은 듣지 않았다.

수술한 눈이 송곳으로 찌르는 듯 아프다며 장인이 전화를 걸어온 건 그로부터 사흘 뒤였다. 맞벌이 아내는 "미안하지만 당신이 마침 월차이니 아버지 모시고 병원 좀 다녀와 줘" 했고, "혼자 가시면 안 돼?" 하고 이불을 뒤집어썼다가 날벼락이 떨어졌다.

"장인은 부모 아냐? 며느리는 시부모 병수발을 당연지사로 아는데 사위는 왜 장인장모라면 소 닭 보듯 하는 건데?"

지난해 심근경색으로 쓰러진 시어머니 간병에 여름휴가를 헌납한 아내의 일리 있는 외침이었다. 딸만 셋인 집안에 막내 사위로 들어간 운명이기도 했다.

*

장인 박봉수는 1945년 해방둥이다. 서류상으로는 충청도 태생이나 실제 태어난 곳은 만주 벌판이라고, 장인은 몹시 자랑스러워했다. 돈 벌러 간 장인의 부친이 돌아오지 않자 억척 모친은 만주 땅까지 찾아갔고, 극적으로 상봉한 남편과 만리장성을 쌓아 '순풍' 낳아 온 떡두꺼비 아들이 장인이었다.

동네 점쟁이는, 대륙의 기氣를 받고 태어나 못해도 군수까지는 한다고 장담했지만, 장인의 출세는 읍내 시장통에서 포목점을 하는 것으로, 로타리클럽과 무슨 통일위원회 명예회원을 하는 것으로 끝이 났다. 허구한 날 지역구 국회의원들 꽁무니를 쫓아 다녔지만, 군郡의원 선거에 나갔다가 포목점이 거덜 나면서 사실상 정치 입문을 포기했다.

그래도 명절에 내려가면 '대중이', '영삼이'로 시작해 정치 얘기만 늘어놓는 장인을 사위들은 좋아하지 않았다. 장인 또한 박근혜가 한나라당 전前 대표인지 현現 대표인지조차 헷갈리는 사위들이 못마땅했다.

"장부가 정치를 모르고 어찌 인생을 살았다 하누."

한번은 큰사위가 승진 스트레스로 조울증을 호소했다가 된통 무안을 당했다.

"군대에서 제대로 안 맞아서 그래. 정신력이 약해 빠져서 그래."

보신주의자에 건강식품만 골라먹는 둘째 사위는 장인의 주적主敵이었다.

"짜다고 안 먹고, 맵다고 안 먹고, 살찐다고 안 먹는 것들이 인도 여행 갔다가 소에 치여서 다리가 부러지고 그러지. 날 봐. 말술에 골초여도 암癌 같은 거 안 걸리잖아?"

장인에게 맞설 수 있는 사람은 장모뿐이었다.

"대신 당신은 주변 사람덜을 암 걸리게 하잖어유."

*

입이 보살이라더니, 갑자기 병석에 누운 장모가 손쓸 겨를도 없이 세상을 떠나자 장인의 등등했던 기세도 한풀 꺾였다. 자기 아버지를 한국 가부장家父長의 전형이라며 투덜대던 아내가 혼자 된 장인을 끔찍이 위하기 시작한 것도 이때부터였다.

"공중목욕탕 갈 때 아버지가 무지 안돼 보였지. 딸들이 엄마 따라 조르르 여탕 들어가면, 아버진 혼자 남탕 갔다가 30분 만에 나와서는 담배 피우며 우릴 기다리셨지. 날더러 '네가 고추만 달고 나왔어도 내가 이리 외롭진 않을 텐데' 하시는 소리가 그리도 듣기 싫더니 …."

안과 대기실에서 장인은 말씀이 없으셨다.

"눈은 좀 어떠세요?"

"……."

"종합병원은 이게 나빠요. 환자는 잔뜩 받아 놓고 세월아 네월아 줄만 세우고 있으니."

"……."

"수술비보다 검사비가 더 비싸다고 아영 에미가 거품을 물더라고요."

"……."

1시간쯤 기다린 뒤 장인은 새파랗게 젊은 의사에게 불려가 된통 혼이 나고 새로 눈을 소독한 뒤 지난번 것보다 세 배는 두꺼운 안대를 하고 나타났다. 느린 걸음으로 병원을 나서는 장인의 뒷모습에, 오로지 출세를 향해 내달렸고, 그래서 좌절도 깊은 그

세대 남성들의 고독이 묻어났다.

약국의 처방을 기다리는데 장인이 무거운 침묵을 깬다.

"세상이 자네 뜻대로 되지 않는다고 너무 서러워 말게. 출세? 끽해야 대통령이지. 뭘 하든 욕만 먹는 대통령 …. 파랑새는 거기 있는 게 아니더라고."

장인의 눈이 회복되면 엊그제 새로 생긴 사우나부터 모시고 가야겠다고 김 과장은 다짐했다.

메멘토 모리, 병실에서 만난 철학자

"이 선새앵~."

이 나직하고 근엄한 목소리가 울려 퍼지면 4인용 병실에 경기驚氣가 일어났다. 밤 12시, 오늘 밤도 뜬눈으로 새울 확률이 99.9%였다. 폐 수술 후 식사부터 대소변까지 남의 수발을 받아야 하는 강 할아버지는 낮에는 시체처럼 주무시다 자정이면 눈을 뜨는 괴이한 습관으로 503호 병실 환자와 보호자들의 단잠을 설치게 했다. 물론 이 야심한 밤에 가장 바빠지는 사람은 할아버지가 툭하면 불러대는 '이 선생'이었다.

"소변 마려워라?"

"그려."

간이침대에 모로 누워 트럭처럼 코를 골던 이 선생은 언제 그랬냐는 듯 벌떡 일어나 커튼을 치고 환자복을 벗기고 소변 주머니를 매단다고 어지간히도 부스럭댔다. 작은 소동으로 끝이 났나 싶은데 그렇지가 않다. 30분이 채 지났을까.

"이 선새앵~."

"왜요, 큰 거 보실라고요?"

"그려."

이번엔 작업이 복잡하다. 다시 커튼을 치고, 시트 위에 방수천을 깔고, 환의를 벗기고, 대변기를 대령하고 …. 만반의 준비가 끝나면 할아버지 볼일 보시는 소리가 동굴과도 같은 병실에 우렁차게 울려 퍼졌다. 이제 좀 잠잠해지나 싶으면 "이 선생, 물~", "이 선생, 다리 좀 주물러 봐", "이 선생, 왜 이리 더워" 하며 남자를 들들 볶았다.

자다 깨다를 반복하는 중노동이 새벽 3시를 넘기면 천하의 '충신忠臣'인 이 선생 목소리에도 짜증이 섞였다.

"이 선새앵~."

"워매, 뭐요 또?"

"그냥 불러 봤어."

"고만 잡시다요잉. 이러다 나꺼정 병실로 실려 가면 할배는 누가 돌본다요."

*

이 선생은 의사도 간호사도 아니었다. 작달막한 키에 바투 자른 머리, 다부진 체격에 언제나 초록색 추리닝 바지를 입고 다니는 40대 중반의 그이는 강 할아버지가 간병인으로 고용한 남자였다. 가족들은 할아버지가 병실로 들어온 첫날 잠시 얼굴을 비쳤을 뿐이다. 입원만 다섯 번째, 수술은 세 번째라고 했다.

할아버지가 간병인을 '선생'이라고 호칭하는 이유는 아무도 알지 못했다. 다만 그를 자식 이상으로 의지하는 건 분명해서, 간혹 담배를 피우러 그이가 어디론가 사라지면 503호는 물론 병동 전체가 '이 선생~, 이 선새앵~'을 찾는 절규로 들썩였다. 간호사들이 달려와 대신 시중을 든다고 해도 막무가내였다. 이 선생이 아니면 몸에 손도 못 대게 하니, 하루는 볼일을 참고 또 참다가 환자복이며 시트를 엉망으로 버려 놨다.

사정이 이러하니 그들은 503호 식구들의 원성을 한 몸에 받았다. 그래도 두 사람은 꿋꿋했다. 병원 밥을 받아서 둘이 마주앉아 먹을 땐 다정한 부자지간이 따로 없었다.

"어째 미역국이 머리 헹군 물맛이여?"

"아따, 싱겁게 먹어야 혈압이 떨어진다 안 허요. 제왕의 만찬이거니 하고 맛나게 드시요잉."

이 선생 자신은 플라스틱 통에 채워온 멸치볶음과 깻잎을 찬밥에 얹어서 꿀맛인 양 먹었다. 주치의가 회진을 오면 할아버지의 이 선생 자랑이 늘어졌다.

"이 선생이 돌봐 준 뒤로 그 뭐냐, 욕창이 안 생겨. 어찌나 바지런한지, 죽은 마누라 정성보다 낫다니깐."

*

이 선생이 간병인이 된 사연은 이랬다.

"우리 꼼장어집에 손님이 넘쳐났다니께요. 하루 돈 백은 그냥 벌었지라. 더 벌 욕심에 주식 투자만 안 했어도 요 모양은 안 되얏을 것인디 …. 술 먹고 방탕짓 하느라 시골 아버지 사경死境을 헤매신다고 기별이 왔는데 내려가 보지도 않았어라.

제정신 차리고 보니 아버지는 이미 안 계시고, 고것이 한이 돼 장사 밑천 장만할 겸 아버지뻘 어르신들 지성으로 돌봐 드리자 한 것이 …."

간병인으로 산 지 1년 반, 종합병원 중환자 전담 경력을 벼슬처럼 여기고 사는 그는 의사 머리 꼭대기에 있는 듯했다.

"의술이 못 고치는 걸 사람의 정성이 고칩디다. 내 눈으로 똑똑히 봤다니께요."

간혹 철학자 같은 말도 했다.

"수술실 앞 이별 풍경 보셨소? 숨죽여 흐느끼는 사람에, 벽을 붙들고 기도하는 사람에 …. 보호자 대기실에 앉아 있으면 1초, 1초에 피가 마른다 안 혀요. 사랑하는 사람을 잃을 수도 있다는 공포를 느껴 봐야 인생이 무엇인지 알지라. 담배 피우러 병원 문만 나서도 전혀 딴 세상이 펼쳐지니 희한하지요잉. 죽음은 나와는 상관없는 일이라는 듯 앞만 보고 씽씽 내달리기만 하니."

강 할아버지의 병세가 악화돼 중환자실로 옮기던 날, 이 선생은 일일이 작별인사를 했다.

"그동안 저희 땜시 잠 못 주무셨지라?"

'자식들은 안 와보냐'는 누군가의 질문에, 침대에 붙박이로 누워 있던 할아버지가 웅얼거렸다.

"나 죽으면 장례식장으로 오겄지."

이 선생이 통박을 준다.

"어찌 또 시시한 말씀을 하신다요. 근육질 다리 맹글어 찐허게 연애 한번 하고 가시라닝께."

바리바리 짐을 싸들고 문을 나서는 이 선생이 뒤돌아 윙크를 했다. 메멘토 모리memento mori, 죽음을 기억하라.

색채 없는 철종 씨의 팔월 한가위

철종 씨가 자기 아버지의 눈물을 본 건 중2 때였다. 선산에 할머니를 묻고 온 날이었다. 삼복더위에 이불을 뒤집어쓰고 흐느끼는 중년의 사내를 보았다. 나이 든 남자도 운다는 걸 그때 처음 알았다. 딸 셋 내리 낳고 건진 3대 독자가 군대 가던 날에도 아버지는 눈시울을 붉혔다. 6개월 방위였다. 이웃에선 코웃음을 쳤지만, 아버지는 아들의 뒤통수가 사라질 때까지 목이 꺾어져라 손을 흔들었다. 훈련소에서 받은 아버지의 편지는 '자랑스러운 대한의 아들아!'로 시작되었다. 글자 몇이 얼룩져 있었다.

*

아버지의 눈물이 철종 씨의 가슴을 적신 건 아니었다. 남들은 아버지가 태산 같은 존재라는데, 그에겐 위태로운 벼랑이자, 언제 터질지 모를 폭탄이었다. 휴대폰에 고향집 전화번호가 뜰 때마다 그의 새가슴이 내려앉았다. 대기업에 입사한 아들의 명함으로 만사를 해결하려는 아버지였다. 하다못해 밥집에서 외상을 그을 때에도 "내 아들이 서울 대기업 과장인디" 하며 생짜를 부렸다.

기울어 가는 천석꾼 집안의 외아들로 태어난 아버지는 정의감이나 책임, 염치 따위와는 거리가 먼 사람이었다. 백바지에 백구두를 즐겨 입는 백수건달이자, 매사에 난센스가 작렬하는 사내였다.

'운동회'란 말에 그가 경기驚氣를 일으키는 까닭은, 초등학교 3학년 운동회 날 황색 부츠에 오토바이를 타고 나타난 아버지가 아들과 함께 2인 3각 경기를 하다 부츠 끈에 다리가 엉켜 코가 깨진 사건 때문이다.

4H 청년회장입네, 호국청년단장입네, 안 써도 그만인 감투만 좇아다니는 폼생폼사 인생이었다. 증조부가 독립운동 자금원이었다는 사실이 유일한 정치 밑천이었다. 족보가 있는 것도 아니었다. 민정당에서 평민당으로, 민주당에서 국민당으로 너무 자주 버스를 갈아타는 바람에 실속이 없었다.

*

허세가 한풀 꺾인 건, 외아들 대학 등록금에 쓰려고 남겨 둔 마지막 논마지기를 선거판에 쏟아부은 뒤였다. 할 줄 아는 게 운전밖에 없어서 버스 회사에 취직했다. 정치에 대한 미련을 접은 건 아니었다. 역사의 산증인이 되겠다며 아버지는 일기를 쓰기 시작했다. 누가 봐도 백수일기로되, 당신에겐 〈난중일기〉보다 치열하고 〈백범일지〉보다 거룩했다.

사위어 가던 정치 본능을 일깨운 건 노조위원장 선거였다. 배운 게 도둑질이라고, 약간의 돈과 약간의 거짓말로 위원장 자리를 꿰찼다. 거기서 멈췄어야 했다. 영웅이 되고 싶었던 아버지는 강성 노조를 선언했고, 칠순의 버스 회사 사장을 노조원들 앞에 무릎 꿇렸다가 역풍을 맞았다.

한 달이 멀다 하고 사고 소식이 들려온 건, 아버지가 버스 대신 택시를 몰기 시작한 후부터다. 과속에 승차 거부, 주차 위반까지 벌금 고지서가 나오는 족족 아버지는 철종 씨에게 계좌 이체를 통지했다. 택시엔 승객뿐 아니라 별다방 미스 김도 태우고, 양조장 과부댁도 태워서 어머니의 속을 뒤집었다. 당신이 지지하는 국회의원을 욕한 승객에게 전치 4주의 상해를 입힌 아버지를 유치장에서 꺼내기 위해 밤길을 내달리면서 철종 씨는 '내 인생에 저 폭탄은 언제쯤 사라지나' 원망하고 원망했다.

*

"한 번 다녀가야겠다."

지난 주말 어머니에게 걸려 온 전화였다. 의사는 파킨슨병으로 의심된다고 했다. 2년 전부터 진행됐는데 눈치채지 못했느냐고 핀잔을 주었다. 아버지의 이마와 턱, 그리고 팔에 붕대가 감겨 있었다. 경운기를 추월하려다 가로수를 들이받았다고 했다. 근육이 마비돼 가고 있었다. 그 와중에도 머리에 박힌 유리 파편을 손으로 뽑고 나왔노라며 병상의 아버지가 무용담을 늘어놓았다.

서울 큰 병원 가서 정밀 진단 받으라는 의뢰서를 받아든 아들을 향해 아버지가 검버섯 핀 얼굴로 히죽 웃었다. 교통사고로 부러진 앞니도 함께 웃었다. 바람 새는 소리로 느닷없이 아버지가 속삭였다.

"사랑한다, 아드을~."

늙은 어머니가 혀를 찼다.

"인자 노망까지 들었다. 아무나 보고 저런다."

*

불사조였던 아버지를 죽음이란 단어와 연결해 본 적이 철종 씨에겐 없었다. 세상에 대한 두려움이나 진지함 따위는 그의 아버지에게 없었다. 무지하여 방향이 없었을 뿐, 아버지는 막 잡아 올린 활어처럼 언제고 살아 펄떡였다. 만취해 귀가한 아버지는 자정이 넘도록 책 나부랭이를 붙잡고 있는 아들의 등짝을 후려치며 주정했다.

"사내자식이 물러 터져서는, 근성도 야망도 없이 흐리멍덩해서는…. 어디 가서 고스톱도 치지 마라. 패 돌아가는 게 얼굴에 다 보이느니."

지난해 아버지를 여윈 선배는 풀숲 이슬처럼 허무한 게 인생이더라고 했다. 맥없이 어린애 장난 같은 꽃신 신겨 드리며 후회하지 말고 살아 계실 때 원 없이 사랑해 드리라고 했다.

그러고 보니 적막하게 굽은 아버지의 등을 밀어 드린 지 10년도 넘었다. "피 난다, 좀 살살 밀어라" 하던 늙은 사내의 엄살이 그 얼마나 통쾌하고도 서러웠던가. 소주잔 위로 아들의 뜨거운 눈물이 방울방울 떨어졌다.

아버지 찾아가던 봄날엔

아버지 찾아가던 봄날엔 산철쭉이 흐드러졌다. 한 달 만의 문안이었다. 거래처 부장 카톡에 긴 댓글 다느라, 내려야 할 정류장을 놓친 딸은 병중 아버지보다 당장 먹고사는 일이 급한 자기 처지가 한심해 씁쓸히 웃었다.

6인용 병실엔 라디오 소음이 둥둥 떠다녔다. 귤색 유니폼을 입은 조선족 간병인들은 아직 기력이 남은 환자들에게 밥을 떠먹이며 농담 따먹기를 했다. 목에 턱받이를 두른 채 고분고분 받아먹는 환자를 그들은 이뻐라 했다. 입 꾹 다물고 밥투정이라도 할라치면 "이 양반, 또 앙탈이시네" 하며 눈을 부릅떴다. 한때 교수였고, 한때 검사였으며, 한때 사장 소리 듣던 남자들도 이곳에 오면 푸른 줄무늬 옷 평등하게 입은 환자가 됐다. 라디오에서 유열의 노래가 흘러나왔다.

'눈부신 기억들은 반짝이는 불빛이 되어 나의 화려한 날은 가고~오.'

*

병상 위 아버지는 딸을 알아보지 못했다. 발끝으로 침투해 목까지 점령해 올라간 병마는 한때 세상을 향해 겁 없이 호통치던 사내에게 말 한마디, 손가락 하나 움직이는 것도 허許하지 않았다. 벌써 3년째. 이미 굳어 버린 팔과 다리를 무심히 주무르던 딸은 입천장으로 혀를 둥글게 말아 올린 아버지가 꼭 갓난아기 같다고 생각했다.

허옇게 각질이 인 노인의 두 귀에 이어폰을 끼워 드렸다. 찬송가밖에 모르던 구식 남자가 따라 부를 줄 알던 유일한 '세상 노래'였다. 하모니카 잘 불던 이 가수가 스스로 생을 접었을 때 아버지는 "바보 같은 사람" 하시며 혀를 찼다.

마른 장작개비처럼 빳빳한 아버지 몸속으로 노래와 함께 갈색 죽이 흘러들어 갔다. 삼키는 법을 잊은 환자의 위胃에 의사가 작은 구멍을 내어 호스를 끼우던 날 그의 늙은 아내는 숨죽여 울었다. 방울방울 눈물처럼 떨어지는 죽이 아버지 생명줄이었다. 약봉지를 나눠 주러 온 간호사는 "재활 치료는 더 이상 하지 않기로 했다"라며 돌아섰다. 그 말이 사형선고처럼 들렸다.

남자는 그날도 어김없이 병실로 들어섰다. 옆 침대에 누운 노인의 외아들이다. 코에 산소호흡기를 단 채 미동도 하지 않는 환자는 느닷없이 소리를 지르는 것 말고는 간병인들 귀찮게 하는 법이 없었다. 마흔을 갓 넘겼을까. 하루도 거르지 않고 병실에 온다는 아들은 새 생명을 불어넣고야 말겠다는 듯 온 힘을 다해 아버지의 몸을 주물렀다.

지난겨울 일본 출장길에서도 저렇게 작고 서글픈 등을 본 적이 있다. 어느 이름 없는 옻칠 장인匠人 집에서다. 어머니가 그림을 그리면 아들은 그걸 나무에 새기고, 아버지는 그 위에 붉은 옻칠을 했다. 같은 방에서 작업하는데도 부자父子는 거의 이야기를 나누지 않았다. 도쿄에서 대학 나와 큰 회사 다니던 아들이 가업을 잇겠다며 낙향한 것에 실망한 아버지는 종일 아들에게 등을 돌린 채 일을 한다고 했다.

"아들이 나처럼 살길 바라지 않으니까요."

그 말에 아들이 소리 없이 웃었다.

"언젠가는 받아 주시지 않을까요? 못나도 당신 아들인데 ⋯."

*

소설가 김훈은 63년을 살다 기세棄世한 아버지가 때때로 가엾은 아들처럼 느껴진다고 적었다. 두어 달에 한 번 집에 들어왔다가 다음 날 또 어디론가 사라지는 아버지를 어머니는 미워했지만, 아들은 아버지 누운 건넛방 아궁이에 장작을 때서 방을 덥혀 드렸다고 했다.

카프카는 반대였다. 남들에겐 더없이 친절하고 관대하지만 아들과 가족한테는 독재자처럼 행세한 아버지를 원망했다. 아들만 보면 나약하고 어리석다고 힐난하는 아버지 탓에 우울증까지 걸린 카프카는 '아버지는 내가 나 자신을 불신하도록 가르쳤다'고 썼다. 그 고집불통 아버지들이 '철들기' 시작했을 때 병마도 함께 찾아왔다.

작가 윤용인은 자신의 책 〈그렇게, 아버지가 된다〉에서 '아버지를 아버지가 아닌 한 명의 사람으로 바라보는 데 사십 년 넘는 시간이 필요했다'고 고백했다. '불혹의 나이를 넘긴 후 아버지 무덤 앞에서 시대를 잘못 만나 날개 한 번 펼치지 못한 한 남자의 불우한 삶에 소주를 올렸다'고 썼다.

*

돌처럼 딱딱해진 아버지의 손톱을 깎아 드린 뒤 병실을 나선다. 다음 생엔 바람으로 태어나리라, 하셨던가. 봄 햇살 이리도 따사롭고, 산벚나무 잎새는 저리도 푸른데, 내 아버지 몸에도 다시 새순이 돋을까. 터벅터벅 버스 정류장으로 내려가던 딸이 아직 아버지 온기가 남아 있는 이어폰을 귀에 꽂는다. 나직이 읊조리던 김광석의 노랠 들으며 딸이 운다. '너의 길, 너의 어둠 밝혀줄 수 있다면 빛 하나 가진 작은 별이 되어도 좋겠다'던 젊은 날의 그 건장했던 사내를 떠올리며, 다 늙은 딸이 운다.

어디, 이런 남자 없습니까?

함자에 돌 석石을 쓰는 나의 아버지는 화가입니다. 돌도 좋아하지만, 외양도 꼭 돌을 닮았습니다. 번드르르한 대리석 아니라 온갖 풍상에 마모된 빗돌입니다. 성정도 딱 그러합니다. 두 쪽으로 깨져도 소리치지 않는 바위처럼 무심하고 투박합니다.

눌변의 이 평양 남자가 평생 좋아한 것이 셋 있습니다. 술, 친구, 산山입니다. 본업인 그림보다 이 셋을 더 좋아한 바람에 불세출의 화가가 못 되었다고 어머니는 지금도 혀를 차십니다. 일생 남기신 그림이 200점이 못 됩니다. 술 먹고, 친구 만나고, 산을 떠도느라 붓과 씨름할 시간이 없었습니다. 명절날 차례 지내다가도 산 사나이들 문간에 어른대면 "너희끼리 지내라우!" 하고는 바람처럼 사라졌습니다. "언제 오실 거냐?"라는 물음은 우리 집에선 금기였습니다.

사람 좋아하는 아버지 덕에 철부지 아들은 즐거웠습니다. 손

재주 좋은 아버지가 피란 시절 부산에, 수복 후 정릉에 지은 열 평짜리 판잣집은 예인藝人들 사랑방이었습니다. 어머니는 없는 살림에 막걸리를 외상으로 나르고 안줏거리 대느라 허리가 휘었지만 집 마당은 왁자지껄 웃음이 넘쳤습니다.

오갈 데 없는 이들은 아예 눌러 살았습니다. 해마다 노벨 문학상에 오르내리는 시인도 그중 하나입니다. 밥상 앞에 맨발로 앉는 통에 어머니 꾸중을 듣던 시인은 우리 집 뒷간에 귀한 '휴지'를 제공하는 것으로 '밥값'을 하였습니다. 책 엮고 난 원고지를 가져와 변소 한구석에 쌓아 두면 볼일 보는 동안 원고를 한 장씩 읽다가 볼일이 끝나면 밑을 닦아서 버렸습니다. 그중엔 유명한 〈세노야〉도 있습니다.

시인의 애인도 기억납니다. 가끔 우리 집에 놀러 온 애인은 앞집 살던 배우 김지미보다도 예뻐서 아홉 살 소년의 마음을 흔들어놓았습니다. 물빛 원피스 사이로 비치던 하얀 속살은 어찌나 아찔하던지요. 그러나 사랑은 영원하지 않았습니다. 시인이 꺼이꺼이 울며 찢어 버린 애인의 사진을 주워다 서랍에 감춰 두고 보면서, "아~아, 끝끝내 아침이슬 한 방울로 돌아가야 할 내 욕망이여"라는 시인의 노래를 따라 읊었습니다.

*

예술가들만이 아닙니다. 미술 선생으로 잠깐씩 교단에 섰던 아버지는 돈 없어 하숙에서 쫓겨난 학생들도 데려와 어머니를 골병들게 했습니다. 하루는 쌀이 똑 떨어져 팥죽을 쑤었더니 아버지가 역정을 내십니다. 장정들에게 아침부터 죽을 주는 사람이 어디 있느냐며. 물정은 모르고 인정만 넘치는 아버지 탓에 어머니는 매일같이 와이셔츠를 다렸습니다. 허구한 날 자고 가는 나그네가 있고, 그가 아버지 셔츠를 입고 가면 손님이 벗어 놓고 간 셔츠를 빨아 다려서 그다음 사람이 입고 가도록 준비해 놓습니다.

그렇다고 아버지가 놀고 자시기만 한 건 아닙니다. 원고료와 그림 삯만으로는 생활이 어려우니, 드럼통 위에 고물 시계들 얹어 놓고 팔아도 보고, 바닷가에 천막 치고 카레라이스 장사도 했습니다. 음식의 반은 가난한 화우畵友들이 몰려와 먹어치웠지만 아버지는 그 또한 큰 보람으로 여겼습니다.

*

문제는 사람을 너무 좋아한 나머지 여자 친구도 많았다는 점입니다. 화실엔 종종 시인의 애인만큼이나 아리따운 여인들이 다리를 꼬고 앉아 있었습니다. 모델이라는데, 아버지 스케치북에서 여인의 그림을 본 적은 없습니다. 진정한 고수高手는 어머니였습니다. 벼락을 내려도 시원찮을 판에 어머니는 당신 탓을 했습니다.

"나 같은 목석이 아니라 소주잔 주고받으며 밤새 그림 얘기,

세상 얘기 나눌 수 있는 여인을 만났더라면 더 위대한 예술가가 되지 않았겠나."

아버지가 매번 두 손 들고 어머니 품으로 항복하고 돌아온 이유입니다.

*

삶이 두려워질 때 아버지의 산 그림을 봅니다. 빨강, 노랑, 파랑 원색의 물감 덩어리를 한 쾌에 휘휘 부려 넣은 장쾌한 산악은 살아 있는 듯 꿈틀거립니다. 그 속엔 장단봉 산기슭, 보통강 들판에서 뛰놀던 소년의 애틋한 그리움이 절절합니다. 혈혈단신 월남해 풍운의 삶 살면서도 단 한 번 눈물 보이지 않았던 아버지. 자다가도 벌떡 일어나 보따리 메고 산으로 훌쩍 떠난 건 꿈에도 그리운 고향 산천이 당신을 불렀기 때문일까요.

땅 보고 걷는 아들에게 "하늘을 쏘아보며 걸어야 대장부다" 호통치던 평양 아바이. 함묵緘默의 술잔 기울이다 느닷없이 '사랑하는 마리아'를 열창하던 로맨티시스트. 거칠되 순정이 넘쳤고, 의리와 신의를 목숨처럼 중히 여긴 아버지가 오늘 유난히 그리운 건 '정치판이고 저잣거리고 씨알 굵은 사내는 찾아볼 수 없다'며 혀를 차는 늙은 어머니의 한탄 때문만은 아닙니다. 세파에 부서질세라 납작 엎드린 채 방황하는 우리네 모습에 한숨이 나오는 까닭입니다.

가장의 이름으로 고하노니

그믐이 되얏는가. 어리중천에 초승달 걸렸는데, 쏟아질 듯 반짝이는 별 무더기에 마음이 시리네.

다들 여일허것지. 추석에 맏이네는 큰놈 중간고사라고 차례상 앞에 궁둥이 두어 번 조아린 뒤 그 길로 내빼더니 전교 1등은 따 놓은 당상이렷다. 둘째네는 보리와 콩도 분간 못 하는 코흘리개를 데리고 명절에 구라파로 역사 여행 간다더니 이순신보다 나폴레옹 생애를 줄줄 외는 신동이 나겠구나. 막내 며늘애는 당직이라 우는 시늉을 하더니 혹 몸져누운 것이냐. 요즘처럼 황망한 세상엔 무소식이 희소식이라지만 삼 형제가 약속이나 한 듯 감감하니 아비 어미 죽어 달포가 지나도 부고 낼 자식이 없을까 두렵도다.

*

내 오늘 단톡을 소집한 것은 중차대히 전할 말이 있어서다. 너희 어머니, 즉 나의 아내가 쓰러졌다. 당나라 군대에 쫓기듯 차례상 걷기 무섭게 달아난 자식들이 남긴 설거지와 빨래, 먼지 더미를 사흘 내 쓸고 닦더니 새벽녘 밭일 간다고 나서다 고꾸라져 응급실로 실려 갔다. 의사 왈, "고혈압, 당뇨, 갑상선 약을 달고 사는 노인이 끼니는 거르고 중노동만 하니 몸이 배겨 내겠소". 와중에도 자식들 심란하게 전화 걸지 말라 다잡는 너희 어미를 보며 내 가슴을 쳤노라.

저 여자는 무슨 죄 있어 평생 구두쇠 서방 잔소리에 망나니 사내자식들 키우면서 쓰다 달다 말이 없는가. 제사도 1회, 명절도 1회로 줄였거늘 그도 못마땅해 입이 댓 발 나온 며늘애들 눈치 보느라 전전긍긍하는 저 여인은 바보인가 천치인가. 두 늙은이 굽은 등으로 다리 절며 고추며 열무를 수확해 앞앞이 택배를 올려 보내도 고맙다 전화 한 통 없는 자식들은 원수인가 애물단지인가.

하여 결단했느니, 앞으로 우리 집안에 명절은 없다. 제사도 없다. 칠순이고, 팔순이고 생일잔치도 막살할 것이며, 어버이날이니 크리스마스니 하여 요란 떨 일은 더더욱 없다. 고로 상속도 없다. 우리 부부 가진 거라곤 벼룩 콧등만 한 집 한 채뿐이나 무덤에 지고 갈지언정 너희한테 물려주지 않겠다.

군청 말단으로 취직해 봉급은 쥐꼬리만 하나 손끝 맵짜게 살림하는 여인 만나 아끼고 쟁여 온 덕에 옴팡간 장만한 재산이다. 이를 남김없이 갖다 팔아, 바다 건너라고는 울릉도밖에 못 가본 저 늙은 아내와 세계 곳곳을 주유천하周遊天下하며 몽땅 써 버리고 죽으련다. 나의 아내에게도 면세점이란 곳에서 외제 화장품, 외제 손가방도 사 줘 보고, 사르트르와 보부아르가 연애했다던 불란서 카페에 가서 쓰디쓴 커피도 한 잔씩 마셔볼 것이며, 천국과 한 뼘 거리라는 융프라우에 올라 온 세상 발밑에 두고 사진 한 방 멋지게 남겨 보련다.

우리가 돈을 쓸 줄 몰라 허리띠 졸라맨 줄 아느냐. 영어를 몰라 해외여행 마다한 줄 아느냐. 한 치 앞 안 보이는 세상, 앞길 구만리인 자식들에게 한 푼이라도 보탬이 될까 이 악물고 살아온 죄밖에 없느니. 그런 우리한테 꼰대니 틀딱이니 손가락질하는 인심이 기가 차기만 한데, 내 자식도 별수 없다 생각하니 억장이 무너지도다.

*

내 비록 날 샌 올빼미 신세이나 가장家長의 이름으로 남기는 마지막 부탁은, 부디 덕과 예로써 세상을 살거라. 의로운 것이 아니면 머리카락 한 올도 취하지 말고, 자식들은 재주보다 덕이 앞서는 사람으로 키워라.

또한 아끼며 살거라. 사람 잡아가느라 온 나라가 시끄럽고 권세가들 헛된 꿈과 아전들 잔꾀에 백성들 곳간엔 해 넘길 양식이 없나니, 밤낮 궁둥이에서 비파 소리 나게 놀러만 다니다간 쌀독이 바닥날 터. 사방에 승냥이 떼들 덤빈다고 분기탱천하지도 말거라. 적을 두려워하며 대처하는 자는 이길 것이나, 세상에 나만한 사람 없다고 믿는 자는 망하리라.

아닌 밤 홍두깨 유언에 요강 뚜껑으로 물 떠먹은 낯빛일 것 없다. 바람처럼 와서 구름처럼 머물다 가는 것이 인생. 천지간 어디에도 걸림이 없이 창공을 훨훨 나는 두 마리 학처럼 세상을 떠돌 것이니, 어느 날 우리 내외 부고가 들려와도 슬퍼하지 말거라. 오뉴월 물오이처럼 쑥쑥 자랄 내 손주들을 못 보는 것이 다만 애통할진저.

P.S.
여행 갈 때 등산복 좀 입지 말라고 눈 흘긴 게 둘째더냐. 너희가 멀쩡한 바지를 찢어 입든 꿰매 입든 내 일절 참견하지 않았느니, 우리가 빤스만 입고 비행기를 타든 머리에 태극기를 두르든 괘념치 말라. 글 품새가 왜 이리 현란한가 물었더냐. 마음이 헛헛하여 〈국수〉란 대하소설을 읽었더니 절로 되었다. 우리말의 찬란한 보고寶庫요, 구한말과 다름없는 이 나라의 살길이 담겼느니, 일독을 권하노라.

예순넷, 팔팔 청춘에 쓰는 이력서

안녕하십니까. 저는 경남 산청 지리산 자락에서 태어나 38년을 방송 밥 먹고 살아온 전직前職 시사교양 PD올시다. 키는 작지만 반달곰 빰치는 옹골찬 체력으로 육군 현역으로 만기제대 하였으며, 작년 6월 현업에서 물러났으나 나이는 숫자일 뿐. 카톡, 구글, 마인크래프트는 물론이요, 워드, PPT, 엑셀을 자유자재로 다루는 '스마트 실버족'입니다. 아, 은퇴 후 뉴질랜드를 2주간 배낭여행 한 것도 경력이 될까요? 토익 시험은 봐 본 적 없으나, 닥치면 영어가 튀어나오는 놀라운 재능을 지니고 있답니다. 한데 왜 지게차 기사 부문에 지원했느냐고요? 사연은 다음과 같습니다.

*

나랏일에 감 놔라 배 놔라 하며 정치·사회 현장을 쫓아다닌

제겐, 농촌에 대한 막연한 동경이 있었습니다. 유년 시절 맨발로 밟아본 마늘밭의 그 따뜻하고도 부드러운 흙의 감촉을 한시도 잊은 적 없지요. 은퇴 후 달려간 곳이 경기도 연천입니다. 제초제나 화학제를 쓰지 않는 800평 복분자밭에서 40일간 유기농법을 배웠습니다. 뙤약볕 아래 땀방울을 쏟으며 작물 선택부터 재배, 판로 개척까지 농사가 결코 낭만이 아니란 사실을 절감했지요.

더불어 고령화 심각한 우리 농촌에 기계화가 필요하다는 사실도 깨달았습니다. 청장년들 떠난 농촌에서 연로한 어르신들이 봄에 땅을 파지 못해 놀리는 농토가 많다는 것에 충격을 받은 저는 굴착기와 지게차 면허를 따내 농업 현장에 일조해야겠다 다짐한 것입니다.

*

문산 중장비 전문 학원에 등록한 것이 지난 4월입니다. 운전면허 1종에 40년 운전대 잡았으니 '굴착기쯤이야' 얕봤던 것인데, 오만이었습니다. 책을 들여다보니 까만 건 글자고 흰 건 종이일 뿐, 도통 못 알아먹겠더군요. 붐, 암, 버켓, 유압, 배토판, 캐리지 …. 까막눈이 따로 없습니다.

예상 문제 3천 개를 통째로 외워 필기시험은 100점 만점에 63점으로 어찌어찌 턱걸이했습니다만, 문제는 실기였습니다. 굴착기에 오른 첫날, 한겨울 사시나무 떨 듯 온몸이 떨려 오더군요. 100명의 출연진을 진두지휘하며 생방송을 연출할 때도, 대통령 인터뷰차 청와대에 들어갔을 때도 이렇게 떨진 않았습니다. 입만 열면 "안전!"을 외치는 조카뻘 젊은 강사는 늙은 학생의 작은 실수에 호각을 빽빽 불어 대며 어찌나 야단치던지요. 차에만 오르면 머리가 백지장처럼 하얘져서는 여덟 개 레버의 기능이 뒤죽박죽 헷갈리기 시작하니, 차가 그야말로 트위스트를 추었습니다.

*

'에라, 때려치우자!' 하고 목수건을 패대기칠 때마다 저를 잡아준 건 같은 반 청년 수험생들입니다.

"형님, 처음부터 잘하는 사람 없습니다. 그저 많이 타 봐야 해요. 형님은 할 수 있습니다!"

연습시간 양보해 주고 커브 도는 법 보여 주던 이 멋진 청년들이 지게차 모는 풍경을 여러분도 한번 보셨어야 하는데요. 김연아 선수가 얼음판에서 피겨를 타듯, 그 육중한 기계차를 주행하다 회전하고 멈춰 섰다 다시 달리는 모습은 그야말로 예술이었습니다. 평소 '요즘 것들은' 하며 혀를 차던 나 자신이 얼마나 부끄럽던지요. 하루하루 맹렬하게 사는 그들과 함께 아침 9시부터 밤 7시까지 수백 바퀴씩 연습하고 돌아와 흙투성이 옷을 빨 때면 땀인지 눈물인지 모를 짜디짠 맛이 온몸을 적셨습니다.

*

마침내 굴착기 시험을 통과하고, 지게차마저 합격했을 땐 '사법고시에 붙어도 이보다 기뻤을까' 싶을 만큼 행복하더군요. 제 얼굴 사진 박힌 면허증이 대통령 표창장보다 자랑스러웠지요. 잉여인간으로 집에서 눈칫밥 안 먹어도 된다는 안도는 말할 것도 없습니다. 레너드 코헨은 '내가 내 인생의 지휘자가 아니란 걸 나이 들며 확신했다'고 했지만 저는 아닙니다. 평생 머리로만 살던 삶을 몸으로 바꾸는 대반전을 스스로 일궈 냈으니 어찌 대견하지 않은가요.

나이 육십에 신입사원 몫을 해낼 수 있느냐고요? 물론입니다. 과거는 과거일 뿐! 부장 국장 전무는 흘러간 영광이요, 거리에 서면 저는 일개 아저씨일 뿐입니다. 스무 살, 서른 살 어린 사람들이 지시해도 "옙!" 하고 달려가 맡은 바 업무를 수행할 자신 있습니다. 월급은 형편 따라 주셔도 좋습니다. 주중엔 산업전선의 꽃으로, 주말엔 농촌 어르신들의 손과 발로 인생 2막을 힘차게 열고 싶습니다. 부디, 일할 기회를 주시면 안전 최우선, 생산 효율의 극대화, 인화 단결에 힘쓰며 역사에 이름을 남기는 지게차 기사가 돼 볼까 합니다.

아, 제 이름을 빼먹었군요. 저는 1956년 원숭이띠 손, 형, 기올시다.

광화문 미로에서 만난 남자

'남문기'란 이름이 떠오른 건, 광화문 차벽을 뚫고 교보문고를 찾아가던 날이다. 네 번째 검문한 경찰이 '교보로 가는 유일한 통로'라 일러 준 횡단보도를 건너자 한 사내가 마이크를 쥐고 1인 시위를 하고 있었다. 삼엄한 경비에 마이크 성능까지 나빠 그의 외침은 허공으로 흩어졌다. 앰프가 든 가방을 달달달 끌고 다른 장소로 이동하는 사내를 바라보다 남문기를 떠올렸다.

아마도 독설毒舌 때문이었을 것이다. 작년 가을 LA 한 밥집에서 만난 남문기는 두 주먹을 불끈 쥐고 말했었다. 내 조국 대한민국이 망해 가고 있어요. 단돈 300달러로 아메리칸 드림을 일군 남자였다. 누굴 만나든 해병대 266기란 사실을 밝히는 '싸나이'였다. 붉은 넥타이에 금장 시계를 찬 남자의 '라떼는 말이야'를 태평양 건너까지 날아와 들어야 할 생각에 체기가 일었다. 우리 앞엔 막 끓여져 나온 은대구 조림이 놓여 있었다.

*

경북 의성 차골마을에서 태어났다. 가난했지만 동네서 유일하게 신문 보는 집이었다. 할아버지는 신문지를 깔고 손자들에게 붓글씨를 가르쳤다. 개천 용이었던 형은 부산으로 유학 가 서울대에 들어갔지만, 쌈박질 일등이던 남문기는 전학과 퇴학을 밥 먹듯 했다. "명분 없는 싸움은 상놈들이나 하는 짓, 하늘이 무너져도 고등학교 졸업장은 따오라"라는 어머니 불호령에 뒤늦게 철이 들었다. 죽기 살기로 공부해 내리 대학까지 갔다.

먹물들은 '개병대'라 조롱하는 해병대에 자원했다. 불가능은 없다는 신념, 생각하면 바로 행동에 옮기는 습관이 이때 생겼다. 죽기 살기로 해도 안 되는 일은 있었다. 사법고시에 거푸 낙방하면서 남문기는 인생 항로를 돈으로 틀었다. 학생회장을 지내며 협상력, 추진력에 재주가 있다는 걸 알았다. 주택은행에 입사했다. 빚내서 다닌 대학이라 돈이 필요했다. 화끈하고 집요하고 자상해서 고객이 줄을 섰다. 사막에 갖다 놔도 궁궐 짓고 살 사람이라고들 했다. 내 앞길에 밤 놔라 대추 놔라 안 할 자신 있으면 같이 살자고 청혼한 여인과 결혼했다. 그 좋은 직장을 2년 만에 그만둔 건 솟구치는 에너지 탓이다. 쳇바퀴, 무변화, 철밥통이 싫었다.

300달러 쥐고 미국으로 날아갔다. 방 한 칸 월세가 230달러였다. 청소부가 됐다. 4년간 닦은 바닥만 2만 개. 바닥을 거울처럼 닦으니 사장이 일당을 '따블'로 줬다. 팀장으로 승진했다. 키 큰 팀원은 천장과 유리창을 닦게 하고, 작고 뚱뚱한 팀원은 앉아서 정리하는 일을 시켰다. 사나흘 걸릴 저택이 한나절에 끝나니, 월 8천 달러 벌던 회사가 30만 달러를 벌었다. 세상에 지우지 못할 때는 없고, 문제엔 반드시 답이 있었다. 다시 사표를 냈다. 매달리는 사장에게 말했다.

"나는 이 회사를 내 것이라 여기고 일했다. 그래서 즐거웠다. 하지만 청소부가 되려고 미국에 온 건 아니다. 내겐 더 큰 꿈이 있다."

부동산에 뛰어들었다. 청소하며 관찰하니 부동산업은 미국 경제라는 거대 오케스트라를 이끄는 지휘자였다. 직원 셋으로 시작했지만 남문기란 이름 석 자는 삽시간에 브랜드가 됐다. 집을 사고팔 때 낯익은 사람에게 맡길 거란 심리를 공략했다. 신문과 버스정류장, 대형 광고판에 자신의 얼굴과 이름을 새겼다. 매물이 나오면 경쟁 업체보다 더 빨리, 더 넓게 움직였다. 집의 묵은 때를 벗기고 잔디도 깎아 줬다. 직원들에겐 회사 로고를 새긴 셔츠와 재킷을 입혔다. 서브프라임 모기지 폭풍도 기회로 삼았다. 에이전트만 2천 명, 미 전역에 50개 지사를 냈다. 위기엔 언제나 배짱 좋은 놈이 이기죠.

*

박정희, 정주영 같은 인물이 없다고 그가 탄식했을 때, 은대구 조림은 식어 있었다. 2년 전 간암 선고를 받은 남문기는 밥을 많이 먹지 못했다. 까짓것, 누가 이기나 맞짱 한번 떠 보려고요, 하하!

최근 소식을 전한 건 인터넷이다. 코로나 창궐했던 대구, 경북에 그는 마스크 4만 장을 보냈다. 지난여름 광화문 백선엽 장군 분향소에도 서 있었다. 수술, 이식, 재발, 다시 수술을 거듭하면서 풍채는 야위었으나 눈빛은 형형했다. 부시 대통령과 찍은 사진을 보여 주며 큰소리치던 그 허세가, 문득 그리워졌다. 언젠간 미국에서도 한국계 대통령이 나와야 하지 않겠어요? 오바마처럼? '라떼'들의 나라 사랑은 왜 이리 징하고 촌스럽고 열렬한지. 쫄보와 잔챙이들이 득세하는 세상이라 그런가.

차벽을 돌고 돌아 도착한 교보문고는 굳게 닫혀 있었다. 시위하던 사내도 보이지 않았다. 누군가 등에 메고 있던 팻말이 뒹굴었다.

'지키자 자유대한.'

6장

며늘아, 나도 명절이 무섭다

시어머니와 함께 삽니다. 큰아이가 뱃속에 있을 때부터 저희 집에 오신 이후 지금까지 삽니다. 시어머니와 함께 산다고 하면 다들 눈을 동그랗게 뜨고 묻습니다. "불편하지 않아?" 왜 불편하지 않을까요. 크고 작은 갈등과 분란이 왜 없었을까요.

그런데 애 둘 키우며 맞벌이 하는 며느리에게는 편한 것이 더 많았습니다. 제일로 좋은 것은 어머니가 해 주시는 따뜻한 저녁밥입니다. 일하고 돌아온 아들과 며느리를 위해 마련해 주시는 식탁은 하루의 고단함을 눈 녹듯이 씻어줍니다.

스웨덴에서 1년 연수하던 시절입니다. 북구의 추위가 혹독했는지 감기에 걸리다 못해 이석증까지 찾아와 옴짝달싹 못 한 채 방에만 누워 있게 됐지요. 천장이 뱅글뱅글 돌아 아무것도 못 먹고 끙끙 앓다 잠이 들었는데, 밖에서 초인종이 울립니다. 문을 여니 한국에 계셔야 할 시어머니가 서 있었지요. 양손에 바리바리 짐을 싸들고요. 여길 어떻게 오셨느냐 묻자, "김치 맛있게 담가 우리 손주들 먹이려고 왔지, 스테이키 스테이키 해도 밥이랑 김치가 보약이지" 하시며 웃습니다.

고부 갈등이 꿈틀거릴 때마다 그날의 꿈을 떠올립니다. 시어머니로서가 아니라 질곡의 한국 현대사를 살아온 여인이 자신의 참담했던 어린 시절 이야기를 들려줄 땐 가슴이 먹먹해지고요.

명절만 되면 시어머니란 단어는 온갖 원성의 표적이 되지만, 사실 명절이 가장 무서운 사람은 시어머니인지도 모릅니다. 대학 나온 며느리 눈치 보며 탕국 끓이고 오색나물 무치다 지친 어머니가 "이놈의 명절 지긋지긋하다"라고 푸념하실 땐 눈물이 왈칵 나올 뻔했지요. 그래서 병법으로 옮겨 봤습니다.

올케, 엄마를 부탁해

어찌 지내는가.

꽃비 오나 했더니 하마 여름 장마인가 싶게 날씨 한번 고약허이. 어릴 적 이맘때면 천지에 흐드러진 앵두 따러 동산을 뛰어다녔는디, 인자는 꽃바람에 처녀 가슴 콩닥거릴 새도 없이 목하 여름으로 쳐들어가니 세월 참 무정하네.

새통스럽게 웬 편지질인지 묻고 싶겄지. 바깥일로 머리 뒤숭숭한 우리 동생헌틴 암 말 말고 자네만 알고 있소. 작년부턴가. 몇 발짝만 걸어도 벌렁벌렁 숨이 차고, 어깻죽지 욱신왁신하더니, 근자엔 끽소리도 못 낼 만큼 가슴팍이 아퍼서 병원엘 갔었지. 심장 혈관이 막혔다누만. 그것두 세 개나.

의사 양반은 걱정 말라고, 수술하면 좋아진다 하고, 내 또한 당장 큰일을 당한대도 별 볼 일 없는 인생이지만서도 우리 엄니, 시골집에 혼자 남을 그 노인네가 명치끝에 걸려 나가 요즘 잠이 안 오요.

우리 엄니, 별나시지. 딸인 내가 봐도 괴팍하고 까탈스럽고. 요즘은 그 집 전화기에 불 안 나능가. 당신 아들 밥 굶을까 봐, 날도 안 샜는디 전화 걸어 밥은 안쳤느냐, 반찬은 뭣을 해 먹였느냐 닦달 안 하시능가. 기별도 없이 서울 아들집에 들이닥쳤다가 집에 기척이 없으니 '아녀자가 어딜 싸돌아다니느냐, 내 아들이 새빠지게 벌어온 돈 길바닥에 쓰고 다니느라 바쁘냐, 대학 나왔으면 다냐' 악다구니를 하셨대서 나가 얼매나 면구스럽던지. 요즘 젊은 엄마들이 좀 바쁜가 말이지. 애 잘 키워 보겠다고 그 좋은 직장 버리고 들어앉은 사람한테 말이지.

그래도 나가 딸이라고 구실을 좀 하자면, 말씀은 그리 요란스레 하셔도 속내는 양털처럼 포시라운 노인이라네. 또 알고 보면 우리 엄니도 귀여운 여인이라네. 낼모레 칠순이어도, 아들뻘 되는 40대 노래교실 강사한테 귀염 있게 보일랴고 백발 찬란한 머리를 구루프로 마는 모습을 자네가 봤어야 허는디. 소싯적엔 하날 가르치면 열을 안다고 세 오빠들보다 칭송이 더 자자했다는디, 여자라고 학교를 안 보내 저리 괴팍스러워졌다는 기 당신 분석이시네.

*

엄니 춤바람 났던 거 얘기했등가? 허구헌 날 아부지가 오토바이 타고 나도시니 엄니도 동네 아지매들 따라 지루박을 배우러 나

섰는디, 춤선생 집 문간 앞에서 아부지한테 딱 걸렸다지. 있는 힘껏 줄행랑을 치다가 넘의 집 똥통에 빠졌는디, 사방에 고린내를 풍기면서도 나 죽었소 하고 싹싹 빌었다네. 춤추는 기 큰 죄도 아닌디 빌긴 왜 빌었느냐고 내가 따졌더만, "넌 누굴 닮아 앞뒤 꼭지가 꽉 맥혔을꼬" 혀를 차시데. "안 빌면 그 길로 황천길인디, 위기는 벗어나고 봐야지. 복수할 날은 쇠털같이 많지 않더냐" 하시데.

진짜로 울 아버지 앓아누우셨을 때 3년을 꼬박 병 수발 하면서도 그간 쌓인 분풀이를 조근조근 하셨지. 오토바이 뒷자리에 다방마담 태워 달리다 논두렁에 쑤셔 박혔던 거, 빚보증 잘못 서서 내 등록금 홀랑 날린 것꺼정 죄다.

무학無學인 엄니한테 여고 나온 내가 배우는 것도 많었지. 경주에 왕들의 무덤이 있잖은가. 근디 어느 놈은 '총'이라 부르고, 어느 놈은 '능'이라 부르는데, 그 이유를 아능가? 총은 무덤 주인이 누군지 모를 때 총塚이라 하고, 주인을 알면 능陵이라 한다고, 울 엄니 일러 주시데. "워서 배웠소?" 나가 입을 딱 벌링께 "나가 핵교만 지대로 나왔어도 장관까지는 무난~히 했을 기다", "다시 태어나면 내 이리 부엌데기로, 바보맨치론 안 산다" 하시데.

*

외아들을 향한 징허디 징한 사랑에 올케가 힘든 거 아네. 우로 딸 셋 낳고 8년 만에 얻은 아들이니 오죽하겠능가. 이쁘고 똑똑한 며느리헌티 샘도 나셨겄지. 그래도 노인정 나가시면 며느리 자랑이 늘어지시네. 무뚝뚝이에 잔정은 없어도 속 하난 깊은 물건을 얻었노라고.

울 엄니 늘 갖고 다니시는 노란 수첩 봤능가. 거기 삐뚤빼뚤한 글씨로 '메느리 생일'이 적혀 있더라만. 딸 생일은 잊어 묵어도 며느리 생일은 기억하시지. 서울 올라가실 때면 목욕탕 가서 어찌나 때를 빼고 광을 내시는지. 늙은이가 냄새 풍기면 손주들 도망간다고 저리 야단을 떠시네.

맏시누이 잔소리가 길어졌고만. 봄꽃 지는 것이 서러웠나 보이. 내가 하고픈 말은 늙으신 우리 엄니, 이 세상에 당신이 혼자가 아니라고 느끼게만 좀 해 주시게. 자존심 강한 우리 엄니, 어버이날 당신 손으로 카네이션 사서 달지 않게만 해 주시게. 나도 시집살이 20년을 했지만, 시어머니나 친정어머니나 그 엄니가 다 그 엄니 아니당가. 시절을 잘못 만나 두 손이 거북 등 되도록 평생 일만 하고 살아온 여인네들 아닌가. 사시면 또 얼매나 사실 텐가. 그렇게 지은 복福 몽땅 자네헌티 돌아가네. 자식들헌티 돌아가네. 그러니 올케, 우리 엄니를 좀 부탁하네.

며늘아, 나도 명절이 무섭다

영감, 잘 지내슈?

여기는 시방 추석 명절이 콧등이라 어수선하다우. 세월이란 놈은 또 왜 이리도 씽씽 달리는지. 입만 청춘인 안동댁은 뛰박질 흉내를 내면서는 '우산 뽈트 달려가듯 세월이 간다'고 하더이다. '우산 뽈트'가 뭔지 영감은 아슈?

또 그놈의 청승이라고 하겠지만, 내가 오늘은 이바구 좀 해야겄소. 그까짓 갱년기 국물에 말아먹은 지 십수 년이고, 하루하루 숨 붙여 사는 것도 기특한 칠순 늙은이가 암만해도 우울증에 걸렸나 보오. 해 저물녘 마루에 걸터앉아 있으면 엄마 잃은 코흘리개마냥 철철 눈물이 나고요. 허구한 날 바람이라 내 속을 숯검댕이로 태운 영감탱이, 산송장이라도 좋으니 아랫목에서 좀 더 뭉개다 가지 그새 갔나 싶습디다. 노망이 맞지요?

어제는 웬수 같은 천식이 불같이 도져 부랴부랴 택시 잡아타고 병원엘 갔댔지요. 혼자 동그마니 앉아서 진료를 받으니 의사가 물어요.

"보호자는 안 오셨나요?"

병원을 돌아 나오는데 유리문에 비친 내 모습이 가관이데요. 축 처진 볼에 기역 자로 굽은 등이 마귀할멈이 따로 없어. 팔뚝엔 또 염치도 없이 거뭇거뭇 저승꽃이 피어서는, 왕년의 강숙자, 그 대찬 기운은 어디로 갔는가 서글퍼집디다.

그래도 추석이니 자식들 만나 좋겠다고요? 좋지요. 햇살 같은 내 손주들이 좋지요. 자식들은 어려워요. 그네들 머리에도 서리 내려 그런가, 해가 갈수록 말 붙이기도 힘들어요. 대문간 들어설 때부터 아들 며느리 눈치를 보게 됐다면 말 다했지 뭐유. 귀성길 차 안에서 다투진 않았는가, 그까짓 차례가 뭐라고 돈 버느라 피곤에 전 아이들을 예닐곱 시간씩 고속도로에 갇히게 한 건 아닌가. 미리미리 음식 장만해 놓으려 서둘렀어도 차례상 올리기 직전까지 잡일이 넘쳐나니 며늘애들 눈 맞추기 면구스럽고, 짜증도 나고요. 명절은 1년에 한 번만 치르면 안 되는 건지 염라대왕한테 좀 물어봐 주슈.

지난 설엔 둘째 며늘애가 "기름진 명절 음식 누가 먹는다고 이렇게 많이 하세요?" 하는데 가슴이 철렁 내려앉습디다. '누가 먹긴 누가 먹어, 니 남편이 먹고 니 자식들이 먹지 이것아!' 소리가 목울대를 넘어오는데, 꼴깍 삼켰지요. 서울 올라갈 땐 동그랑땡 하나 안 남기고 들기름에 참깨까지 바리바리 싸들고 가는 주제에. 먹다 남은 과일까지 죄다 싸 주면 그제야 얼굴이 뽀얗게 펴져서는 "어머니, 또 올게요옹~" 하고 자동차에 낼름 올라타는데 얄미워 죽겠어요.

이래저래 퍼 주고 나면 남는 게 없어 시에미는 김치 한 가지에 물 말아 먹기 일쑤라는 것을 자식들은 알까요. 나도 뒷집 장성댁처럼 김치 담그고 고추장 담가 보낼 때 택배비에 수공비까지 에누리 없이 받아 낼까 고심 중이라오. 삼팔광땡 시어머니 만난 줄도 모르고 투덜거리기는. 안 그러우?

그래도 몇 살 더 먹었다고 큰 며느리는 이 시에미 심중을 아는 것도 같습디다. 그 목석같던 며늘애가 음식 몇 가지는 알아서 만들어도 오고, 말끝마다 "무릎도 아픈데 좀 앉아 계세요", "어머니 음식은 언제 먹어도 맛있어요" 하는 소릴 다 할 줄 알고요. 일면식 없는 처녀들이 느닷없이 전화 걸어 "고객님 사랑합니다" 해도 가슴이 뭉클한데, 며늘애한테 그 비슷한 소릴 들으니 마음이 다 울컥합디다.

더러 못된 시어머니도 있겠지요. 세상 변한 줄 모르고 안하무인으로 구는 시어머니도 가다가다 있겠지요. 암만 그래도 배 속에서부터 며느리 괴롭히려고 작심하고 태어난 사람 있겠어요? 유세를 부려봤자 한물간 권력이요, 낼모레 저승길 떠날 신세인데 애교로 좀 봐주면 안 되나요?

제 아들 굶기나 싶어 며느리 집 냉장고 단속하는 시어머니도 별로지만, 명절이라면 도끼눈부터 뜨는 유식한 여자들도 격은 없어 보입디다. 허구한 날 어린 자식 쥐 잡듯 하는 저희는 얼마나 민주적인 시어머니 될란가, 저승 가서 지켜볼라고요.

그러게 물려줄 땅이라도 좀 있었으면 나도 큰소리치고 살 것 아니유. 살아생전 뭐 하고 싸돌아다니느라 밭 한 뙈기를 못 사 놨수. 거두절미하고, 저승길에 무사히 갔거든, 백수 된 우리 셋째 좋은 직장 구하게 해 달라고 염라대왕님한테 빽 좀 써 보슈. 마흔이 코앞인데 여태 제짝 못 찾은 우리 딸내미, 주름살 늘지 않게 틈날 때마다 좀 굽어살펴 주시오.

참, 올 추석은 큰아들네가 콘돈가 뭔가 하는 데서 지낸답디다. 음식은 저희가 장만할 터이니 날더러는 맨몸으로 오랍디다. 우리 손주들 좋아하는 깨송편 만들어서 이고 지고 갈라고요. 영감도 정신 바짝 차리고 잘 찾아오시오. 새로 난 경춘고속도로가 빠르다 하니, 알토란 같은 손주들 보고자프면 우산 뾜트처럼 씽씽 달려오시오. 날아오시오.

내 아들이 제육볶음 만드는 법을 배우려는 까닭은?

— 어무이요.

"와."

— 요 요 제육볶음 우찌 만듭니꺼?

"우찌 맹글긴. 손으로 맹글제."

— 뭐 뭐 옇고 만들었냐고요.

"와, 짭나."

— 짠기 아이고, 좀 배울라꼬.

"누가. 니가?"

— 와, 안 됩니꺼?

"혁이 에미가 밥 안 해 주드나. 싸웠나."

— 그기 아이고. 내도 주말에 요리 좀 해 볼라꼬요.

"드잡이한 거 맞네."

— 안 싸웠다니까요. 요즘 요리할 줄 모리면 꼰대 소리 듣는다 아입니꺼.

"꼰대 소리 듣고 살라, 고마."

— 대선 후보도 요리를 할 줄 알아야 표가 쏟아지는 세상입니더.

"와, 대통령 할라꼬?"

— 계란말이를 벽돌만 하게 부치고, 김치찌개를 뚝딱 끓이니께네 여자들이 막 좋다고 안 합니꺼.

"와, 다 늙어 새장가 갈라꼬?"

— 아 참, 말기 몬 알아들으시네. 제육볶음 우찌 만드냐는데 와 자꼬 삐딱선을 탑니꺼? 고마, 치우소!

"뭘로 맹글기는. 돼지고기로 맹글제."

— 돼지 중에서도 어데? 삼겹살, 목살, 갈비살, 항정살, 뽈살, 덜미살, 토시살 중에 어데?

"넘들은 기름 붙은 삼겹살로 한다만 내는 목살 또는 앞다리살로 한다."

— 양념은 우찌하고요.

"우찌하기는. 갖은 양념 넣어가 맹글지."

— 그 갖은 양념이 뭐냐고요, 글쎄.

"마늘, 생강, 파, 양파, 고추 썰어 옇고, 고추장, 간장, 참기름, 매실즙도 쪼매씩 옇고."

— 참 나, 서울 할매들맹키로 1번, 2번 해 감시로 레시피를 또박또박 일러 줘야 따라잡는다 아입니꺼.

"뭔 씨피? 네쓰피?"

— 긍게 간장 몇 리터, 고추장 몇 컵, 참기름 몇 스푼….

"내는 무식해서 그런 거 모린다. 음식을 손으로 하지, 기계로 맹그나?"

— 긍게 매실즙을 어른 숟갈로 몇 숟갈 넣느냐고요.

"얼라 오짐맹키로 여믄 된다."

— 하~ 몬 산다. 그럼 돼지고길 볶다가 양념, 채소 넣고 쫄이면 끝입니꺼?

"고기에 양념이 잘 배이고로 일바켰다 눕혔다 해 감시로 고루고루 볶아야지. 고기는 한입에 먹기 좋고로 반으로 농가고."

— 농가고가 뭡니꺼. 촌시럽구로.

"그럼 쪼갈르든가."

— 마, 됐고요. 요 요 된장찌개는 우찌 끓입니꺼.

"우찌 끼리기는. 된장 옇고 끼리지."

— 우찌 끼리야 깊고 구수한 어무이 손맛이 나냐고요.

"1번, 찬물에 메르치와 다시마를 옇고 끼린다. 2번, 육수에 된장을 풀어가 팔팔 끓으면 애호박 양파 감자 대파 두부를 항그시 썰어 옇는다. 3번, 마늘도 쪼매 옇는다. 4번, 맵삭하게 먹을라 카모 청양고추를 썰어 옇는다. 5번, 더 칼칼하게 먹을라 카모 고춧가루를 허친다."

— 뭣이 이리 간단하노?

"안 끝났다. 6번, 버끔을 살살 걷어낸다."

— 뭘 건어요? 버끔?

"그래야 쓰고 텁텁한 맛이 날아가제. 우리 글쓰기 선생도 그랬다. 버끔 아니, 군더더기를 싹 건어 내야 글이 맑고 담백해진다꼬. 양념 많고 수식이 화려하면 글이 영 천박해진다꼬."

— 글쓰기 교실은 또 운제 다녔능교?

"자식이 되야가 늙은 에미가 뭣을 하고 사는지도 좀 딜이다보고 그래라. 이래 봬도 군민 백일장으로 등단한 작가다 내가."

— 진짜요? 우리 혁이가 어무일 닮아가 국어를 백점 맞는갑네예.

"치아라. 빼스 지나갔다."

— 근데 집사람은 어무이 된장으로 끓이는데도 와 이 맛이 안 납니꺼.

"느그들이 쎄빠지게 공부해가 박사 학위 딸 때, 내는 쎄빠지게 밥하고 반찬 맹글어가 돈 한 푼 못 받는 부엌데기 박사 됐다 아이가."

— 아, 또 와 그랍니꺼. 그나저나 쪼매 있으면 우리 어무이 김장김치 맛보겠네예.

"그래서 올개부터는 공짜배이로 안 줄라꼬. 내도 지적재산권을 좀 행사해 볼라꼬. 와, 꼽나?"

— 꼽기는예.

"억울하면 몸으로 때우등가."

— 와서 거들라꼬요?

"음식은 머리가 아니라 요 요 손으로 배우는 기다. 입에 닿기 전 손이 먼저 그 맛을 감지해야 하는 법. 양파를 믹서에 가는 기랑 손으로 강판에 가는 기랑 그 맛이 천지차로 갈라지는 거 아나?"

— 밥이 곧 하늘! 김칫소 하나에도 혼을 갈아 넣어라, 이 말씀 아인교.

"주디는 똑똑다."

— 누가 압니꺼. 신이 내린 어무이 손맛을 이 아들이 이어받아 인생 2막으로 꽃피울지.

"싸운 거 맞네. 드잡이한 거 맞어. 우짠지 얼굴이 비틀어 짠 오이장아찌 같더라만. 와, 은퇴할 날 닥치니 요리라도 배우라 카드나. 니 밥은 니가 해 먹으라 카드나. 내 혁이 에미를 기냥!"

충청도 장모 vs 서울 사위

"괜찮여. 벨일 없을겨. 너 가졌을 때 아들인 줄 알고 산삼을 먹어 놔서 자식 중에 니가 젤로 튼튼혔어. 암癌은 무슨. 기도나 열심히 혀."

말은 그렇게 했어도 수화기를 내려놓은 명자 씨 마음이 서럽다. 악성인지 양성인지는 아직 모른대도, 어쩐지 시커먼 암세포가 딸의 몸에 자라고 있는 것 같아 쪽파를 다듬던 손이 부르르 떨린다. 목에 혹이 하나 있다고 했다. 암인지 아닌지는 목을 열어 봐야 알고, 암이면 목을 다시 열어 잘라 내야 한단다.

성탄 전야에 딸 소식을 전한 사위는 애써 장모를 위로했다.

"갑상선은 국민 질병이라잖아요. 설령 암이래도 수술하면 완쾌된다니 염려 마세요."

국민 질병? 명자 씨의 심사가 뒤틀린다. 말처럼 튼실했던 내 딸이 시래기죽처럼 허물어진 게 다 누구 탓인디, 여왕처럼 호강시켜 준다고 날름 업어가더니 고생만 바글바글 시킨 게 누군디,

암은 스트레스가 응축된 덩어리라는디, 국민 질병이라니!

불에 얹은 고구마가 타는 줄도 모르고 명자 씨는 자신의 우유부단을 책망했다. 키만 멀대같이 크지 딸보다 한 살 덜 먹어 촐랑촐랑 입만 똑똑한 서울 사위가 마음에 찰 리 없었다. 저 좋다는 남자가 최고지 하고 헐값에 딸을 넘긴 게 두고두고 아까웠다. 누구는 그것이 충청도 사람의 치명적 단점이라고 했다. 싫다, 좋다 딱 자르지 못하고 '그려 그려' 구렁이 담 넘어가듯 했다가 평생 속병 앓는 거. 얄미운 서울 사위는 한술 더 떴다.

"충청도 여자라 그런지 집사람 속은 도통 알 수가 없어요. 쓰다 달다 말도 않고 꽁하고 있다가는 느닷없이 폭발한단 말이지요."

오죽하면 착한 내 딸이 폭발하겠느냐는 말이 목젖까지 차올랐으나 그때도 명자 씨는 엉뚱하게 화답했다.

"갸 별명이 곰딴지여. 에려서부터 느리고 앞뒤가 꽉 막혀서는. 흐흐흐."

그럼 또 철없는 사위는 이바구를 이어갔다.

"장모님, 3·1운동이 왜 1919년에 일어난 줄 아세요? 1910년 한일강제병합 된 걸 충청도 사람들이 9년 뒤에 알았기 때문이래요. 우하하! 또 있습니다. 서울 사람이 충청도 시골장에 배추를 사러 갔대요. '한 포기에 얼마예요?' 물었더니 '알아서 주슈' 하더랍니다. '얼만지 알아야 드리죠?' 했더니 '있는 만큼 주슈' 하더래요. 그래서 2천 원을 내밀었더니 주인이 배추를 막 발로 걷어차면서 '내 이걸 도로 땅에다 묻고 말지' 하고 화를 내더랍니다. 놀란 서울 사람이 얼른 천 원짜리 두 장을 더 얹어 4천 원을 내밀었더니 그제야 옆에 있던 달랑무를 배추에 얹어 주면서 배시시 웃더라지요."

*

중학교 교감이었던 장인이 사위를 나무란 건 그로부터 1년 6개월 뒤였다.

"충청에선 면전面前에서 무안 주는 걸 상스럽다 여기네. 무 자르듯 거절하는 것도 예의가 아니지. 만일 누가 '내일 밥 한 끼 먹자'고 했는데 충청도 사람이 '알았다'고 하면 '생각해 보겠다'는 것이지, '밥 먹으러 가겠다'는 뜻이 아니네. 부탁을 해도 다짜고짜 안 하네. 이웃에 낫을 빌리러 가면 두어 시간 딴 얘기 하다가 해 저물녘 되어서야 '근디 낫 좀 빌려 주면 안 되겠는가?' 하는 것이 충청의 처세네. 언어의 마술사, 위대한 코미디언이 충청에서 왜 많이 나는 줄 아는가. 비유에 능해 그렇다네.

흉도 비유로 보지. '잔칫집 가서 잘 얻어먹었는가?' 하면 '허연 멀국에 헤엄치겠더구먼', '장화 신고 들어가 고기를 잡겠더구먼' 할지언정, '먹을 게 없었다'고 직설하지 않네. 누가 세상을 떠나도 '어젯밤 그 양반이 숟가락을 놓으셨디야', '떼 이불 덮으셨디야' 하지, '세상 버렸다'같이 격 없는 말은 안 하네.

자고로 눌변訥辯이 달변達辯보다 무서운 법. 내 딸이 도통 뭔 생각을 하는지 모르겠다고? 설거지할 때 혼자 궁싯대는 소리 들어보게. 복이 있네 없네 하며 죄 없는 걸레를 땅바닥에 패대기치지는 않던가? 자네 살 길이 거기에 있네."

*

물러터진 고구마를 꾸역꾸역 삼키다 명자 씨 목이 멘다. 100세 시대는 개뿔. 마흔이면 미적지근해지고, 쉰이면 쉬어빠지고, 육십이면 으스러지는 게 여자 몸이거늘, 직장 다니랴, 아이 키우랴, 시부모 봉양하랴, 몸이 열 개여도 모자랄 일을 미련퉁이처럼 해낼 적에 말렸어야 했다. 저라고 왜 불평이 없을까마는, 행여 친정부모 속 끓일까 언제고 '좋다 좋다, 여기는 별일 없다'며 행복에 겨운 척하던 딸이었다. 그것이 병이 되었나 싶은 게 눈물이 왈칵 쏟아진다.

따르릉 따르릉! 전화벨이 울린다. 사위다.

"깜박했어요, 어머니. 메리 크리스마스!"

명자 씨, 코를 팽 풀고 화답한다.

"그려. 메리스 크리스스고, 아기 예수 만만세여. 난 괜찮으니 씰데없이 전화질 하지 말고 우리 딸이나 지성으로 살펴 주시게."

수화기를 내려놓고 명자 씨 두 주먹을 불끈 쥔다. 내 딸 몸에 티끌만 한 '기스'라도 나면 너는 그날로 끝장인 겨. 국물도 없는 겨.

시아버지의 김장김치

"이번 김장엔 하루 휴가 받아 내려오너라. 열 일 막살하고 내려오너라."

시어머니 아니고 시아버지였다. 며느리에게 직접, 그것도 직장으로 전화했다는 건 예삿일이 아니었다. 시아버지를 알현하는 일이 1년에 서너 번이나 될까. 마주친다 한들 "왔냐", "됐다", "가라" 단 세 마디뿐이던 당신이었다. 게다가 두 일도 세 일도 아니고, 열 일 제치고 내려오란다.

연말이라 할 일이 태산인데도, 그 준엄하고도 단호한 영令에 "바쁜데요" 소리가 목울대를 타고 넘어오다 도로 기어 들어갔다. 대신 남편을 몰아친다.

"내가 쓰러진 소도 일으킨다는 인삼 낙지라도 먹는 줄 아시는 거야? 애 둘 키우며 직장 다니느라 몸이 아작날 판인데, 김장, 그것도 60포기가 웬 말이냐고오~."

해병대 출신에 도청 공직자로 은퇴한 것을 당신 인생의 빛나는 훈장으로 삼고 살아오신 시아버지가 주부 선언을 한 건, 3년 전 겨울이었다. 찬바람 불면 살얼음 동동 뜬 식혜부터 찾으시더니, 엿기름 구하러 방앗간 다녀오시던 시어머니가 그예 빙판에 넘어져 허리를 다치는 대형 산재가 터진 것이다. 자리에서 한 번 일어나려면 장미란이 역기 들듯 우지끈 하시니, 밥은커녕 물 한 잔도 옳게 얻어먹기 어려워진 시아버지 중대결단을 내리셨다.

"내 밥은 내가 해결한다!"

한데 인생역전이 일어났다. 68세 사위어 가는 당신의 DNA에 빛나는 요리 본능이 있었음을 누가 알았겠는가. 멸치 하나를 볶아도 잣과 호두를 곁들이는 센스며 차돌박이에 애호박 종종 썰어 바글바글 끓여 내는 된장찌개, 말라비틀어진 명태 코다리를 매콤짭조롬하게 지져 내는 솜씨가 여느 아낙네의 빰을 치셨으니 시어머니의 무색함이 이만저만 아니었다.

이듬해 봄에는 식재료도 직접 장만하겠다며 손바닥만 한 뒷마당에 텃밭을 일구셨다. 상추나 키우시겠지 했던 것이 배추, 고추, 무까지 소출이 확장되고, 급기야 김치 한번 담가 보련다 선포하시니 "니 애비 좀 말려 달라"는 시어머니의 급전이 날아든 것이었다.

✳

"김치 맛은 배추를 얼마나 잘 절였느냐가 좌우한다. 잠버릇 고약한 식구들 베갯머리 넣어 주듯, 배춧속에 소금물이 고루고루 배도록 밤잠 설치는 손 정성이 그대로 맛이 된다. 갈치젓, 가자미젓, 까나리젓 다 필요 없다. 굴도 사치다. 멸치젓 한 가지면 충분하니. 거기에 무, 배, 양파, 대파 채 썰어 넣고 마늘, 생강 곱게 다져서 넣어라. 갓을 넣으면 좋지만 없어도 상관없다.

잊지 말아야 할 것이 찹쌀죽이니라. 귀찮아도 이걸 찰지게 쑤어서 넣어야 김치에 윤기가 나고 감칠맛이 도는 법이다. 이 무 좀 봐라. 사람 속이랑 무 속은 모른다던 니 시어미 말을 김치 담가 보니 알겠다. 겉은 야물어 보이는데 잘라 보면 바람만 잔뜩 든 것들이 태반이니, 사람도 그렇지 않더냐. … 김치 담그는 일 힘들지. 중노동이지. 그런데 1년에 한 번이면 해 볼 만하다.

살림 그거 우습게 봤더니, 아니더라. 사람을 살리는 일이더라. 쌀 한 톨 키워 내는 농부의 수고도 귀하지만, 가족 위해 따뜻한 밥상 차려 내는 손길은 백배 더욱 귀하더라. 재미도 있었다. 살림을 몰랐으면 인생의 재미를 절반밖에 모르고 갈 뻔했으니 얼마나 억울하냐. 생쌀에 서정抒情의 물기를 부어 밥을 짓는 것이 시인이라고 하더니, 내가 요즘 시 쓰듯 밥 짓는 재미로 산다."

*

아들, 며느리, 딸, 사위가 둘러앉아 배추에 양념을 치댄다. 거드는 손이 여럿이니 산처럼 쌓였던 60포기 배추가 반나절 만에 내려앉았다. 자식들이 벌겋게 양념을 뒤집어쓰는 동안 시아버지는 양은솥 가득 돼지목살을 삶으신다. 양파, 대파, 생강, 통마늘에 커피가루를 넣어 팔팔 육수를 끓이신다. 누린내 한 점 없이 꼬들꼬들 삶아진 고기가 희뿌연 김을 내뿜으며 접시에 담긴다. 노랗게 익은 배추에 목살 얹고 양념 얹어 싸 먹는 맛이 둘이 먹다 하나 죽어도 모르겠다. 얄미운 시누이도, 페미니스트 며느리도 양 볼이 미어터져라 먹는다.

"눈보라 몰아쳐도 끄떡없다. 지구가 꽁꽁 얼어붙어도 문제없다. 1년 농사 다 지었으니 오늘 죽어도 원이 없다."

시어머니가 아니고 시아버지 말씀이다.

내년부턴 김장하는 날을 가족 모임으로 하겠다는 시아버지의 통보에 영민한 며느리가 오른손을 번쩍 든다.

"그럼 명절 중 하나는 건너뛰는 거지요?"

시어머니가 거드신다.

"그럽시다. 설날은 각자 떡국 끓여 먹으며 알아서 쉽시다요."

바리바리 김치 통을 품에 안고 자동차에 오른다. 내년 추석에나 만나자며 신이 나서 손을 흔든다. 차창 너머 손자 손녀를 하염없이 바라보던 시아버지가 청천벽력 같은 말씀을 내리신다.

"내년엔 콩도 한번 해 볼란다. 메주 한번 쑤어 볼란다. 음식 맛은 역시 장맛 아니겠느냐."

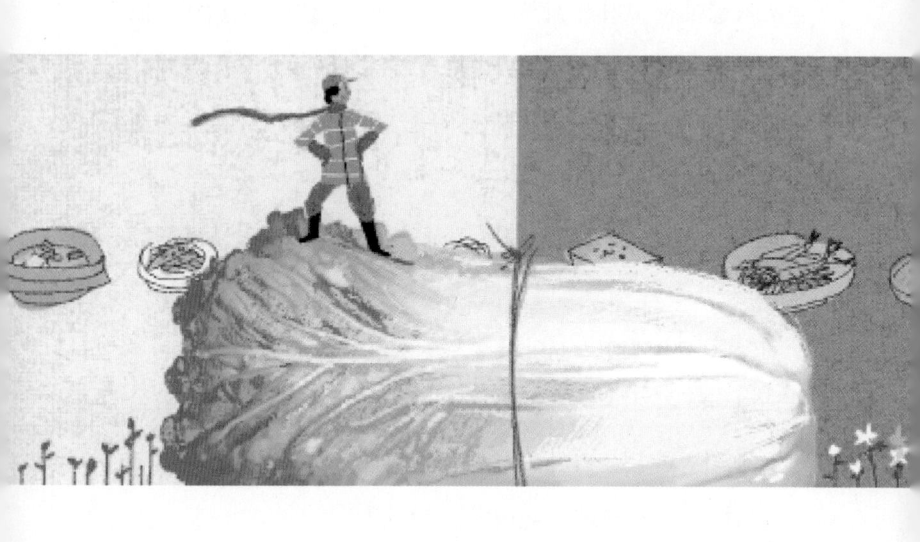

열두 살, 그들만의 씁쓸한 인생

"비 무지하게 온다. 꼭 내 마음 같다."

"비 올 때 하는 욕이 뭔지 아냐."

"글쎄."

"비와이씨~."

"……."

"비 오는 날 놀이터엔 어쩐 일이냐."

"미끄럼틀 지붕 밑이 내 아지트다. 학원 땡땡이 치고 숨어서 만화책 보는 비밀의 방이다."

"자기주도학습 하는 애들도 땡땡이 치냐."

"공부만 하면 뇌가 상한다."

"우리 엄마는 공부 안 하면 뇌가 마비된다던데."

"커피 마시면 난쟁이 된다고는 안 하대? 엄마를 믿느니 차라리 피카츄를 믿어라."

"오늘도 컴퓨터 앞에서 빈둥거린다고 등짝을 맞았다."

"눈이 튀어나오도록 게임한 모양이지."

"개콘 재방 보고, 최신 유머랑 수수께끼 수집했다. 내 꿈이 개그맨이다."

"엄마들은 창의성이 책에서만 나오는 줄 안다."

"우리 엄마가 얼마나 창의성이 없냐면, 식당 가면 무조건 '이 집에서 사람들이 제일 많이 먹는 걸로 주세요' 한다."

"우리 엄마는 마네킹이 입고 있는 옷을 그대로 벗겨서 가져온다."

"DNA에도 없는 창의성을 기르기 위해 내가 세 살 때부터 영재학교에 끌려다녔다면 믿겠냐?"

"그래서 네 머리가 한여름 쉰밥처럼 상한 거다."

"아주 무서운 영화를 봤다. 아이가 수학 문제를 못 풀고 쩔쩔매니까 엄마가 그 애 머리에 총을 겨눈다."

"탈레반. 총만 안 들었다 뿐이지, 우리 반에도 '탈레반 마더' 둔 아이가 수두룩하다더라."

"우리 엄마도 예외가 아니지. 틀린 문제 또 틀린 죄가 우리 집에선 최고 형량을 받는다."

"요즘은 정보력을 앞세운 'FBI 마더'를 만나야 대학 갈 수 있다더라."

"그래서 우리 엄마가 얼마 전부터 교회 다니기 시작했다. 알짜 사교육 정보가 성경 모임 뒤풀이에서 쏟아져 나온다더라."

"인생이 원래 그렇게 씁쓸한 거다. 아이러니한 거다."

"우리 옆집 살던 아저씨는 대한민국 교육이 미쳤다며 틈만 나면 욕하는 교수님인데 얼마 전 강남으로 이사 갔다. 하나밖에 없는 아들, 대학은 보내야 하지 않겠냐며 뒤도 안 돌아보고 갔다."

"우리 이모는 엄마 아빠 성姓 다 쓰는 페미니스트인데 딸이 1학년 때부터 지금까지 어머니회 회장을 놓친 적이 없다. 선생님 얼굴만 봐도 뭘 좋아하는지 리스트가 쫙 나온다고 우리 엄마한테 만날 자랑한다."

"그런 분들을 강남좌파라고 한다."

"십장생이 뭔지 아냐?"

"그것도 수수께끼냐?"

"십대에 장래의 꿈을 정하지 않으면 생애를 망친다는 뜻이다. 우리 아빠의 교육 신조다."

"그래서 너희 아빠는 너의 교육을 위해 뭘 하시는데?"

"내 책상 앞에 무수한 캐치프레이즈를 갖다 붙인다. '소년은 늙기 쉽고 배움은 이루기 어렵나니 아주 짧은 시간도 가벼이 여기지 말라'가 요즘 내 눈앞에 붙어 있는 표어다."

"탈레반이네."

"그래 봤자 아빠도 나처럼 엄마 밥이긴 마찬가지다. 어제는 엄마가 갖다 버리라는 음식물 쓰레기를 냉동실에 숨겨 뒀다가 천둥벼락을 맞았다."

"우리 아빠는 땅콩 껍질 마룻바닥에 흘리고 다닌다고 다섯 살 어린애처럼 혼이 난다. 18대 종손의 21세기가 여간 청승맞은 게 아니다."

"엄마는 우리 할머니가 아빠를 잘못 가르쳐서 저렇게 됐다고 하더라."

"너의 미래는 어떻게 될지 자못 궁금해진다."

"갈수록 여자들이 사나워져서 미국에선 남자들끼리 결혼한다는 말이 있다."

"나도 우리 반 여자애들이 무섭다."

"간혹 엄마가 안쓰럽긴 하다. 엄마가 웃는 모습을 최근엔 본 적이 별로 없다."

"철드나 보다. 포경수술 했냐?"

"엄마가 그러더라. 공부 안 하는 아들놈 때문에 자기가 빛의 속도로 늙고 있다고. 우울증 걸리기 일보직전이라고."

"그래서 인생은 희극이 아니라 비극이다."

"수학 못해도 성공할 수 있다는 걸 엄마한테 보여 주고 싶다."

"행복은 성적순이 아니란 걸 만방에 알리자."

"근데 너 세상에서 제일 요가 잘하는 사람 이름이 뭔지 아냐?"

"글쎄."

"깐다리 또꽈 안깐다리 골라꽈."

"……."

"세계에서 권투 제일 잘하는 나라는?"

"네팔? 팔이 네 개니까."

"칠레! 칠래? 칠레!"

세상의 모든 훈련병 엄마들을 위하여

안녕하십니까? 저는 이달 초 만 20세 아들을 대한민국 육군 현역으로 입대시킨 훈련병 모母, 김 아무개입니다. 눈만 뜨면 국방부 시계가 제대로 가는지 점검하는 것으로 하루를 시작하며, 26일 현재 전역까지 532일 하고도 9시간 14분 28초가 남았음을 확인하였습니다.

글은 쓸 줄 모르지만, 아들 입대를 앞두고 잠 못 이룰 어머니들께 작은 쓸모가 되고자 용기를 냈습니다. 입영 3주 차 훈병 모가 군대에 대해 뭘 알겠느냐고요? 내무반 계급이 짬밥 순이듯 엄마의 군 정보력도 아들 입대 순임을 곧 아시게 될 겁니다.

우선 연병장에서 거행하던 입소식은 코로나와 함께 사라졌습니다. 대신 드라이브 스루! 훈련소 앞에 사랑하는 아들을 택배 떨구듯 던지고 가셔야 합니다. 포옹, 악수 그런 거 없습니다. 부모는 차에서 한 발도 내릴 수 없습니다. 미리 작별 인사 안 하시면 백미러로 황망히 멀어져 가는 아들의 빡빡머리를 보며 통곡하게 될 겁니다.

미리 해야 할 또 하나의 것은, 입소 준비물 점검입니다. 알아서 다 챙겼다는 아들만 믿었다간 욕실에 그대로 남아 있는 올인원 샴푸를 발견할지도 모릅니다. 눈 나쁜 아들은 여벌 안경이 필요하고, 전자시계, 편지지와 우표, 자기 물건에 이름 쓸 네임펜도 필수입니다. 생활관에 코골이 대포 병사가 한둘은 꼭 있는 법. 귀마개는 꿀팁입니다.

입소 후 첫 일주일은 끝이 안 보이는 터널입니다. 철문 안으로 사라진 아들이 밥은 먹는지, 잠은 자는지, 올인원 샴푸가 없어 씻지도 못하는지 궁금해 죽을 지경이지만 알 길이 없습니다. 당장이라도 "엄마, 밥 줘" 하고 들어올 것 같은데 돌아보면 없습니다. 머리 냄새 찌든 아들의 베개를 끌어안고 날이 맑아서도 울고, 날이 흐려서도 웁니다. 제 2차 세계대전 나간 것도 아닌데 눈물이 줄줄 흐릅니다.

슬픔을 견뎌 내는 단 하나의 방법은 연대. 동병상련의 엄마 15만 명이 모인 '군화모' 카페를 아십니까. 게시판에는 '전선야곡'을 방불케 하는 사연들과 깨알 문답이 장관을 이룹니다. 병장 모들의 위엄과 여유는 왜 그리 멋지고 부럽던지요. 전문용어에도 익숙해져야 합니다. '통신보약'은 훈련병 아들이 걸어 주는 보약 같은 전화, '아말다말'은 '아프지 말고 다치지 말고'의

줄임말, '인편'은 온라인 위문편지를 뜻합니다. 며칠 전 경상도 아버님이 올린 인편이 큰 위로 되더군요.

어느덧 입영한 지 3주. 소총도 몸에 붙고 관물대 정리도 익숙해졌나? 군가도 크게 잘 부르고 이동 중에 발도 잘 맞추나? 아무 생각 없이 밥때만 기다리다 저녁에 눈 붙이고 아침에 눈뜨면 딱 10분 지난 것 같은 생활. 즉, 머리 쓸 일 전혀 없는 그 생활이 실은 젤 편한 휴가나 다름없다. 다시 못 올 시간, 원 없이 즐겨라. 아프지만 말고, 다치지만 말고.

그렇게 일주일을 견디면 아들의 첫 전화가 걸려옵니다. 하필 지하철에서 받아 "뭐라고?", "안 들려"만 외치다 끊겼지만 살아 있다는 안도감에 가슴을 쓸어내렸지요. 통신보약은 보통 주말에 걸려 오고, 02 또는 070으로 뜹니다. 006 같은 국제전화는 보이스피싱일 수 있으니 거르시고, 첫 통화는 꼭 녹음하세요. 간혹 내 아들만 전화 안 온다는 분들 있는데, 휴대전화에 콜렉트콜이 차단돼 있는지 확인해야 합니다. 그도 아니면 여친에게 금쪽같은 3분 다 바쳤을 가능성 큽니다.

'더캠프'란 앱도 요긴합니다. 군복 입은 아들의 훈련 사진이 올라오고, 위문편지도 보낼 수 있습니다. 수백의 병사들 속에서도 내 아들 머리통은 3초 만에 보이니 신통방통하지요? 마침내 소포에 실려 온 아들의 옷과 '잘 먹고 잘 자니 걱정 마시라'는 군기 꽉 잡힌 편지를 읽으면, 하필 분단된 나라에 태어나게 한 미안함과 대견함이 교차해 폭풍 눈물이 터집니다. 군화모들을 울린 어느 연대장의 편지가 있습니다.

> 훈련병들은 무엇으로도 대신할 수 없는 소중한 존재라는 것을 부대 지휘관이기 전에 자식 둔 부모로서 잘 알고 있습니다. 우리 훈련병들을 아들처럼 생각하며 건강한 모습으로 수료할 수 있도록 최선을 다하겠습니다.

호화 급식은 바라지도 않습니다. 소 지나간 흔적만 있다는 '황소도강탕'이어도 좋습니다. 다만 아버지 같은 소대장, 형 같은 선임병 만나 조국의 부르심에 꽃 같은 자유를 헌납한 자신이 얼마나 강하고 멋진 남자인지 자랑스러워할 수 있게만 해 주세요. 헬조선 아니고 '꿀조선' 지키는 자부심 갖도록 멋진 정치 해 주세요. 엄마가 할 수 있는 거라곤 그저 기도뿐. 18개월 뒤 무사히 품에 안기만을 빌며, 오늘도 군화모들은 가슴에 납덩이를 안은 채 만 보를 걷습니다. 충성!

어느 시어머니의 주례사

안녕하십니까. 저는 신랑 김보통 군의 어머니 나목자라고 합니다. 꽃구경 가기 딱 좋은 계절에 귀한 시간 쪼개어 이 자리에 와 주신 하객 여러분께 큰절을 올립니다. 더불어 신부 최으뜸 양을 서른두 해 멋진 커리어우먼으로 길러 주신 사돈 내외분의 열정과 노고에 경의를 표합니다.

주제넘게도 제가 오늘 단상에 오른 것은, 요즘 트렌드가 주례 선생을 따로 모시지 않고 양가 혼주가 축사를 하는 것으로 바뀐 시대의 요청에 부응하기 위함이요, MBTI가 '왕소심형'인 제 남편 김삼식 님이 혼사를 무르면 물렀지 죽었다 깨도 축사는 못 한다 우기는 통에, 나이 먹어 느는 건 뱃살이요, 맷집일 뿐인 제가 용기를 내 본 것입니다.

가방끈 짧고, 글이라고는 학창 시절 반성문 써 본 게 전부라 곳곳이 지뢰밭일 터이나, 적당히 헤아려 들어 주시면 고맙겠습니다. 더러 타 부모님들 주례사를 베낀 부분도 있으니 용서를 구합니다. 그럼 시작하겠습니다.

*

으뜸아, 이제부터 내 아들 김보통은 공식적으로 너의 것이다. 중딩 때부터 누나, 동생 하며 십수 년을 보아온 사이이니 안팎으로 품질 검증은 마쳤으리라 본다. 김연아의 고우림만큼은 아니어도 세 살 연하면 복이 넝쿨째 굴러들어온 것 아니더냐. 혹시 살다가 하자가 있더라도 중고라서 반품은 어려우니, 한 살이라도 더 먹은 네가 잘 닦고 조이고 수리하여 사용하길 바란다.

너 역시 시진핑의 '시' 자만 들어도 경기를 일으키고, 시금치, 시래기, 시오야끼는 입에도 안 대는 MZ세대 며느리이겠지만, 그런 걱정은 안 해도 되겠다. 친정은 한 번이라도 더 가고 시댁은 웬만한 일 아니면 오지 말아라. 1년에 다섯 번 조상님 제사 치르다 고관절 내려앉은 내가 시어머님 운명하시자마자 내린 결단이니 빈말이 아니다. 정 와야겠다면 시어미 손에 물 묻힐 생각 말고 너희 먹을 건 알아서 사오너라. 당일치기로 오되 해지기 전에 올라가라. 생일에도 올 필요 없다. 너희 시아버지 계좌번호를 찍어줄 터이니 용돈이나 두둑이 입금해라. 아들보다 연봉 높은 며느리 덕에 그 양반 평생소원인 캠핑카라도 사게 될지 누가 아느냐.

혹 2세를 낳을 계획이거든 가사 육아 분담은 걱정 안 해도 되겠다. 라면 하나 못 끓이는 제 아버지 전철을 밟을라, 내 아들은 초딩 때부터 붙잡고 가르친 덕에 돌판 위에서도 달걀말이를 똑 떨어지게 부칠 줄 안다. 차돌박이 넣고 끓이는 김보통표 청국장은 백종원도 울고 갈 맛이다. 결국 너 좋은 일만 시킨 셈이다.

일은 절대 놓지 말거라. 여자의 말발은 경제력에서 나오는 법. 그렇다고 유리천장까지 뚫으란 소리는 아니다. 그저 얇고 길게 가는 게 워라밸엔 최고다.

아, 너는 시금치가 싫겠지만 우리 아들은 시금치바나나 주스를 제일 좋아한다. 뽀빠이라고 들어 봤지. 내 아들만 튼실해지는 게 아니라 너의 밤도 행복해질 것이다. 진짜다.

*

내 아들 보통아, 드디어 널 떠나보낼 때가 됐구나. 훌쩍~ 눈물 아니고 콧물이다. 남자가 결혼해 행복하게 오래 사는 길은 보증 서지 않고 주식 하지 않고 담배 피우지 않는 것이다. 술을 먹어도 열두 시 전에는 반드시 귀가해라. 자신의 과오를 나이 육십에 깨닫고 땅을 치는 너희 아버지 절규이니 믿어도 좋다.

누가 시키지 않아도 우리 아들은 밥도 하고 설거지도 하고 청소 및 분리수거도 하겠지만, 허리는 각별히 조심해야 한다. 퇴근해 집안일 도맡아 하다가 허리 나간 내 친구 아들들 여럿 봤다. 사랑은 그저 퍼 주는 게 아니라 받기도 하는 것. 골병들면 너만

손해다.

가까운 미래에 하늘이 점지할 귀한 선물은 사돈댁에 드려도 우리는 섭섭해하지 않겠다. 아들도 갖다 바쳤는데 그깟 손주가 대수랴. 다만, 자식은 막 키우는 게 정답이다. 너의 경우에서도 증명되었듯, 자식은 절대 부모 뜻대로 자라지 않는다.

삶이 서러우면 전방으로 끌려가던 군용 열차 안에서 차디찬 도시락을 눈물에 말아 먹던 날을 기억하라. 허리까지 쌓인 눈 치워가며 철책선을 지키던 혹한의 밤들을 소환하라. 설움과 흔들림의 나날들을 바위처럼 지켜낸 너희들의 우정과 연대를 나라가 줬다 뺏은 가산점에 비할쏘냐.

바닷가 모래알처럼 수많은 사람 중에 두 남녀가 만난 건 우주의 기운이 아니면 불가했을 일. 모쪼록 시련이 닥칠 때 손 꼭 잡고 서로의 편이 되어 주거라. 사랑보다 믿음을 귀히 여겨라. 모든 걸음을 함께 걸으며 세상 풍파와 싸워 이겨라.

부러우면 진다는데, 오늘 너희는 참으로 아름답구나. 알콩달콩 깨가 쏟아지도록 백년해락 하되, 남는 참깨는 택배로 보내 주기 바란다. 중국산 말고 국산으로.

사랑하고 축복한다.

끝!

가을날, 올갱이국을 끓이며

남편 보내고 삼 년째 서울 큰아들네로 역귀성하는 미자 씨는 전쟁 같은 명절을 치르고 귀환한다. 둘째 며늘애가 성균관인가 의금부에서 전煎 금지령을 내렸다고 협박하거나 말거나 생전 남편이 즐기던 육전, 고추전에 깨 송편까지 악착같이 빚어서는 한 상 거룩하게 차린 뒤 바람처럼 내려온 길이다. 지가 박사면 다여? 전 굽기가 무섭게 볼때기가 미어터져라 집어먹던 게 누군디, 송편도 솔잎까지 싹싹 훑어서 봉지봉지 싸 가더라만.

띠띠띠띠, 차르륵! 4개의 숫자를 눌러 현관문이 단박에 열리자 미자 씨 얼굴이 환해진다. 소학교만 나왔어도 숫자와 셈에 밝은 그녀다. 자식들 전화번호는 물론이고 잔돈 10원까지 계산해 받아 내는 걸 보면 아직 치매는 아닌 거다.

현관 앞에 쌓인 신문을 탁탁 털며 집으로 들어선다. 나흘을 굶겼다고 있는 힘 다해 어항을 뛰쳐나온 열대어 네댓 마리가 장판에 사지를 처박고 말라붙었다. 내가 이래서 집을 비우면 안 돼야. 불쌍해서 어쩌누. 창문을 있는 대로 열어젖혀 퀴퀴한 공기를 몰아낸다. 베란다 너머 단골 미장원과 정육점, 놀이터 평상에 고추 널고 수다 떠는 얼굴들을 보니 반갑다. 콧구멍만 해도 내 집이 최고지, 꽃대궐을 준대도 서울선 안 살지.

냉동실에 꽝꽝 얼려 놓은 올갱이를 꺼낸다. 올갱이국이면 사족을 못 쓰는 막내가 내일 온다고 했다. 지 아버지 세상 뜨고 가족 모임엔 발길을 끊었더랬다. 결혼 소리 듣기 싫고, 진흙탕 개싸움인 정치판을 두고 시시비비하는 언니 오빠들도 진절머리 난다고 했다. 나이 서른에 변변한 직장 없이 알바로 떠도는 제 처지도 한심했겠지. 어울렁더울렁 무난하게 살면 될 것을, 누굴 닮아 저리도 뾰족한고.

올갱이국 끓여 놓은 줄 알면 잔소리가 또 쏟아질 터였다. 만드는 법 알려 줬더니 차라리 사 먹자며 혀를 내둘렀었다. 손이 많이 가긴 했다. 오거리시장까지 나가 올갱이를 사 와서는 꺼먹물이 다 빠지도록 문질러 닦고 헹구기를 반복해야 한다. 손질한 올갱이를 된장 푼 물에 넣고 껍질째 삶은 뒤 바늘로 살만 쏙쏙 빼내야 하는데, 꼬다리에 붙은 똥을 떼지 않으면 국물 맛이 쓰다. 올갱이살은 부침가루 굴려 달걀물을 입혀두었다가, 아욱, 부추, 대파를 넣고 팔팔 끓인 국물에 투척하면 꽃처럼 피어오른다. 처음엔 숟가락 깨작이며 의심하던 사위들도 한번 맛들인 뒤로는 올갱이

해장국집만 찾아다닌다고 했다.

전화벨이 울린다. 눈에 넣어도 안 아픈 장손이다. 왜 새벽같이 내려가셨느냐고 툴툴댄다. 중간고사가 코앞이라 명절에도 돌덩이 같은 책가방을 메고 나가던 손자였다. 인생에 도움 되는 과목이 얼마나 된다고…. 잠 쫓는 각성제를 달고 산다고 며늘애는 한걱정을 했다. 실력 없는 선생일수록 우주의 풀리지 않는 난제 수준으로 시험을 내서 성적표 받고 자해하는 애들이 수두룩하단다. 망할 놈의 교육.

호박잎 찌고 강된장 지져 한술 뜬다. 꿀맛이다. 서울 사람들처럼 딱딱한 빵 쪼가리를 입에 물고 사니 역병이 도는 거다. TV를 켠다. 명절 내내 남의 나라 여왕 죽은 얘기만 하더니 이젠 대통령이 무슨 욕지거리를 했다고 시끌시끌하다. 문제는 욕이 아니라 국민 가슴에 뿌리내리지 못한 미더움의 두께인 것을. 곧 닥쳐올 추위에 서민들 등 따시고 배부르게만 해주면 그보다 더한 흉인들 대수겠는가. 우리는 언제쯤 백성의 안위를 제 영달보다 귀히 받드는 나랏님을 만날까.

그나저나 태풍에 고구마밭이 잠겨서 새벽 댓바람에 나서야 한다. 폭우로 참깨 농사가 반타작이더니 심으면 절로 크는 고구마마저 낭패라 1년 내 고쟁이에 황토물 들도록 농사지은 보람이 없다. 오남매가 번차로 거들어 주면 훨씬 수월할 것을, 때 되면 택배로 받아먹을 줄만 알지 '허리 아프면 걷기 운동 하세요~' 하고 문자만 날리니, 명랑방창한 하늘 아래 우라질 소리가 절로 난다. 제 어미는 천날 만날 무쇠 팔다리로 사는 줄 알까.

일찌감치 이부자리를 편다. 어둠 속에서 가만가만 왼쪽 가슴을 어루만진다. 그곳엔 두 개의 심장이 뛴다. 팔십 년을 쉼 없이 뛰다 지쳐 버린 심장과 그 대신 뛰어 주라고 의사 양반이 달아 준 박동기. 이 기계가 멈추면 이승과도 작별이겠지. 먼 나라 여왕의 장례는 융숭하게도 치러 주더구먼, 날 위해서는 누가 울어 주나. 마지막 날까지 흙과 씨름하다 구수한 서리태 콩밥 한 그릇, 물에 말아먹고 잠자듯 떠날 수만 있다면 소원이 없거늘. 나 죽거든 명절을 막살하든가 말든가, 제삿밥을 올리든가 말든가, 평생 일만 하다 죽은 이 촌부는 노래 고운 한 마리 새 되어 우리 손주들 가는 길마다 날아다니며 눈동자처럼 지켜 주리라.

마지막 김장김치를 부치고

들녘이 단풍으로 요란하더니, 밤새 내린 비에 가을이 졌다.

택배는 받았느냐. 김칫국물 흐르지 말라고 겹겹이 싸맨 것인데 짐꾼들 우악스러운 손길에 터지지 않았나 걱정이다. 까만 봉지에 든 건 참깨와 홍고추고, 신문지에 둘둘 만 건 시래기다. 포일에 감은 건 담북장인데 팔팔 끓여 고추장, 들기름 한 순갈씩 넣고 비벼먹으면 도망간 입맛이 돌아올 게다.

다만 올해 김장 맛은 신통치 않구나. 혀가 무뎌져 짠지 싱거운지 도통 분간할 수가 없으니. 그래도 죽죽 찢어 갓 지은 밥에 얹으면 내 손주들이 먹어 주려나. 생굴 넣은 김치는 고생하는 어멈들 위해 따로 담근 것이니 늙은이 정성이라 여기고 맛나게 먹어 다오.

각설하고, 일전에 너희 시아버지 호통은 마음에 담지 말거라.

말은 그리 뎃정머리 없이 해도 속은 순두부처럼 무른 양반이다. 다시는 보지 말자 큰소리쳐 놓고는 성탄절에 손주들 뭘 사서 부칠까 궁리하느라 읍내 문방구 문턱이 닳는다. 상속 운운한 것은, 서울 집값은 자고 일어나면 열 배 스무 배로 뛰는데 시골 집값은 떨어지지 않으면 다행이니 부아가 나 저런다.

세상은 좀 수상하더냐. 스무 해, 서른 해를 길렀어도 종시 마음 놓이지 않는 게 자식이요, 가슴이 솥바닥처럼 그슬리는 게 어미라 잠이 오질 않는구나. 전쟁도 겪고 IMF도 겪었으나, 혼돈 시절엔 그저 좌우로 기울지 않고 제 본분 다하는 것이 최고였다. 사람 사귀는 일도 소금쟁이 풍금 건반 짚듯 해야 한다. 할 줄 아는 게 남 탓이요 조롱인 자, 나만 옳다고 종주먹 을러대는 자들은 멀리할지니. 행여 풍파가 닥치더라도 몸만 성하면 쓴다. 달팽이가 바다를 건넌다고, 천천히 가면 뭐 어떠냐. 고까짓 돈 잠시 없으면 또 어떠냐. 중한 건 언제나 사랑이었다. 따뜻한 손, 다정한 말, 향기로운 입김과 눈길이 벼랑 끝에 선 사람을 살리는 법이다.

*

내 배로 낳은 아들들이나 너희 눈엔 밉기도 할 테지. 복부 가르는 수술을 하고도 내가 움직이지 않으면 굶게 생긴 남편과 자식 밥해 먹인다고 아픈 배 움켜쥐고 부엌으로 나갔으니, 그렇듯 나약하게 키워서는 안 되는 것이었다.

단점도 어디 한둘이랴. 큰애는 고지식한 책상물림이라 입만 열면 속 터지는 소리요, 둘째는 콧물만 찔끔 나와도 나 살려라 엄살떠는 게 다섯 살 때부터이니라. 셋째는 물샐틈없는 구두쇠이나 약빠른 고양이 밤눈 어둡다고 실속이라곤 없느니. 그래도 너희 시아버지처럼 한눈파는 데 없으니 미쁘지 아니한가.

세상에 별 남자 없다. 천하의 신성일도 흙으로 돌아간다. 꽃도 반만 핀 것이 곱다고, 모자란 듯 빈 데가 있어야 이쁜 법. 자식은 떠나도 서방은 남아 등을 긁어 주느니, 목석같은 여인과 한평생 살아준 저 사내가 고맙고 애틋해지니 이 무슨 조화인고.

*

아마도 내 생애 마지막 김장이 될 듯하다. 걸핏하면 전신에 모닥불을 퍼붓는 듯하고 가슴은 바짝바짝 조여 오니 정신이 다 몽롱하다. 어젯밤엔 나 열일곱에 돌아가신 어머니가 어른거리니 꿈인가 생시인가. 병약한 맏딸이 열 감기 걸리면 밤새 머리 짚어 주시다 광에서 가져와 깎아 주시던 무는 어찌나 달고 맛있던지.

함박눈 내린 날 동생들과 눈사람 굴리던 기억도 나는구나. 숯덩이로 눈썹을 박고 버선 모자 씌워주면 둥글둥글 귀여우면서도, 손 없고 발이 없어 어디 도망도 못 가고 밤새 찬 마당에 서 있던 눈사람이 가엾기만 하더니, 대식구 섬기느라 마실 한번 맘 편히 가보지 못한 내 신세가 꼭 그와 같구나.

꽃가마 타고 시집오던 날에도 눈보라가 쳤던가. 소금으로 국을 끓여도 맛나던 시절. 저 눈이 쌀이라면 얼마나 좋을까 하던 날도 있었다. 팔자 도망은 못 한다고 뛰쳐나가고 싶은 적 왜 없을까만 어디 갈 데가 있어야지. 한 줄기 햇살에 한 줌 물로 사라지는 눈사람처럼 이승과 영영 작별하면, 한 마리 새로 날아올라 지구 끝까지 가 보고 싶구나.

*

고맙고 미안했다. 부처님 가운데 토막은 못 되어도 며느리들한테 모질었다 소리 안 들으려 애는 썼느니. 섭섭한 것 있더라도 많이 배운 너희가 품어 다오. 나 죽으면 막대 잃은 장님 될 그 양반이 걱정일 뿐, 후회는 없다. 내 비록 까막눈이나 온종일 허리 구부려 일하며 이마에 흐르는 붉은 땀을 먹고 살았다. 춤 잘 춘다고 훈장은 줘도 평생 소처럼 일만 하고 산 여인에게 주는 상은 없으니, 못 배워서인가. 하여, 나 죽거든 묘비에 한 줄 새겨 다오.

'잘 살았다, 잘 견디었다.'

그것으로 나는 족하니.

7장

천국에서 먹은 32만 원짜리 바나나

인천공항에 가서 비행기가 뜨고 내려앉는 것을 온종일 보다가 돌아오는 것이 취미라는 사람을 알고 있습니다. 일상과 현실에 매여 마음대로 떠날 수는 없지만 비행기를 타고 국경을 벗어나 미지의 세계로 자유롭게 떠난다는 상상을 하는 것만으로도 설레고 행복해서일 겁니다. 〈줌마병법〉에도 여행을 갔다가 쓴 글이 많습니다. 집과 회사, 일상을 떠나 다른 세계에 들어가면 태어나 처음 보는 풍경, 새롭게 떠오르는 생각과 영감들이 넘쳐서일 겁니다.

여행서의 바이블로 꼽히는 〈나는 걷는다〉의 저자 베르나르 올리비에를 제주에서 만난 적이 있습니다. 나이 육십. 침몰하는 배처럼 세상에 쓸모없는 존재가 되었다는 자괴감에 자살까지 시도했던 그는 실크로드 1만 2천 km를 두 발로 걸으며 살아야 할 이유를 되찾았지요. 그에게 "낯선 길을 혼자 걷는 것이 두렵지 않나요?"라고 묻자 올리비에가 답합니다. "나는 혼자였던 적이 별로 없습니다. 길 위엔 언제나 친구들이 있었죠. 4년간 걸으며 사귄 사람들이 1만 5천 명은 될 걸요?"

낯선 곳으로의 여행은 그래서 좋습니다. 아주 멀리가 아니라도 집을 떠난다는 그 자체로 새로운 자극과 에너지가 되니까요. 후지와라 신야는 일본 청년들의 '구루(guru, 스승)'로 존경받는 여행가이자 사진작가인데, 그가 인터뷰할 때 해 준 충고가 잊히지 않습니다. "한 길로, 같은 길로만 다니지 마세요. 출근할 때 버스를 탔다면 퇴근할 땐 지하철을 타고, 지하철을 탈 때도 한쪽만 고집하지 말고 반대편 창가에도 서 보세요. 전혀 다른 풍경, 다른 생각을 떠올리게 될 겁니다." 제가 대중교통을 좋아하는 이유입니다. 물론 운전도 못 하지만요.

소망식당, 4000원의 행복

한강 철교를 지난 열차가 영등포를 지나 남쪽으로 내달렸다. 꽝꽝 얼어붙은 하늘이 시리도록 파랬다. 도시의 속살은 낡고 추레했다. TV에선 스토킹 살해범에 관한 뉴스가 흘러나왔다. 들녘에 쌓인 잔설을 보다 깜박 졸았다 싶더니, 어느새 열차가 대전역으로 들어서고 있었다. 이곳에 마지막으로 내린 게 언제였던가.

그날 사람들은 대합실 TV 앞에 모여 있었다. 뒤통수에 '구루프'를 달고 출근한 재판관은 작지만 또렷한 목소리로 선고문을 낭독했었다. 피청구인 대통령 박근혜를 파면한다 …. 환호와 탄식이 엇갈리며 아수라장 된 5년 전 대합실은, 한산하기 이를 데 없었다.

*

한 통의 편지 때문이었다. 지난가을, 행운의 클로버 잎 두 장이 동봉된 편지가 배달됐다. 발신지가 대전 중구 대흥동의 작은 식당이었다. 1945년생 주인장은 장사를 끝낸 뒤 젖은 손을 마른 행주에 꾹꾹 눌러 닦고 식탁에 조선일보를 펼쳐 놓은 채 이 글을 쓰고 있노라 했다. 신문은 10년 전 두 내외가 식당을 개업하며 구독하기 시작했단다. 배우는 게 너무 많아 '신문은 선생님'이 됐다고 했다.

코로나로 저녁 장사를 접은 지 오래였다. 그날 매상이 1만 6천 원이었다고 썼다. 훤한 대낮에 가게 문 닫으며 헛헛하기 짝이 없는 마음을 눈물·콧물에 웃음소리 왁자한 당신 글이 달래준다고 했다. '까짓 장사가 좀 안 되면 워뗘, 내가 굶어 죽냐, 내일이 있잖여 내일이'라고 외쳤다고도 했다. 그날로 답장을 쓴다는 것이 어영부영 해를 넘긴 탓에, 무작정 대전으로 나선 길이었다.

*

대흥동은 90년대만 해도 대전역을 중심으로 번창한 상권이었다. 도청이 이사간 뒤 쇠락했다가 젊은 예술가들이 원도심을 재생한다며 카페, 갤러리, 소극장을 열어 잠시 반짝하더니, 임대료가 치솟자 다들 썰물처럼 떠나갔다. 감염병까지 덮쳐 더욱 스산한 거리에, '소망식당'이라고 쓴 간판이 보였다. 문을 열고 들어서니 손님도 둘, 주인도 둘이다. 연탄난로에선 보리차가 끓고, 빈 테이블엔 조선일보가 놓여 있었다. 하루 장사가 끝나면 주인장의 낙이 되어 줄 참이었다.

메뉴는 우거지국 한 가지. 배추겉절이와 깍두기가 함께 나왔다. 선지가 듬뿍 들어간 우거지국은 담백하고 고소했다. 주인 할머니는 여자 손님과 이야기꽃을 피웠다. 보문산 오른 얘기를 나누는 듯했다. 편지에 동봉한 네잎 클로버도 보문산 둘레길을 걸을 때 발견한 것이라고 썼다.

아직 식사할 수 있지요? 한 청년이 숨을 몰아쉬며 들어섰다. 우거지국에 밥을 말아 뚝딱 비운 남자는 밥도 맛있지만 식당이 예뻐서 단골이 됐다고 했다. 그러고 보니 흰 벽에 연필로, 물감으로 그린 그림들이 보였다. 신윤복 풍속화부터 최민식 사진까지 고금을 넘나든다. 꿈이 화가였던 할아버지가 신문에서 찾은 그림과 사진을 오려놨다가 열심히 모사해 완성한 '역작'이었다.

4천 원. 여름에만 파는 냉콩국수와 보리밥도 4천 원이란다. 이렇게 팔면 남는 게 없지 않냐고 묻자, 두 노인이 먹으면 얼마나 먹겠냐며 웃는다. 값을 치른 뒤, 실은 편지를 받은 김 아무개라고 하자 주인 내외의 눈이 휘둥그레졌다. 아니, 어떻게 여기까지 …. 편지는 노부부가 함께 쓴 것이라고 했다. 할머니가 말하면 할아버지가 살을 붙여 적었단다. 밥은 굶어도 신문은 꼭 읽는다고 했다. 신문에 실린 사진과 달라 못 알아봤다고, 할아버지가 겸연쩍게 웃었다.

1시 반. 문 닫을 시간인데 연로한 손님이 오셨다. 동네 최고 어르신인데, 거의 매일 부부가 점심을 대접한단다. 후식으로 믹스 커피를 탔다. 세 노인이 커피잔을 부딪치며 외쳤다. 건강하세요! 떠날 채비를 하니, 할머니가 비닐봉지에 겉절이를 담는다. 이것밖에 줄 게 없어서 …. 안 된다고 해도 막무가내다. 여름에 냉콩국수 드시러 오라며 할머니가 작은 손을 흔들었다.

*

다시 대전역. 코로나에도 어김없이 설은 오고, 노부부의 단골인 역전시장엔 왕대하와 미더덕과 꽃게가 넘쳐날 것이다. 대추·고사리·시금치·호박고지·무말랭이며, 김 모락모락 나는 두부와 동태포를 떠서 검은 봉지에 바리바리 싸서 돌아가는 여인들로 북적이리라.

대전역 가는 방향을 일러주러 따라나온 할아버지에게 새해 소망을 물었다. 작년, 작년에 작년 것이 금년의 소망이지요. 그것은 김광섭의 시에도 있어요. 시시하지요? '비가 멎기를 기다려/바람이 자기를 기다려/해를 보는 거예요'로 시작하는 김광섭의 〈소망〉은 '젊어서 크던 희망이 줄어서/착실하게 작은 소망이 되는 것이/고이 늙는 법이예요'로 끝난다.

광장에 눈발이 날리기 시작했다.

서귀포 '애순이네 민박'에 놀러 옵소예

인터뷰예? 내 무슨 성공한 위인이라고 신문에 나마시? 꽃아 주망 넘치는 세상에 쭈그렁 할망이 얼굴 디밀고 나오민 남덜이 우습니다게.

나이 육십에 잘하는 게 영 없지는 안 허우다. 누구엔 내가 만든 반찬이 서귀포서 다섯 손꾸락에 꼽을 만큼 맛 좋수덴 헙디다. 누구엔 유채 된장무침이 맛 좋덴 허고예, 누구엔 꽈리고추에 볶은 멸치가 최고엔 허고예. 소설 쓰는 조 모 선생은 내가 쑨 전복죽을 한 입만 맛보고 뿅 가 버렸덴 헙디다. 비법이 따로 있수과? 음식이란 게 호꼼만 신경 쓰민 맛 좋덴 허고, 건성건성 만들민 맛 꽝인 거라예.

*

서귀포 시장 모퉁이에 민박民泊을 차린 건 올레길 생기고 나서

였수다. 장사 수완이 없진 안 허난, 시장통에서 김치 담가 팔고 참기름 짜서 팔 땐 짭짤허니 돈도 벌었주게예. 타고나기를 동네 방네 발발거리고 돌아댕기는 억척 중에 억척인디, 우리 집 아방이 저세상으로 간 후로는 눈 귀가 왁왁허고 마음이 헛헛하니 아무 일도 하기 싫수다.

듬직한 사내였주예. 맞선 자리에 차이나칼라를 딱 세우고 가죽잠바 입엉 나왓인디, 이 사내랑 살다 보민 숨겨 논 여자랑 자식이 나타나지 않것나 겁날 만큼 반반헙디다. 몸이 부실했던 것 빼곤 내가 알도록 바람 핀 일 없고, 정스럽진 안 허여도 신용 있던 사내라 그립고 그리우난, 그래도 밤낮 울고만 있을 수 없으니 소일삼아 민박을 차렸주게.

돈 벌 생각 안 허영 여자 손님만 받기로 하였더니, 볼품없는 이 집에 짝 없는 골드미쓰부터 다 늙언 여인들까지 귀신겉이 알고 찾아옵디다. 못 걸어 죽은 귀신이 붙어신지 올레길이 뭐 좋다고 천지 사방에서 몰려옵디다. 하나같이 죽을상으로 왔다가는 올레길 걷고 나민 완전 딴사람 되엉 올라갑디다.

*

시어멍 등쌀에 못살겠다며 씩씩대고 온 여인이 있었수다. 얼굴은 곱들락하고 날씬헌디 성질은 어찌 그리 괴팍시럽던지. 첫날은 시어멍 목소리 안 들으난 날아갈 것 같다고 호들갑을 떱디다만, 사나흘 올레길을 걷고 돌아오난 엉뚱헌 소리를 합디다게. 혼자 타박타박 걸어가는디 무섭고 쓸쓸했덴허멍. 모퉁이를 도니, 마침 저만치 혼자 가는 사람이 보영 '같이 가게!' 하면서 따라잡았덴마씀. 그 사람 맥없이 돌아보멍 '혼자 걷고 싶우다' 하더렌예. 순간 굉장히 외로워지난, 느닷없이 시어멍 째지는 목소리가 그립더렌 했마씀. 영영 안 보고 살아시민 허던 시어멍이랑 이 길을 함께 걸으면서 고부간 오순도순 이야기를 나누민 재미지겄다 싶더렌예.

남편과 이혼을 작심하고 온 여자도 있었수다. 기생 30년에 점쟁이 된다고, 첫눈에도 슬픔이 가득한 여인이라 혼자 참허게 있으라고 다락방에 올려 보냈지예. 며칠 걷고 또 걷더니 낯빛이 영 좋아졌길래 저녁상에 옥돔을 맛나게 구워서 딸헌티 해 주듯 가시 발라 밥 위에 얹어 줬더니 이 여자 눈물을 뚝뚝 흘리멍, 친정어멍이 자기 두 살 때 돌아가셔서 지금껏 이런 정을 받아 본 적이 없서난, 느닷없이 날더러 친정 어멍 해 주면 안 되겠느냐 헙디다. 나중에 소식을 전해 왓인디, 헤어질 때 헤어지더라도 사랑 한번 벼락같이 퍼부어 준 뒤 미련없이 돌아서겠다 헙디다.

사고로 자식 잃고 올레길을 눈물로 걷던 재벌집 마나님도 기억남수다. 돈이 많으면 뭐 하나, 속 썩이고 바보천치여도 살아만 있어 주면 그게 행복이우다. 자식은 그저 고생시키면서 키웁서. 그래야 실허게 큽니다.

*

근디 우리 집 밤 풍경이 아주 재미있수다. 생판 모르는 여인들이 모여 통닭 한 마리 부르고 한라산 소주 곁들이면 왁자하니 이야기판이 벌어집주게. 저마다 애끗은 사연 내 것인 양 맞장구치고 추임새 넣어 주며 웃다가 울어엔 굿판이 따로 없지예. 스트레스 날아가고 가슴속 울화병도 저만치 도망가 부러마씀. 여자들 헛바람이 들었다고예? 창살 없는 감옥서 식구들 뒷바라지허다 한 번쯤 오지게 바람 쐬는 거 흉이 아니우다. 사는 거 뭐 있수과? 마음에 점 하나씩 찍고 사는 것이지. 해녀海女들 사랑노래 들어 봅서게.

'느~영 나~영 두리둥실 놀고요, 낮에 낮에나 밤에 밤에나 참 사랑이로구나, 아침에 우는 새는 배가 고파 울고요, 저녁에 우는 새는 님 그리워 운다, 하모니카 불거든 님 온 줄 알고요, 종달새 울거든 봄 온 줄 알아요 ….'

우리 집에 오고 싶우꽈? 목소리도 호탕한 게 북극서도 냉장고 팔 아주망인디 뭔 근심이 있수과? 시장통에 있으니 기대는 맙서. 바다도 안 보이고 방은 호꼴락 콧구멍만 허우다. 행복허냐고예? 못난 내 이름 애순이를 따서 민박도 차리고, 별별 손님들 덕에 울퉁불퉁허던 내 성질 햇살처럼 펴졌으니 행복허우다. 사랑하고 미워할 때가 좋지예. 살아 있을 때가 좋고말고예. 행여 제주에 오거들랑 다 잊어불고 놀당들 갑서양. 펜안하게 쉬당 갑서양.

비엔나에서 온 편지

다들 잘 있는지. 네 아버지는 어찌 지내는지. 늦바람 나 혼자 여행 간 마누라에 대한 노여움, 지금쯤 풀렸는지.

비엔나엔 무사히 도착했다. 두려움과 불안, 그러나 행복감 충만한 여정이었다. 이 나이에 영어 한마디 못하면서 덜컥 비행기에 올라탔으니 나도 참 당돌하지? 옆자리 남자가 대포처럼 코를 곤 것 말고는 기내식도 먹을 만했고, 좁은 좌석도 그럭저럭 견딜 만했다.

입국 심사할 때 제일 떨렸지. 네가 적어 준 예상 문제와 답을 수백 번 외웠는데도 게슈타포처럼 두 눈 부릅뜬 남자 앞에 서니 머릿속이 하얘지더구나. 그 남자가 "Where are you from?(어디서 왔니?)" 하고 물었는데, 내가 뭐랬는 줄 아니? "I am fine thank you, and you?(덕분에 잘 지내요. 당신은요?)"

*

호텔은 다뉴브강 변에 있는, 작지만 아늑한 곳이다. 〈꾸뻬 씨의 행복 여행〉을 흉내 내자면, '행복이란 오늘 아침 반찬으로 뭘 해 먹어야 할지 걱정하지 않아도 되는 것'. 남이 다 만들어 놓은 음식을 접시에 담아 먹기만 하면 되니 여기가 천국.

첫날엔 현지 가이드를 따라 쇤브룬 궁전에 갔다. 이곳에 살았던 왕비 중 엘리자베트란 여인이 있었는데 얼마나 아름다웠는지 유럽 전역에서 그녀를 보기 위해 궁전을 찾는 사람들이 인산인해를 이뤘다는구나. 아침에 눈떠 잠들 때까지 거울 보는 게 일과이고, 허리 22인치를 유지하기 위해 죽는 날까지 저녁밥을 굶었다 하니, 천하절색 부러워할 일 아니더라.

벨베데레 궁전에선 클림트의 〈키스〉를 보았다. 오직 이곳에서만 볼 수 있는 '명화'라는데, 오히려 나는 이 궁전 3층 구석에 전시된 '웃는 조각상'들이 좋았다. 반달눈썹을 하고 헤벌쭉 웃는 사람, 터져 나오는 웃음을 참는 사람 …. 보고만 있어도 웃음이 나오니, 스트레스 많은 우리 딸에게 주려고 엽서 한 장 샀다.

가이드가 해 준 재미난 이야기 들려줄까? 오스트리아 남자 히틀러의 꿈은 원래 화가였단다. 클림트가 다닌 비엔나국립미술대에 지원했는데 두 번이나 낙방한 뒤 정치인이 되었다지. 그래서 제 2차 세계대전을 일으킨 장본인은 히틀러가 아니라 그를 떨어뜨린 미술대학 학장이라는구나. 그럴듯하지?

실은 골목골목 거미줄 전선에 매달린 형광등이 비엔나의 진짜 명물이다. 세계 최고의 음악 도시를 밝히는 남루한 불빛, 그 유쾌한 반전을 너도 보면 좋았을걸.

*

J를 만난 곳은 할슈타트로 가는 관광버스 안에서였다. 비엔나에서 할슈타트까지 4시간이 걸리니, 가이드가 〈사운드 오브 뮤직〉을 틀어 주더구나. 줄리 앤드루스는 노래도 참 잘하지. 폰 트라프 대령은 어쩜 그리 잘생겼는지. 다들 '도레미송'을 흥얼대며 즐거워하는데도, 그녀는 웃는 법을 모르는 인형처럼 창백하게 앉아 있었다.

'신이 내린 마을'이라는 할슈타트에서도 J는 혼자였다. 점심으로 송어 튀김을 먹을 때 내가 "비리지도 않고 참 맛있지요?" 했더니, 화들짝 놀라서는 고개만 끄덕였지. 다시 비엔나로 왔을 때 그녀를 데리고 슈테판 성당 근처 초콜릿 케이크로 유명하다는 카페에 갔다. 일명 비엔나커피로 불리는 멜랑슈 두 잔과 케이크를 주문하고는, 젊은 사람이 왜 이렇게 기운이 없느냐고, 이왕 떠나온 여행 즐겁게 다니라고 했더니, 별안간 J가 두 손에 얼굴을 파묻고 울더구나. 호텔로 돌아오는 길, 가랑비 날리는 괴괴한 형광 불빛 아래서 J가 물었지.

"생의 한쪽 문이 닫히면 신神은 다른 쪽 문을 열어 준다던데, 정말 그럴까요?"

이튿날 기차를 타고 프라하로 떠나는 J를 꼭 안아 주었다. 우리 딸 서른 인생에도 이런 깊은 슬픔이 있을까 싶어, 목이 메었다.

*

왜 하필 비엔나냐고 물었니? 이 도시의 보도블록은 피아노 건반으로 돼 있는 줄 알았다. 발끝만 대도 모차르트의 선율이 울려 퍼지고, 광장엔 밤낮 없이 왈츠를 추는 사람들로 넘쳐 나는 줄 알았다. 그런데 이곳 또한 외롭고 고단한 사람들이 누추한 일상을 엮어 가는 삶의 터전이더라. 파도치는 바다가 살아 있는 바다라는 걸 일깨워 주는 곳이더라.

'모든 인생은 외롭지만 그래도 살아 볼 만하다'는 사실을 확인하는 것이 여행일까. 사랑을 잃고 울던 J, 10년째 오페라 무대에 도전하고 있는 노총각 가이드, 궁정악사 분장을 하고 음악회 표를 팔던 링 거리의 처녀들 …. 그들에게서 크나큰 위안을 얻었으니, 평생 모은 쌈짓돈을 이 여행에 투자한 것이 아깝지 않구나.

딸아, 나이 듦의 슬픔을 아니? 나 자신이 쓸모없어졌다는 자괴감, 세상은 미래를 향해 달리는데 나 혼자 과거의 시간에 갇혀 허우적대는 느낌 …. 나의 노고는 당연한 듯 치부해 버리는 가족들이 미웠다. 어디 나 없이 살아 보라며 미지의 세계로 도망치고 싶었지.

근데 참 이상하지? 여행 와 가장 많이 생각나는 사람이 심보 제일 고약한 네 아버지라니. 미움이 곪다 지쳐 연민으로 삭은 걸까? 여름 상추에 보리밥과 된장 얹어 볼이 미어터지게 먹어 보고 싶구나. 집 나간 마나님 무탈히 잘 있노라, 네 아버지에게 전해 다오. 미안하다 전해 다오.

미스터 정의 일본 유람기

일본 오사카 여행길에 만난 미스터 정은 경력 20년을 자랑하는 베테랑 가이드였다. 쌍꺼풀진 눈, 기름으로 발라 넘긴 곱슬머리, 거뭇한 피부에 숭숭 자란 구레나룻 때문에 매우 이국적인 느낌을 주는 남자였다. 실제로 하와이에 가면 하와이 원주민이냐 묻고, 터키에 가면 터키 사람이냐고 묻는다고 했다. 하지만 미스터 정은 '서울 음식은 맛없어 못 먹는' 전라도 광주 사람이었다.

문제는 그가 잠시도 입을 다물지 않는다는 것이었다. 버스 달리는 반대 방향으로 서서 1시간 이상 말하다 보면 멀미가 날 법도 하건만 좀체 지칠 기미를 보이지 않았다. 이런 식이었다.

"자아, 여그까지 들으시면서 궁금한 점 없으십니까? 없다고요? 그라믄 달리 헐 일도 없응께 계속해서 이야그를 이어가겄습니다아~."

그의 달변이 썩 달가운 건 아니었다. 동료들 사이 별명이 '아줌마'라더니 틈날 때마다 철없는 아이 나무라듯 잔소리를 쏟아 냈다. "일본 하면 스시이~, 초밥이 젤 먼저 떠오르시죠잉? 근디 초밥 드실 때 간장에 밥을 찍어 먹는 분 계십니다. 간장엔 회를 찍으셔야죠잉. 글고 초밥은 반드시 따뜻한 녹차 물과 드셔야 탈이 안 납니다. 또 일본선 우동 먹을 때 국물까지 훌렁훌렁 안 마십니다. 건더기 건져 먹고 국물 한 모금 마신 뒤 젓가락 내려놓는 겁니다아~. 일본에선 젓가락을 가로로 놓는디 왜 그런 줄 아십니까? 세로로 놓으면 뾰족한 끝이 앞사람을 위협하기 때문이지요. 나무젓가락도 좌우 아니고 위아래로 뜯는 게 매너입니다잉."

온천에 내려 주면서도 잔소리가 한 바가지였다. "온천에서 침 뱉고 코 푸시면 안 됩니다아~. 서서 샤워하는 것도 실례여요. 일본 사람들은 옆 사람헌티 물이 안 튀도록 앉아서 샤워합니다아~. 목욕 다 했으면 의자는 밀어 넣고 바가지는 엎어 놓고 나오는 거 잊지 않으셨지라?"

시골길을 달릴 때도 목소리를 높였다. "논밭에 비니루 한 장 안 뒹구는 거 보이시죠잉? 개인용 재떨이를 갖고 다니는 흡연자도 있습니다. 지진 탓에 집을 다닥다닥 붙여 지어 방음防音이 거의 안 되는디, 시끄러워 어찌 사느냐고요? 그냥 참고 삽니다아~."

*

미스터 정이 일본 역사에 대해 정사正史와 야사野史를 넘나들며 '구라'를 풀 땐 졸던 사람들도 귀를 쫑긋 세웠다. "일본 전국 시대를 호령한 세 명의 장군이 있었습니다. 오다 노부나가, 도요토미 히데요시, 도쿠가와 이에야쓰으~. 근디 성격은 완전 딴판이었지라. 울지 않는 꾀꼬리 일화 들어 보셨지요잉? 오다는 '울지 않는 새는 새가 아니다'며 그 자리에서 목을 쳤습니다. 못생겼지만 잔머리 하난 비상했던 도요토미는 '무슨 수를 써서라도 새를 울게 하라'고 했답니다. 도쿠가와는 어찌했을까요. 인내야말로 무사장구無事長久의 비법! '새가 울 때까지 참고 기다리라' 했다지요. 이 중 일본 국민이 가장 존경하는 자가 우리에겐 불구대천의 원수인 도요토미 히데요시라니 역사의 아이러니 아니겠습니까?"

도쿠가와의 별장인 니조성二條城에선 '비밀' 한 가지를 들려줬다. "이 성에 '세콤'이 있는디 찾아볼랍니까? 겁 많은 도쿠가와는 자객이 까치발을 하고 들어와도 삐걱거리는 소리가 나게끔 마루를 만들었답니다. 어떻게 했길래 소리가 났을까요? 요 밑을 보세요잉. 마룻바닥에 못을 팔八 자로 박은 거 보이지요? 요런 거 아는 가이드, 많지 않습니다~."

떠돌이 칼잡이처럼 표표한 분위기는 없으나 간혹 낭만 멘트도 날렸다. "천년 고도古都 교토가 가장 아름다울 때는 언제일까요? 봄? 가을? 저는 비 온 뒤의 교토를 젤로 좋아합니다."

허나 이 남자의 수다는 금세 샛길로 빠졌다. "일본 국민이 소식小食을 즐긴다고요? 없어서 못 먹습니다. 삼각김밥으로 점심 때우는 직장인들 수두룩하지요. 회식을 해도 2차 안 합니다. 막차 끊기면 비디오방, 캡슐호텔에서 자고 출근합니다. 캡슐호텔이 뭐냐고요? 천장이 조금 높은 관棺을 상상하시면 되겠습니다. 일본엔 100엔(1000원)을 넣으면 샤워기를 1분간 쓸 수 있는 목욕탕이 있습니다. 1분 안에 머리까지 감기 빠듯하니 어느 무명 코미디언이 묘안을 냈다지요. 집에서 미리 샴푸를 머리에 발라 문지르면서 목욕탕까지 가서는 동전을 넣는 순간 빛의 속도로 헹궜답니다."

미스터 정의 정신 산란한 말 중 메모까지 해 가며 열중한 대목은 이것이었다. "위 세척 향수라고 들어보셨어라? 이걸 마시면 트림을 해도 냄새가 안 납니다~. 발바닥에 붙이고 자면 몸이 해독되는 디톡스 파스도 있고요. 40도 열기로 눈의 피로를 풀어주는 일회용 안대도 등장했습니다. '물 반창고'도 있습니다. 손에 상처가 나도 설거지나 세수를 할 수 있게 코팅해 준다니 기막히지 않습니까? 돋보기 달린 손톱깎이는 본 적 있나요? 20년째 경기가 바닥이지만 여전히 일본을 지탱하는 힘은 요런 잔머리, 징글징글한 창의력입니다. 이런 일본을 무시하는 나라는 전 세계에 대한민국밖에 없지요잉. 결론은, 지피지기知彼知己라야 백전불태百戰不殆라는 것입니다아~."

나는 빠리의 여행가이드

샤를 드골 공항으로 마중 나온 '미스터 준'은 멋쟁이였다. 감색 중절모에 머플러, 폭 좁은 코듀로이 바지에 갈색 구두를 신었다. 중절모를 살짝 들어 올렸다 내릴 땐 지단 스타일로 화끈하게 민 두상이 보였다. 파리를 '빠흐리'로 발음하는 건, 파리지엥으로 20년을 산 남자의 고집이자 자부심인 듯했다. '빠흐리'에선 '봉주르'를 어떻게 발음하느냐에 따라 대접이 달라진다고도 했다. "자, 따라 해볼까요? 입꼬리가 귀에 걸릴 때까지 웃으면서, 봉추~으~르!"

언변이 뛰어나다고 할 수 없는 그가 버스가 출발하기 전 의미심장한 말을 했다. "유능한 가이드는 잠이 솔솔 오게 이야기한다지요? 저의 능력을 유감없이 발휘하겠습니다."

*

농담이 아니었다. 버스 출발한 지 30분도 안 돼 여기저기서 코고는 소리가 들렸다. 미스터 준의 안내가 엉성하거나 불성실해서는 결코 아니었다. 격이 너무 높은 게 탈이었다. 에펠탑을 지날 땐 '저 괴물 같은 철탑이 보기 싫어 매일 점심을 탑 밑에 들어가 먹었다는 모파상의 문학세계'를 두고 20분 열강했다.

777km 길이 센강엔 37개 다리가 있다고 설명하다 말고, 홍수로 강이 범람할 위기에 처하자 루브르박물관이 어떤 조치를 취했는가에 대해 또 20분을 웅변했다. 누군가 파리에 지천으로 나뒹구는 쓰레기를 지적하자 이번엔 피카소로 넘어갔다.

"피카소가 열세 살 때 미켈란젤로를 섭렵한 건 아시지요? 이 천재가 바바리코트 입고 산책을 나서면 돌아올 때 양쪽 주머니가 불룩해져 있었답니다. 버려진 병뚜껑, 돌멩이, 벤치에 펄럭이는 신문지까지 죄다 주워 와서는 캔버스에 붙인 거지요. 쓰레기를 예술로! 대단하지 않습니까?"

*

여행 이틀째부터 손님들은 아예 의자 등받이를 뒤로 눕혔다. 미스터 준이 대놓고 미술사 강의를 한 탓이다.

"세잔은 왜 허구한 날 사과를 그렸을까요?", "르누아르를 왜 인상파라고 부를까요? 인상을 많이 써서?" 하고 물어대니 눈 붙이고 자는 게 속 편했다. 그렇다고 포기할 준이 아니었다. '19금禁'으로 전략을 수정, 남심男心을 공략했다.

"만 레이의 사진 〈앵그르의 바이올린〉 아시죠? 프랑스 최초의 누드모델인 무희舞姬 키키는 레이의 연인이기도 했습니다. 하루는 옷 벗고 등을 돌려 앉은 포즈로 키키를 찍는데, 맘에 안 드는지 머리에 터번을 둘러 보라고 주문합니다. 지겨워진 키키가 '아, 이제 그만 찍고 뽀뽀나 하자니까'라고 말하려는 순간, 셔터를 힘차게 누른 거지요. 이 한 컷이 사진의 역사를 바꿉니다. 키키의 허리에 화룡점정으로 찍은 바이올린 f홀과 함께 말이지요."

✳

미스터 준이 '정체'를 밝힌 건 버스 안에 돈 맥클레인의 '스타리 스타리 나잇Starry Starry Night'이 흘러나왔을 때다. "가난과 격정 속에 살다 서른일곱에 자살한 고흐를 추모하는 이 노래를 들으면 목울대가 뜨거워져요. 제 꿈도 화가였거든요. 파리로 왔지만 그 꿈 이루기가 얼마나 고통스러운지 깨닫는 데는, 파리가 향수 냄새보다 지린내가 더 진동하는 도시라는 걸 깨닫는 것만큼이나 오래 걸리지 않았죠. 고흐가 살아 있다면 소주 한잔했을 텐데요."

여행 마지막 날 예정에 없던 피카소미술관으로 향한 건 이 집요한 가이드에게 등 떠밀려서다. 다행히 피카소가 사랑했던 일곱 여인 중 가장 어여뻤다는 올가의 그림 앞에서 남자들 눈이 빛을 뿜었다. 그중 하나는 "피카소가 사람 이름인 줄 오늘 처음 알았다"며 뿌듯해했다. 피카소의 〈붉은 의자에 앉아 있는 거대한 누드〉를 지그시 바라보던 미스터 준이 물었다. "피카소의 모든 사랑은 진실이었을까요?" 목감기로 콜록이던 50대 여자가 일행을 대표해 답했다. "사랑은 개뿔!"

*

공항 가는 길, 미스터 준은 가이드 20년에 이렇듯 예술에 조예가 깊은 그룹은 처음 봤다고 과장했다. 다시 파리에 오면 모네의 〈수련〉을 원 없이 볼 수 있는 마르모탕모네미술관과 자크 시라크 대통령이 만든 케브랑리박물관에 꼭 가 보시라고도 했다. 누군가 휴일엔 뭘 하느냐 물었다. "철학을 전공한 프랑스 여자 친구와 센강 변을 걸으며 예술에 대해 토론해요. 따끈한 커피에 뺑 오 쇼콜라를 씹으면서요."

손님들이 혀를 내두르자, 준이 덧붙였다. "프랑스도, 한국도 대선大選이 한창입니다만 저는 정치인보다 예술가를 신뢰해요. 적어도 예술가는 전쟁을 일으키진 않으니까요. 뜬구름 잡을지언정 거짓말은 안 하니까요."

'사랑은 개뿔'이라던 여인이 대뜸 '뺑 오 쇼콜라'가 뭐냐고 물었다. "초콜릿 스틱이 두 개 박힌 크루아상! 악쓰고 울던 아이도 이걸 물려주면 뚝 그칠 만큼 달콤하지요. 한국의 곶감이라고 할까?"

개뿔 여인이 중얼거렸다. "이번 여행에서 들은 얘기 중 가장 실속 있군."

천국에서 먹은 32만 원짜리 바나나

영화 〈나, 다니엘 블레이크〉를 보는 게 아니었어. 인천발 오클랜드행 12시간 비행을 견디느라 그 우울한 영화를 보다가 까무룩 잠이 들었는데 악몽을 꾸었지 뭐야. 영문도 모른 채 복면 괴한에게 쫓기는, 딱 개꿈 같은 상황이랄까? 비행기가 출렁여 준 덕에 잠을 깼는데 기분이 영 께름칙하더란 말이지. 근데 개꿈이 아니었어.

*

명분은 '출장'이지만 목적은 '답사'라고 말했었나? 만 쉰이 되면 지상낙원 뉴질랜드로 날아가 텃밭에 키위 심고, 트레킹 다니며 자유인으로 살리라 다짐했었지. D-데이를 딱 3년 앞두고 출장 기회가 왔고, '이런 게 바로 운명이구나' 벅차하며 입국심사장으로 들어서는데 갑자기 고릴라처럼 생긴 한 남자가 날 노려보며 따라오라 손짓하는 거야.

배낭이 문제였어. 남자는 살인사건 현장을 조사하는 국과수 직원처럼 양손에 비닐장갑을 끼고 샅샅이 훑더군. 누군가 내가 잠든 사이 마약 봉지를 넣은 걸까? 하지만 잠시 후 남자 손에 들려 나온 건, 배낭 속에서 이리 치이고 저리 치이다 짓물러 터진 바나나였어. 고작 바나나 한 개!

고릴라 아저씨는 왜 바나나를 신고하지 않았느냐고 물었어. 배고프면 먹으려고 남겨 둔 건데 깜박 잊었다고 했지. 고릴라가 콧방귀를 뀌더군. "다들 그렇게 말해." 그러고는 팸플릿 한 장을 던졌어. "영어 읽을 줄 알지?"

오호, 이 불길한 예감이라니. 숫자 하나가 바퀴벌레처럼 눈에 확 달려들었지. 400! 내 해석이 맞는다면 벌금으로 400뉴질랜드달러, 그러니까 우리 돈으로 32만 원을 안 내면 법정에 가야 한다는 뜻이었어. 짧은 영어로 버벅거리며 항의했지. 고작 바나나 한 개 때문에 이 많은 돈을 내야 하느냐. 애걸도 했지. 뉴질랜드 여행이 처음이라 몰랐다, 갖고 있는 현금도 없다 …. 그러자 고릴라가 명쾌한 해법을 일러 주더군.

"카드도 돼!"

*

비자카드로 눈물의 400달러를 긁고 나온 이방인을 반긴 건, 태풍의 영향으로 오클랜드 전역에 불어닥친 비바람이었어. 날은 또 왜 그리 추운지. 홧김에 택시를 탔지. 인도에서 왔다는 기사가 말했어. "아주 비싼 바나나를 먹었군. 근데 오클랜드는 모든 게 비싸. 담배 한 개비도 1달러(800원)라니까?"

연일 먹구름에 비 뿌리는 날씨를 뚫고 업무를 처리했지. 눈 뜨고 빼앗긴 32만 원을 벌충하려고 끼니는 햇반과 컵라면으로 때웠고. 살기 좋은 도시 첫손에 꼽힌다더니 시내에 노숙자는 왜 그리 많은지. 남은 하루는 그냥 발 닿는 대로 걸었어. 원래는 새들의 천국이라는 티리티리마탕이섬으로 여행하려던 건데, 도무지 의욕이 나야 말이지.

낯익은 통닭 그림을 발견한 건 어스름 녘이었어. 식당 문 열고 들어서니 "어서 오세요"라는 한국말이 들려오는데 눈물이 찔끔 쏟아지더라. 양념 반 후라이드 반을 먹어치우며 바나나 설움을 토해내자, 이민 17년 차 주인장이 "그 정도라 천만다행"이라고 했지. 호박씨 몇 알 때문에 추방된 사람도 있다며.

청정 낙원에 사시니 좋으냐 물었어. 집값은 서울의 두 배, 세금은 소득의 절반이라 돈 모일 틈 없는데, 노숙자들은 한 달 800달러의 실업수당을 받는 이상한 나라라고 하더군.

"20억 정도 여윳돈 있나요? 아니면 그냥 한국에 사세요."

*

비 오는 날 동물원에 가본 적 있니? 비가 오면 홍학 떼의 합창도,

긴꼬리원숭이의 재롱도, 수사자의 포효도 죄다 구슬프게 들리지.

명치끝에 끈덕지게 달라붙어 있던 불쾌감의 원인을 알아낸 건 오클랜드 동물원에서 시내로 들어가는 버스에서였어. 백인 운전사가 2명의 중국 여성을 향해 고래고래 소릴 지르더군. 왜 과자 봉지를 들고 버스에 탔느냐며.

그래. 단지 32만 원 벌금이 억울한 게 아니었어. 평생 목수로 성실히 일해 온 자신을 의료보험금이나 타 내려 꼼수 부리는 양아치로 공무원들이 낙인찍자 '나, 다니엘 블레이크'가 외쳐. "사람은 자존심을 잃으면 모두를 잃는 거야." 난 자존심을 다친 거였어. 그것도 아주 심하게. 고릴라 아저씨가 날 잡범 취급하며 손가락 하나로 오라 가라 지시하는 대신, "정말 미안한데 이건 뉴질랜드를 여행하는 사람이 반드시 지켜야 할 원칙이야"라고 설명해 줬다면 비싼 수업료 낸 셈 치고 쿨하게 받아들였을 거야. 버스기사도 과자 부스러기는 차 안을 더럽히니 휴지통에 버려 달라고 정중히 부탁할 수 있었어. 나 또한 타인을 저렇듯 무례하게 몰아친 적 없는지 자책이 쓰나미처럼 밀려들더군.

모멸감! 어쩌면 이 세상 모든 부부싸움, 테러, 전쟁의 씨앗은 모멸감에서 싹트는지 몰라. 웬 오버냐고? 옹졸하다고? 너도 32만 원짜리 바나나를 먹어 보면 생각이 달라질 걸? 지상에 천국은 없나니. 그래도 꼭 가고 싶다면 신발 밑바닥부터 확인하길. '천국'은 네 구두 뒤축에 묻은 흙덩이도 결코 용납하지 않아.

렘브란트처럼, 당신도 웃고 있나요?

여보게, 짧은 작별인사 몇 마디 해도 되겠는가. 나는 세상 모든 것을 손에 쥐어도 봤고, 그 모든 걸 빼앗겨 보기도 했네. 한 움큼의 빵이 없어 원치 않은 일에 손대던 시절도 있었지 …. 허상을 좇다 문득 서 보니 내 나이 예순. 모든 걸 빼앗기고 나서야 나는 진정으로 웃을 수 있었네. 내 살아 보니 슬퍼서 우는 것도 아니오, 기뻐서 웃는 것도 아니었소. 어둠을 따라 걷다 보니 빛이 보이고, 빛을 따라 걷다 보니 다시 절벽. 그럼에도 나는 참 잘 놀다 갑니다. 자네도 잘 놀다 오시게.*

* 네이버 블로거 홍쌤이 렘브란트가 말년에 남긴 작품 〈웃는 자화상〉을 보고 쓴 감상시다.

*

말리부 언덕, 바람 부는 게티미술관에서 '그'를 떠올린 건 렘브란트(1606~1669)의 〈웃는 자화상〉 앞에서다. 스물한두 살, 군복 차림의 청년이 앳되게 웃고 있는 작은 그림. 그는 유독 렘브란트를 좋아했었다. 자화상을 유독 많이 남긴 이 네덜란드 화가의 그림은 주름 하나, 머리카락 한 올까지 삶의 풍랑이 절절히 박혀 있다고 했다.

그의 소식을 들은 건 LA로 떠나기 며칠 전이었다. 암癌이라고 했다. 지난 연말 밥자리에서 봤을 때만 해도 뭉근한 입담과 촌철로 좌중을 웃게 하였는데, 암이라니. 그러고 보니 풍채가 많이 잦아든 듯했고, 눈두덩이 조금 부어 있던 것도 같았다. 정종正宗이 두 순배쯤 돌았을 때 그가 나직한 목소리로 한 말이 떠올랐다.

"구차하고 회한 가득한 인생이었지. 참으로 그러했지."

*

4·19세대인 그는 스물여덟에 출판사를 열어 평생을 책 더미에서 살았다. 마키아벨리, 토마스 쿤, 에리히 프롬, 빌 브라이슨, 리처드 도킨스 등 세계 지성사를 뒤흔든 명저들을 세상에 내놨다. 사람 좋은 미소를 지녔지만 저자와 번역자들 사이엔 '악명'

이 높았다. 맞춤법, 띄어쓰기는 물론 글의 오류, 논거의 모순과 부족을 그냥 넘어가는 법 없었다. 그렇게 나온 책도 개정판을 거듭했다. '왜 그리 재미없고 어려운 책만 내느냐'는 누군가의 질문에 그는 결기 어린 표정으로 답했다. "쉬운 책을 써야 한다는 주장은 자칫 우중愚衆을 생산하는 혹세무민이 되기 쉽지. 모르는 단어와 개념을 사전 통해 찾는 글 읽기야말로 지식의 창고를 채우는 작은 노고라오."

잘나가는 정치인, 선동가들 책도 만들어 한몫 벌지 그랬냐는 농담엔 고개를 내저었다.

"똑똑한 그분들이 왜 내게 올까. 장사 잘하는 출판사로 가지. 설령 온다고 해도 사양하겠어요. 거짓말을 지성으로 포장할 순 없지요."

출판이 가난한 건 40년 전이나 지금이나 매한가지이나 그는 "독재와 싸우던 그 시절엔 학자와 운동가, 편집자들이 어울려 소주에 김치 한 접시 놓고 밤새워 논쟁하며 나라의 앞날을 걱정했다"라고 회고했다. 조영래 변호사가 가장 기억에 남는다고 했다.

"요즘 386 정치인들과는 달랐지요. 민주화 투쟁으로 수감되고 고문받았지만 누굴 증오하거나 조롱하며 독설을 퍼붓지 않았어요. 박정희 대통령 돌아가셨을 때도 조의를 표한 사람이에요.

지식인들이 앞장서 반대했던 88올림픽도 그는 '우리 민족에게 온 큰 선물'이라고 했지요. 그 혜안이 얼마나 놀라운지. 이념과 진영의 논리에 갇히지 않은 참자유인이었다오."

종이 값은 천정부지로 오르는데 돈 안 되는 책만 만드느라 문 닫을 뻔한 적도 여러 번. 깐깐한 성정에 척지고 돌아선 저자도 한둘이 아니란다. "그런다고 책이 잘 팔리거나 영향력이 커지는 것도 아닌데 왜 그랬을까. 대강대강 사는 게 속 편한 것을."

쓸쓸한 표정으로 그가 술잔을 털어 넣자 누군가 이렇게 위로했던 것 같다. "50만 부, 100만 부는 안 팔려도 이거 하난 분명하지. 이사 갈 때 끝까지 버리지 않는 책들이 형님이 만든 책이라는 거. 촌스럽고 고지식하지만 그래서 대체 불가능 출판사라는 거."

와~ 하고 웃음이 터졌다.

*

독일 쾰른의 한 미술관에 렘브란트의 또 다른 자화상이 있다. 세상 떠나기 1년 전 그린 말년의 모습으로 아내와 아들의 죽음, 파산으로 이어진 불행을 '달관의 웃음'으로 승화한 걸작이다. 겨울비 내리던 골목에서 헤어질 때 그가 늙은 렘브란트처럼 웃으며 말했다. "아무리 화가 나도 품위를 잃어선 안 돼요."

노을에 젖은 미술관 계단에 쭈그리고 앉아 그에게 엽서를 썼다. 참을 수 없이 가벼운 반反지성의 시대에 당신의 노고로 세상은 한결 품위 있어졌다고. 스물여덟 빛나던 그때보다, 지금 당신 얼굴에 핀 주름과 미소가 훨씬 깊고 아름답다고.

워싱턴 DC에서 만난 남자

물가는 높고 연봉 1,000원으로는 태반이 부족하여 조석반은 관내에서 지어먹는다. … 가장 참기 어려운 것은 중국 공사公使가 허구한 날 트집을 잡는 것이다. … 대저 이 나라에 주재하는 각국 공사는 30여 국으로 부강한 나라들이고, 오직 조선만 빈약하다. 그러나 각국 공사와 맞서 지지 않으려 한다.

_월남 이상재 〈미국서간〉 중에서

바람은 고요하고, 햇살은 눈부셨다. 절정에 오른 대국大國의 여름은, 이 나라 대통령의 요란한 트위터와는 딴판으로 평화로웠다. 호텔에 짐을 부리고 길을 나섰다. '죽기 전 워싱턴에 가면 꼭 봐야 한다'던 너의 호들갑을 믿어 보기로 했다. 숙소에서 걸어 20분. 로건 서클로 접어드니 멀리 주황색 건물 위로 낯익은 깃발이 펄럭였다. 태극기였다.

빅토리아 양식의 3층 건물은 작은 왕관을 쓴 듯 우아했다. 구한말 청·일 간섭에서 벗어나려 왕실 예산의 절반으로 마련했다는 '주미대한제국공사관'이다. 육중한 나무문을 젖히니 시간이 거꾸로 흘렀다. 1888년 겨울, 서울을 떠나 3만 9천 리를 건너온 조선의 외교관들은 영어와 물정에 모두 서툴렀으나 강대국들 사이에서 기죽지 않으려 분투했을 것이다. 그 흔적이 남았다. 태극 문양 쿠션과 병풍으로 꾸민 접견실, 빠듯한 살림으로 손님을 맞이하던 식당, 미 동부의 혹한을 달래 주었을 라디에이터 ….

초대 공사 박정양의 기개가 가슴을 울렸다. 가슴 파인 옷차림의 미국 여인들을 보고 "기생들이냐?" 물었다는 이 고지식한 선비는, 일거수일투족을 보고하라는 청나라 지시를 무시하고 독자 외교를 펼치다 부임 10개월 만에 본국으로 소환됐다. 고종이 2대 공사로 미국인 의사 호러스 알렌을 임명하려 하자 상소를 올렸다. "조선인이 있는데 외국인으로 대신하는 것은 매우 구차하여 비웃음을 살 염려가 있나이다."

굴욕의 을사늑약으로 공사관은 16년 만에 폐쇄됐다. 미국이 조선 편에 서 주리란 기대가 얼마나 순진했던 것인지, 힘없는 나라의 목소리에 세계는 귀 기울이지 않음을 깨달았을 땐 단돈 5달러에 공사관을 빼앗긴 뒤였다.

*

울창한 가로수가 도심의 열기를 식혔다. 워싱턴은 프랑스 건축가 랑팡이 골격을 설계한 계획도시다. 가장 높은 곳에 국회의사당을, 그다음 백악관을 앉혔다. 그러나 도시의 중심은 사위四圍 어느 곳에서나 보이는 '워싱턴 기념비'다. 박정양은 자신의 문집 〈미행일기美行日記〉에 썼다.

높이가 550척, 너비가 55척이며 대리석으로 담장을 마련하였는데 돌문과 8개 창을 만들고 그 가운데를 비워 엘리베이터로 오르내리게 하였다. 이는 한 나라 인민이 그 독립의 공업을 잊지 않고 이를 새겨 놓은 것이다.

이 통합의 상징을 우러른 이는 또 있었다. 훗날 고종의 밀사로 주미공사관에 파견됐으나 외교권을 박탈당하자 미 정계를 뛰어다니며 일본 침략의 부당성을 폭로한 청년 이승만이다. 낡은 사조에 갇혀 세계의 격변을 읽지 못한 채 수구네, 반역이네 분열만 일삼다 망국의 길로 들어선 조선의 운명 앞에서 그는 무슨 생각을 했을까.

이집트 오벨리스크 형상의 새하얀 기념비를 바라보다 유월절을 떠올렸다. 유대인이 이집트(애급)에서 해방된 날을 기념하는 이날, 이스라엘 국민은 누룩이 없는 빵과 쓴 나물만 먹는다고 했다. 애급의 노예로 살았던 쓰디쓴 고통을 곱씹으며 다시는 나라 없는 민족으로 떠돌지 않겠다는 다짐에서다. 거기, 우리의 광복절이 겹쳤다.

"임정 요인 한 사람에 당이 하나씩이더라"라는 독립운동가 장준하의 탄식처럼 분열과 혐오의 역사를 거듭해 온 우리는 올해도 어김없이 둘로 쪼개져 색출, 응징, 청산을 외쳤다. 이날만큼은 대한민국, 그 고단한 역사를 일궈낸 모든 이의 피 땀 눈물에 경의를 표할 순 없을까. 이날 하루만큼은 선동과 삿대질을 멈추고 치욕도 영광도 우리 모두의 역사였다며 따뜻하게 안아 줄 순 없을까. 소가 웃을 일인가.

*

링컨기념관을 향해 걷다 '한국전 참전용사 기념비'를 보았다. 야전군인 듯 철모에 판초를 입고 전진하는 군인들 조각상 앞에 붉은 장미꽃이 놓였다. 이름 모를 나라에서 그들이 젊음을 불살라 지키려 했던 자유는 누구의 것이었을까, 생각하니 목젖이 뜨거워졌다.

비가 쏟아졌다. 어린애 주먹만 한 우박도 떨어졌다. 비를 피해 들어간 카페에서 인생의 중대한 결정을 내리기 전 긴 여행을 다녀오라던 너의 충고를 떠올렸다. 용서해야만 과거라는 감옥에서 벗어날 수 있고, 용서해야만 다시 시작할 수 있는 거였다. 멀리 포토맥강 변으로 무지개가 떠올랐다. 쌍무지개다. 반가운 소식 오려나. 이제 그만 내려놓으려 한다.

허송세월

김훈 산문

**'생활의 정서'를 파고드는
김훈의 산문 미학**

생사의 경계를 헤매고 돌아온 경험담, 전쟁의 야만성을 생활 속의 유머로 승화해 낸 도구에 얽힌 기억, 난세에서도 찬란했던 역사의 청춘들, 인간 정서의 밑바닥에 고인 온갖 냄새에 이르기까지, 늘 치열하고 치밀했던 작가 김훈의 '허송세월'을 담은 45편의 글이 실렸다.

신국판 변형 | 336쪽 | 18,000원

아침 산책

김용택 에세이

**섬진강 시인이 그러모은
사계절 순정**

평범한 일상 속 빛나는 장면을 건져 올리는 서정 시인 김용택의 신작 산문. 사시사철 자연이 부르는 무심한 노래 속에서 찾아낸 사랑의 말을 담았다. 봄에서 겨울로, 다시 봄으로 이어지는 사계절 순환을 천진한 눈길로 바라보는 시인의 시선이 담박하고 정겹다.

신국판 변형 | (근간)